한국전쟁과 시

문선영(文善英)

1965년생으로 부산에서 나서 부산대학교 국어국문학과와 동 대학원을 졸업했다(문학박사). 1990년 『문학예술』 제1회 신인상 시부문 당선, 1991년 『심상』에 평론으로 등단했다. 낸 책으로 『현대시와 문화의식』과 시집 『익숙한 소리』가 있다. 함께 낸 책으로 『한국 현대시와 패러디』 『한국 서술시의 시학』 『한국 현대문학의 성과 매춘』 『몸의 역사와 문학』 등과 주요 논문으로 「한국 현대시에 나타난 키치 현상 연구」 「1950년대 전쟁기 장시 연구」 「1950년대 전쟁기 시의 실존 의식 연구」 외 다수가 있다. 현재 부산대학교에 출강하고 있다.

청동거울 문화점검 ㉖

한국전쟁과 시

2003년 12월 2일 1판 1쇄 인쇄 / 2003년 12월 10일 1판 1쇄 발행

지은이 문선영 / 펴낸이 임은주
펴낸곳 도서출판 청동거울 / 출판등록 1998년 5월 14일 제13-532호
주소 (137-070) 서울 서초구 서초동 1359-4 동영빌딩 / 전화 02)584-9886~7
팩스 02)584-9882 / 전자우편 cheong21@freechal.com

편집장 조태림 / 편집 곽현주 / 영업관리 김경우
북디자인 하은애 김세희

값 15,000원

잘못된 책은 바꾸어 드립니다.

ISBN 89-5749-010-8

청동거울 문화점검 ㉖

한국전쟁과 시

문선영 지음

청동거울

책을 내면서

이 책은 1950년대 시문학에 관심을 가지기 시작한 무렵부터 쓴 글들을 모은 것입니다. 그 가운데 삼여 년에 걸친 전쟁기 시문학을 검토하는 일차적인 작업의 결과물이 바로 이 책입니다.

1950년대는 한국전쟁으로 그 어느 때보다도 개인의 정체성뿐만 아니라 민족의 정체성이 문제시되던 시기였습니다. 특히 1950년 6월부터 휴전협정이 체결되던 1953년 7월까지의 전쟁기는 한국전쟁이라는 역사적 정황과 그것의 점검이라는 현실 인식의 필요성을 강력하게 요청하였습니다. 이때 전쟁과 평화의 역학관계를 규명하는 일은 당대의 가장 큰 문젯거리였습니다.

문학이 한 시대의 삶과 정신적 궤적을 반영하는 주요한 산물임에 주목할 때 1950년대 한국시가 한국전쟁의 체험을 시 속에 수용하는 것은 당연한 일입니다. 그리고 이후의 문학인들에게 실질적인 문학적 상상력의 원천으로 작용하는 것 또한 자연스러운 일입니다. 그만큼 전쟁 체험은 1950년대의 두드러진 시적 경향이자 동시에 전후 한국시의 본질을 이해하는 매우 본질적인 단서가 된다 하겠습니다.

전쟁기의 문학 양상은 대부분 전쟁으로 인한 상실감과 평화를 열망하는 정조가 지배적입니다. 전시라는 상황인데도 놀랍게도 80여 권의 시집이 출간되었습니다. 승리와 패배라는 이원론에 입각해서 전쟁 상황을 고찰하거나, 동포애와 인간애를 표출하거나 인간 실존 문제에 골몰한 작품들이 양산되었던 것입니다.

제1부는 전쟁기에 창작된 장시들에 대한 검토 작업물입니다. 우선, 전쟁기에 여러 편의 장시가 창작된 점에 주목하였습니다. 직접 전장으로 종군했거나 후방에서 전쟁의 폭력성과 상처를 갈무리하였든지간에 한국전쟁은 그 자체로 당대 시인들에게 쉬이 극복할 수 없는 부채의식을 남겼음이 분명합니다. 따라서 시인들이 짧은 길이의 서정시 대신 지배적으로 장시를 선택한 까닭도 이러한 상황에 대한 응전 방식이라고 보았습니다. 역사 체험에서 결코 자유로울 수 없었던 상황에 견주어 역사의 시간과 사건의 운명을 담고자 한 시인의 의식이 시 형식의 장형화를 불가피하게 초래하였기 때문입니다. 따라서 1950년대 전쟁기 장시를 연구하는 일은 한국전쟁으로 말미암은 사람살이의 모습과 그에 대한 문학적 응전 양태를 밝히는 작업이며, 나아가 분단이라는 현실 앞에 놓인 개인의 정체성과 민족의 정체성을 탐색하는 작업이 됩니다. 이영순의 『延禧高地』와 『地靈』, 김종문의 『불안한 토요일』, 박거영의 『惡의 노래』, 김용호의 『南海讚歌』를 대상으로 삼았습니다. 이러한 전쟁기 장시를 분석하는 틀은 두 가지입니다. 시인의 현실 대응 방식과 메시지가 형식성을 끌고 가는 방식이 그것입니다. 전쟁기에 장시를 쓴 시인들은 우리 민족이 수난을 겪었던 민족적 전환기의 모순에 대한 시대적 역사적 대응력을 확보하고 있습니다. 다

소 편차를 보이지만 시인들은 적극적이거나 소극적인 저항정신을 두루 표출하고 있습니다.

전쟁기 시의 문학사적 자리는 전쟁기 단시와 장시와의 비교 대소를 통해서 비로소 고유한 그 자리가 마련될 것입니다. 제1부에서 전쟁기 장시의 의의 도출을 위해서 작품과 당대 사회와의 관련성 문제, 형상화 방법, 주제들을 염두에 두었다면, 제2부에 마련한 글은 이렇듯 전쟁기 시편들을 총제적으로 살피고자 하는 작업의 일환입니다. 함석헌의 『수평선 너머』와 모윤숙의 『風浪』을 우선적으로 살폈습니다.

험난한 민족사 속에서 지성과 양심을 곧게 지키며 깊고 독창적인 사상을 널리 전파한 민족의 큰 사상가 함석헌이 전쟁기에 펴낸 시집 『수평선 너머』를 대상으로 했습니다. 특히 함석헌이 보이는 저항의식의 양태에 관심을 두었습니다. 그는 사랑과 화해, 평화정신의 구현이라는 간접적인 저항방식으로 민족의 수난사를 해결하려 한 '시인'이었습니다. 일찍부터 시의 형식을 삶을 이해하고 해석하려는 한 태도로 간파했던 만큼 함석헌의 『수평선 너머』는 전쟁기 삶을 해명하는 주요한 시집임에 틀림없다 보았습니다.

모윤숙의 『風浪』은 전쟁 체험의 형상화 방식 가운데 전쟁 체험을 정서적인 문맥 속에 용해하고 있는 경우여서 매우 주목되는 시집입니다. 그래서 『風浪』을 대상으로 전쟁기 시적 형상화의 방식들을 살피면서, 시인이 내면의식을 바탕으로 전쟁기 체험을 형상화하고 있는 작가의 세계관을 살폈습니다. 시인은 계몽적이고 단정적인 어조 대신 적극적인 자기 동일성을 바탕으로 한 서정 양식의 본질을 충실히 재현해내었습니다. 이는 『風浪』이 전쟁 체험을 내면화한 결과라 하겠습니다. 이러한 점이 『風浪』을 여느 전쟁시와 다른 맥락에 놓을 수 있는 대목이기도 합니다.

전쟁기는 숨겨진 문학적 보물창고입니다. 80여 편의 시집이 있고, 수십 편의 소설과 아동문학이 있으며, 전시체제 다양한 매체들도 남겨져 있습니다. 뿐만 아니라 체험기라든가 수기, 전투기 등 장르의 확대라는 측면에서 다양한 연구거리들이 손길을 기다리고 있습니다. 그러므로 『한국전쟁과 시』라는 제목으로 마련되는 이 책은 첫번째 전쟁기 문학의 성과물이라 하겠습니다.

이렇듯 삼십대를 정리하는 자리에서 내는 이 책에는 소중한 의미들이 담겨져 있습니다. 문학마당을 함께 일구며 속정 아낌없이 준 동료들에게 고마운 마음 전하고 무엇보다 문학마당에서 맘껏 놀 수 있게 해준 부모님께 사랑을 전합니다.

2003년 겨울

문선영

차례

제2부 1950년대 전쟁기 시의 다른 얼굴

제1부

한국전쟁과 장시

제1장

들머리

1. 문제 제기

전쟁은 문명의 소산이기도 하고 인간의 본성에서 비롯된 행위이기도 하다. 전쟁은 합의를 도출할 방법이 없을 때 중재자 역할을 하기도 한다. 그러나 전쟁이 내린 판결은 정의보다 힘에 기초한 것이어서[1], 전쟁은 인간 역사에서 진보를 역행시키는 부정적인 요소이며 소모적인 행위로 여겨지는 것이 일반적이다. 무엇보다 전쟁은 역사이다. 전쟁과 일상성의 부딪힘 속에서 일상은 무너져 버린다. 전쟁으로 대부분의 사람들은 생활의 익숙한 리듬에서 끝장나는 것이다.[2] 이러한 사정은 1950년대 한국전쟁에서도 마찬가지이다.

1) Bernard Law Montgomery, 『전쟁의 역사 I』(승영조 옮김, 책세상, 2001/개정 1판 2쇄), 22쪽.
2) Karel Kosik, 『구체성의 변증법』(박정호 옮김, 거름, 1985), 68쪽.

1950년대는 한국전쟁으로 그 어느 때보다도 개인의 정체성뿐만 아니라 민족의 정체성이 문제시되던 시기였다. 특히 1950년 6월부터 휴전협정이 체결되던 1953년 7월까지의 전쟁기는 한국전쟁이라는 역사적 정황과 그것의 점검이라는 현실 인식의 필요성을 강력하게 요청하였다. 이때 전쟁과 평화의 역학관계를 규명하는 일은 당대의 가장 큰 문제였다.

문학이 한 시대의 삶과 정신적 궤적을 반영하는 주요한 산물임에 주목할 때 1950년대 한국시가 한국전쟁의 체험을 시 속에 수용하는 것은 당연한 일이다. 그리고 이후의 문학인들에게 실질적인 문학적 상상력의 원천으로 작용하는 것 또한 자연스러운 일이다. 그만큼 전쟁 체험은 1950년대의 두드러진 시적 경향이자 동시에 전후 한국시의 본질을 이해하는 매우 본질적인 단서가 된다.

전쟁이 대체로 글쓰기의 조건을 최악으로 만들어 버렸음은 두말할 나위가 없다. 흔히 작가의 일상적 공간이 문학적 상상력의 출발점으로 여겨지는데, 전쟁으로 인한 일상성의 파괴가 글쓰기 지형을 송두리째 뽑아버린 것이다. 오래 지속되던 일상적 삶은 파괴되고 기존의 상징적 질서조차 분열되어 버린 탓이다. 그러나 이렇듯 글쓰기 토양 자체가 척박했던 전쟁기임에도 불구하고 상당수의 작품들이 양산되었다.[3] 이때 전쟁과 문학의 상관성은 시의 경우 시인이 전쟁을 바라보는 태도의 문제이다.

전쟁기의 문학 양상은 대부분 전쟁으로 인한 상실감과 평화를 열망하는 정조가 지배적이다. 전시라는 상황하에서도 꽤 상당수의 작품들이 창작되었다. 승리와 패배라는 이원론에 입각해서 전쟁 상황을 고찰하거나[4], 동포애와 인간애를 표출했으며[5] 인간 실존 문제에 골몰한 작품들이 양산되었다.[6] 뒷날 국방부 정훈국에서 『戰時韓國文學選—詩篇』(1955)이라는 제목으로 책 한 권 분량의 내용을 낼 만큼 전쟁기에 시창작이 의외로 활발했음을 살필 수 있다.

전후 한국시는 전후 폐허의 상황에서 무엇보다 전통의 파괴라든지 전통의 부재 상황을 경험한 만큼 전통주의적 경향을 의식적으로 내보였으며(서정주, 박재삼의 경우가 대표적이다), 「후반기」 동인을 주축으로 전시와 전후라는 상황 속에서 전통 부정의 예술적 분위기를 넘나들면서 모더니즘 경향이 전개되기도 하였다. 그리고 이러한 전통과 모더니즘의 구도뿐만 아니라 전영경, 민재식, 송욱 등을 위시한 전후 한국사회에 대한 통렬한 비판을 내장한 풍자시도 여럿 양산되었다.[7] 이러한 전통시와 모더니즘시, 풍자시의 구도는 뒤이은 1960

---

3) 오양호는 이 시기를 '전쟁 · 애국시대'로 보고 '전쟁의 현장 그 자체를 다룬 현장시', '반공애국시', '전쟁의 어두운 현실을 다룬 작품'들로 나누어 그 특징을 살피고 있다. 오양호, 「戰後 35년의 韓國詩 · 1」, 『시문학』 통권 172호(시문학사, 1985). 박태일은 이 시기를 전쟁 수행기로 보고 국가의 신격화와 복종, 헌신과 진혼을 노래한 '애국심의 수직 위상'을 다룬 시, 전우애와 전상자 · 전재민 가족을 다룬 '동포애와 내집단에 대한 관용'을 살핀 시, 외부의 적대세력과 내부의 적대세력에 주목한 '선악 이원론과 비관용'을 다룬 시로 전쟁기 작품을 개괄하고 있다. 박태일, 「1950년대 한국 전쟁시 연구」, 『경남어문논집』 제5집(경남대 국문학과, 1992.12). 한편, 한형구는 북한의 전투적 호소와 절절한 투쟁적 목소리에 찬 전쟁시에 비하면 남한에는 전쟁시의 개념이 없다고 본다. 곧, 전쟁의 무상성이나 반전성, 평화와 인간성 옹호로서의 휴머니즘 강조들의 내용들은 엄밀한 의미에서 전쟁시 개념이 될 수 없다고 보는 것이다. 남한 시사에서 엄밀한 의미에서 전쟁시 개념이 부재하였음과 동시에 50년대 시를 통칭하는 개념으로 '전후시' 개념이 통용됨으로써 남한 문학사의 의식 속에는 어떤 점에서 한국전쟁을 다룬 전쟁시 자체가 부재하는 양상을 드러내게 된 것으로 보는 견해이다. 한형구, 「1950년대 한국시」, 『1950년대 문학 연구』(문학사와 비평연구회 엮음, 예하, 1991).

4) 이영순의 「世紀의 悲劇」, 이호우의 「旗발」, 김순기의 「二等兵」「勇士의 무덤」, 윤영춘의 「우리는 祖國을 지키는 勇士」, 조지훈의 「다부원에서」, 모윤숙의 「국군은 죽어서 말한다」, 조영암의 「屍山을 넘고 血海를 건너」들이 있다.

5) 김순기의 「어린 斥候兵」, 설창수의 「戰傷者」, 모윤숙의 「당신의 신부로」, 김영삼의 「祖國이여! 이 넋부터 거두시라」가 대표적이다.

6) 박거영의 「악의 노래」, 김종문의 「불안한 토요일」을 들 수 있다.

7) 이순욱, 「1950년대 한국 풍자시 연구」(부산대 석사학위논문, 1995. 2). 1950년대 전후 사회를 '풍자'라는 주요 전략으로 살핀 연구자의 태도는 전통주의와 모더니즘의 대립구도라는 단순도식을 넘어서 1950년대 시단을 내밀하게 고찰한 점에서 매우 주목된다.

년대의 참여시와 순수시의 개념 재편으로 그 명맥이 이어진다.

한편, 전쟁기에는 이른바 전쟁 장시가 다수 창작된 점이 주목된다. 직접 전장으로 종군했거나 후방에서 전쟁의 폭력성과 상처를 갈무리하였든지간에 한국전쟁은 그 자체로 당대 시인들에게 쉬이 극복할 수 없는 부채의식을 남겼음이 분명하다. 따라서 시인들이 짧은 길이의 서정시 대신 지배적으로 장시를 선택한 까닭도 이러한 상황에 대한 응전이라고 보아야 하겠다. 역사 체험에서 결코 자유로울 수 없었던 상황에 견주어 역사의 시간과 사건의 운명을 담고자 한 시인의 의식이 시형식의 장형화를 불가피하게 초래하였기 때문이다. 따라서 1950년대 전쟁기 장시를 연구하는 일은 한국전쟁으로 말미암은 사람살이의 모습과 그에 대한 문학적 응전 양태를 밝히는 작업이며, 나아가 분단이라는 현실 앞에 놓인 개인의 정체성과 민족의 정체성을 탐색하는 작업이 된다.

시에서 형식의 문제는 시인의 시정신과 직결된다. 사물의 순간적 파악이나 시인 자신의 순간적 사상이나 감정을 표현한 서정시는 원천적으로 그 길이가 짧을 수밖에 없다. 서정시란 연속적이고 역사적인 또는 서사적인 시간에 항상 관심이 적은 것이 그 본질이기 때문이다. 이와는 대조적으로 장시는 역사적인 시간이나 서사적인 시간에 매우 많은 관심을 보인다. 인물과 사건을 재현하는 모방적 양식인 이야기를 채택하기도 하고, 화자와 대상, 곧 사건 사이의 거리 확립이라는 객관성을 그 본질로 지니기도 한다. 그러므로 장시는 정서나 감정의 순간 파악이라는 짧은 서정시에 비해 훨씬 더 사회역사적 현실에 근접하는 형식인 셈이다. 산문정신 또는 서사정신은 곧 인물과 사건을 이야기하려는 정신이고, 이러한 서사정신이 시에 수용되는 경우는 역사적 상황에 따른 인간 성격의 표출이다.[8] 그러므로 이러한 서사정신 또는 산문정신은 현실참여정신의 다른 말이다. 산문정신의 강화 현상이 빚어낸 장시는 무엇보다 변화를 수반하는 1950년대 시사의 뚜렷한 한 흐름으로 주목할 만한 시형식이다.

전쟁기에 장시를 시집으로 묶어낸 시인들은 이영순, 김종문, 박거영, 김용호들이다. 그러므로 이 글에서는 위 네 시인들을 대상으로 삼는다.[9] 이들의 장시 작품을 검토하는 작업은 1950년대 전쟁기 장시뿐만 아니라 1950년대 장시를 체계적으로 정리할 수 있는 기틀이 될 수 있을 것이다.

이러한 전쟁기 장시를 분석하는 틀은 두 가지이다. 시인의 현실 대응 방식과 메시지가 형식성을 끌고 가는 방식이 그것이다. 작품의 재현적 현실을 기준으로 시인들의 현실 대응 방식을 살피면, 각 시인들의 현실 대응 방식은 그들 나름의 독특한 공간 인식 구조를 형성하고 이러한 공간 인식 구조는 전쟁기를 설명하는 인식적 틀과 연관된다. 역사적(현실과 과거) 공간과 상상적(탈현실) 공간이 그 대상이다.

다음으로, 시인의 메시지가 형식성을 끌고 가는 방식에 따른 장시의 두 유형, 곧 시간 형식의 장시와 공간 형식의 장시에 대한 이해 방식이다. 전쟁기에 장시를 쓴 시인들은 시간 형식의 장시와 공간 형식의 장시로써 우리 민족이 수난을 겪었던 민족적 전환기의 모순에 대한 시대적 역사적 대응력을 확보하고 있다. 다소 편차를 보이지만 시

8) 김윤식, 『한국근대문학양식논고』(아세아문화사, 1978), 59쪽.
9) 물론 이 네 시인 외에도 장시를 발표한 시인들이 더러 있지만, 본고에서는 연구 대상을 시집으로 출간된 장시에 한정한다.

인들은 적극적이거나 소극적인 저항정신을 두루 표출하고 있다.

2. 연구 범위와 목표

문제 제기에서 밝혔듯이 이 글의 연구 대상은 이영순과 김종문, 박거영과 김용호의 장시들이다. 네 시인들의 장시를 제대로 고찰하기 위해서는 무엇보다도 장시 이론사를 점검함으로써 장시의 특성을 정립하는 일이 전제되어야 한다. 이 글에서는 먼저 장시라는 용어의 개념을 규명함으로써 이영순과 김종문, 박거영과 김용호의 작품들을 해명하고 나아가 시인의 세계관과 시적 텍스트를 긴밀하게 연관시켜 전쟁기 장시의 특성을 밝히고자 한다.

이러한 연구를 진행하기 위해 형식주의적 방법과 문학사회학적 방법을 주된 연구 방법으로 삼는다. 그것은 작가가 당대의 사회 역사적 현실을 어떻게 인식하고 있는가를 규명하기 위해서는 작품과 당대의 사회 역사적 상황과의 관련성뿐만 아니라 주제와 형상화 방법의 특성을 동시에 고려해야 하기 때문이다.

이 글은 이상의 문제 의식을 바탕으로 삼아 2장에서는 먼저, 장시의 개념과 유형을 중심으로 장시가 지닌 갈래 설정의 문제를 검토하고 확정해서 논의의 기틀을 마련할 것이다. 이때 장시와 서사시, 서술시, 연작시와 비교·대조하는 작업은 논의의 선명성을 확보하는 일이 된다. 이러한 준비 작업은 장시의 특성을 밝혀내는 데 무엇보다 중요하기 때문이다. 아울러 1950년대 전쟁기 장시의 창작 기반과 특징들을 살핌으로써 1950년대 장시의 문학사적 자리를 조망하는 디딤돌로 삼고자 한다. 장시는 1920년대에 이른바 근대 장시의 모색과 형성 단계를 거쳐, 1930년대에 확대·전개되고, 1940년대에 전반 소멸하는 제1차 전개과정을 거친다. 다시 1945년을 기준으로 1940년대 후반 재등장하고 1950년대에 와서 장시는 확산된다. 이렇듯 1950년대는 장시의 2차 확산기로서 현대 시사의 커다란 의미망을 획득한다. 그럼에도 1950년대 시사를 정리해 온 기존의 연구사는 편협했고 장시 영역을 두루 살피지 못했다. 본고가 1950년대 장시들을 개관하는 일은 1950년대 전쟁기 장시의 성격을 규명하기 위한 것이다. 1950년대 전쟁기 장시의 성격과 특징들은 각 시인들의 작품 분석과 해석 이후 귀납적으로 도출할 것이다.

3장에서는「군인정신과 수직적 애국심」의 맥락에서 이영순의 작품을 살피고자 한다.『延禧高地』와『地靈』시집을 중심으로 1950년대 전쟁기 장시의 한 영역을 도출하고자 하는 것이 이 장의 의도이다. 우선, 시인이 지닌 군인정신을 중심으로 그의 전방 체험의 서사를 검토할 것이다. 그리고 한국전쟁과 애국의 논리에 바탕을 둔 작품들을 분석함으로써 시인이 지닌 현실 대응 방식을 규명하고자 한다.

4장에서는「가면의식과 현실극복의지」의 틀에서 김종문의 작품을 고찰할 것이다.『불안한 土曜日』시집을 중심으로 1950년대 전쟁기 장시의 한 영역을 살펴 시인이 지닌 허무의식을 중심으로 그의 서사 지향성을 밝히고자 한다. 이를 통해 생존과 죽음의 변증법을 중심으로 시인이 지닌 현실 대응 방식을 이끌어낼 것이다.

5장에서는「피난민의식과 소외의 변주」라는 맥락에서 박거영의 작품을 고찰하고자 한다. 『惡의 노래』 시집을 중심으로 1950년대 전쟁기 장시의 한 의미망을 도출하고자 하는 것이 이 장의 의도이다. 우선 시인이 지닌 고향상실의식을 중심으로 그의 후방 체험의 서사를 밝혀내고 정체성의 옹호와 실존의식의 내면화를 통해서 시인이 지닌 현실 대응 방식을 규명할 것이다.

6장에서는 「변방의식과 인식론적 유토피아」라는 문제의식을 바탕으로 김용호의 작품을 분석할 것이다. 『南海讚歌』 시집을 중심으로 1950년대 전쟁기 장시의 한 영역을 도출하고자 한다. 우선 시인이 지닌 민족의식을 중심으로 서사 지향성을 밝히고 현실과 역사인식에 따른 장시의 선택 문제를 중심으로 시인이 지닌 현실 대응 방식을 밝힐 것이다.

이상의 고찰을 바탕으로 1950년대 전쟁기 장시의 문학사적 문맥을 마련하고자 한다. 아울러 한국 장시의 전망을 조망할 것이다. 이러한 작업은 무엇보다 한국 시사의 내밀한 규명과 아울러 온전한 시문학사의 정립을 위하여 필요한 작업이라 사료된다.

제2장

장시의 이론과 1950년대 장시

1. 장시의 개념과 유형

장시에 관한 논의는 서사시 또는 서술시와 연관해서 이루어지는 경우가 대부분이다. 이른 시기 김춘수[1], 김종길의[2] 단편적인 논의에서부터 박정호[3], 이종윤의[4] 학위논문에 이르기까지 장시와 서사시, 서술시의 차별화 문제는 낯익은 논의거리이다.[5] 이 절에서는 장시 논의의 연구사를 중심으로 하고 서사시와 서술시 논의들은 장시와 관련해서만 살피기로 한다.

한국문학사에서 장시를 최초로 논의한 사람은 김기림이다. 그는

1) 「敍事詩는 可能한가」, 『사상계』 1965년 9월호.
2) 「韓國에서의 長詩의 可能性」, 『문화비평』 제2집(아한학회, 1969년 여름호).
3) 「韓國 近代長詩 形成過程 硏究」(한국외국어대 박사학위논문, 1997).
4) 「분단시대의 서사시 연구」(경희대 박사학위논문, 1998).

장시가 장시로서 독특한 '領分'을 가지고 있다고 보고, 복잡 다단하고 굴곡 많은 현대문명 때문에 그것에 적합한 시의 형태로서 극적 발전이 가능한 장시가 필연적이었음을 주장하였다.[6)]

김기림의 논의는 한국문학사에서 장시를 처음으로 본격화시켰다는 점에서 의의가 크다. 그러나 최초의 논의인 만큼 장시의 이론적 틀을 체계적으로 제시하지는 않았다. 그가 제시한 장시의 독특한 '領分'이 분명하지 않고 복잡한 시대 상황을 담는 적합한 형식으로서 장시를 선정한 태도는 다분히 심정적이다.

장시 논의는 김기림 이후 60년대 초 신봉승이 다시 제기하였다. 그는 「長詩와 散文精神의 溶解」라는 글의 부제를 '사회구조와 조건'으로 붙였다. 다양하고 복잡한 사회구조에 부응하는 시 역시 그에 걸

---

5) 장시, 서사시, 서술시에 대한 논의들은 다음 글들에서 살필 수 있다.
신봉승, 「長詩와 散文精神의 溶解」(『현대문학』 1963년 3월호); 김우창, 『궁핍한 시대의 시인』(민음사, 1977); 오세영, 「〈국경의 밤〉과 〈서사시〉의 문제」(『국어국문학』 제75집, 국어국문학회, 1977); 오세영, 「長詩의 다양성과 가능성」(『현대시학』 1988년 8월호); 오세영, 「한국 서사시와 역사의식」(『韓國現代文學의 悲劇論』, 시와시학사, 1993); 오세영, 「서사시란 무엇인가」(『현대시』 1993년 10월호); 조남현, 「파인 김동환론」(『국어국문학』 제75집, 국어국문학회, 1977); 조남현, 「김동환의 서사시에 대한 연구」(『인문과학논총』 제11집, 건국대학교인문과학연구소, 1978); 오양호, 「한국서사시에 대한 일차적 접근」(『여천서병국박사화갑기념논문집』, 형설출판사, 1980); 김용직, 「근대 서사시의 형성과 그 성격」(임형택 외 여럿, 『한국근대문학사론』, 한길사, 1982); 염무웅, 「서사시의 가능성과 문제점」(김윤수 외 엮음, 『한국문학의 현단계』Ⅲ, 창작과비평사, 1982); 장윤익, 「한국서사시 연구」(명지대 박사학위논문, 1983); 장윤익, 「한국서사시 장르에 대한 연구」(『논문집』 제6집, 인천대학, 1984); 장윤익, 「한국서사시 양식의 특성」(『열린문학과 닫힌문학』(인문당, 1992); 이동하, 「김동환의 서사시에 나타난 지식인과 민중」(『세계의 문학』 1985년 가을호); 민병욱, 『한국서사시의 비평적 성찰』(지평, 1987); 민병욱, 『한국 서사시와 서사시인 연구』(태학사, 1998); 김재홍, 「한국 근대서사시와 역사적 응전력」(『현대시와 역사의식』, 인하대학교 출판부, 1990); 김재홍, 「한국 서사시와 역사의식」(『한국현대문학의 비극론』, 시와시학사, 1994); 김준오, 『한국현대장르비평론』(문학과지성사, 1990); 남송우, 「서사시 · 장시 · 서술시의 자리」, 현대시학회 엮음, 『한국 서술시의 시학』(태학사, 1998); 조동일, 『한국문학과 세계문학』(지식산업사, 1991); 조동일, 『동아시아 구비서사시의 양상과 변천』(문학과지성사, 1997); 장부일, 「韓國近代 長詩 硏究」(서울대 박사학위논문, 1992); 박정호, 「韓國 近代長詩 形成過程 硏究」(한국외국어대 박사학위논문, 1997) 외.

6) 김기림, 「詩와 現實」, 『조선일보』(1936. 1. 1~1. 5).

맞는 정신과 길이를 갖추어야 한다고 보았다. 그는 "창조적 구성력"[7]은 "행동이 있는 시나 주제의 명확함을 내세우는 산문정신의 시적 승화"를 전제로 해야 하고 이러한 임무를 장시가 맡아야 한다고 보았다. 그리고 장시에서 산문정신을 찾아낼 수 있는 이유를 장시의 소재가 개방되어 있는 점, 구성적인 주제를 구상화한다는 점, 언어 특히 전통적 언어를 해체하려고 한다는 점들을 들었다. 장시가 단지 '길다'는 데 대한 산문개념이 아니라 '주제의 구상화'를 의미하는 것이며 역사적 성격을 띤 인간과 시간상의 '동위수의 설정'을 뜻한다고 했다.[8]

신봉승의 장시 논의는 비교적 체계적이고 차분하다. 암시적이고 함축적인 시적 언어를 해체하고 행동을 담는 산문정신으로서 장시를 언급한 논의는 그 이후 별다른 깊이를 찾아볼 수 없을 만큼 정교하다. 삶의 다양한 측면을 반영하는 장시의 자리를 사회적·역사적 맥락에 두고 있는 시각 또한 예사롭지 않다. 30년대 김기림 이후 60년대 초 신봉승에 이르러서야 비로소 그 논의를 본격적으로 재개한 장시는 20여년 넘는 공백기가 필요했던 셈이다. 그러나 그는 장시의 산문정신을 소설의 산문정신과 구분하지 않았다. 곧, 시에서의 산문정신의 의의를 달리 설정하지 않았으며, "창조적 구성"이라는 말로 장시의 특질을 번복하는 아쉬움을 남긴다.

---

7) "액션을 위한 創造的 構成은 인스피레이슌의 構成을 否認한다. 여기에 長詩의 어려움과 特徵이 있다. 그와같은 創造力構成에는 廣範한 言語의 구사가 必要하다. 이른바 진정한 意味의 長詩는 항상 言語的 障碍에서 뛰쳐 나와야 한다. 單位社會의 構造나 條件속에서 共通化된 言語속에서 長詩가 이루어지지 않는다. 까닭에 長詩는 共通的인 言語를 解體하기 때문에 윌리암스夫人이 階段을 내려 올 때 잃어버리지 않는다." 신봉승, 앞의 글, 301쪽.

8) 신봉승, 위의 글, 295~305쪽.

이러한 장시 논의는 60년대 말 김종길에 와서 다시 활성화되었다. 그는 장시가 긴 작품이면서도 특정한 기존 양식에 포함되지 않아야 하고, 통일된 계획이나 구성 아래에서 단일한 주제로 통합되어야 하며, 길이가 약 200행에서 3,000행 내외여야 한다고 주장하였다.[9)]

그러나 그가 제시한 장시의 세 가지 조건은 장르 개념이 아니라 '길이'에 주목한 형식 개념이다. 길이가 긴 장시가 특정한 기존 양식에 포함되지 않아야 한다는 견해와는 달리 기존의 특정 양식, 곧 서사시나 설화시, 연작시 또는 시극들을 포함한다. 그리고 통일된 계획이나 구성 아래 단일한 주제로 통합되어 나타나는 것은 비단 장시만의 특징이 될 수 없다. 단일 구성과 단일 주제는 장시뿐만 아니라 단시에서도 가능하기 때문이다. 200행에서 3000행 내외라는 길이 개념은 더더욱 논란의 여지를 남긴다. 장시라는 말은 다만 시가 길다는 형식적 요건을 가리키는 것이지 장르 명칭이 아니기 때문이다.[10)] 따라서 장시에서 길이를 한정하는 일은 별 의미가 없다.

서준섭은 H. Read[11)]의 견해에 전적으로 기대어 장시의 주된 요소

---

9) 김종길, 앞의 글, 231쪽.
10) 이후 오세영도 견해를 같이 했다. 「한국 서사시와 역사의식」, 『韓國現代文學의 悲劇論』(시와시학사, 1993), 265~266쪽.
11) 장시를 본격적으로 논의한 사람은 H. Read로, 우리 장시 논의에 꾸준한 틀거리를 제공하였다. 개념과 주제에 의해서 시인의 의식이 확장되는 것으로서 장시를 지적하였으며 이야기와 관념을 장시의 핵심적인 요소로 보았다. 그는 장시를 "그 시대의 어떤 열망과 밀접히 관련되어 있"는 것으로 보았고, 단일 단순한 정서적 태도를 구현한 단시와는 구별되는 것으로 여러 개의 정서를 기교에 의해 결합한 어떤 복잡한 이야기를 포함한 일련의 긴 시로 파악하였다. 아울러 형태가 개념을 두루 다스리는 단시에 반하여 개념이 형태를 다스리는 시로서 개념 지었다. 이러한 장시는 서사시(epic), 이야기시(narrative poem), 철학시(philosophic poem)들을 아우른다고 지적하였다. 장시 개념을 최초로 체계화한 이론가로서 그의 이론적 틀은 비교적 정교했다. Hebert Read, *Phases of English Poetry*(London, 1950, 132쪽); The Structure of the Poem, *Collected Essays in Literary Criticism*(London, Fabor & Faber, 1938/1952, 57~68쪽).

로 이야기와 관념을 꼽으면서, 그 개념을 서정시의 서사화로 정리하였다. 이러한 장시는 짧은 서정시에 비하여 시간, 사건, 역사, 사회들에 대한 시인의 주관과 가치관이 깊숙이 끼어 들 소지가 많으며, 그는 이 부분을 특히 강조하였다. 시라는 갈래에서 시의 길이를 필연적인 것인 동시에 자의적인 요소라 보고, 시의 길이를 구속하는 것은 시인의 정서라기보다는 오히려 노래하고자 하는 관념·정신 또는 이야기들로 보았다. 아울러 그는 시인이 보다 긴 길이에 의해 어떤 관념을 표현하고자 할 때 대부분의 경우 그것은 필요한 어떤 주된 이야깃거리를 갖게 마련이므로 장시는 대개 이야기시가 될 소지가 많다고 하였다.[12)]

시간 개념을 염두에 두면서 사회적인 사건이라든가 역사에 방점을 둔 그의 장시에 대한 논의는 매우 체계적이다. 장시의 길이를 구속하는 요인으로 관념, 정신, 이야기를 든 것은 허버트 리드의 견해에서 기인한다. 그러나 서정시의 서사화로 장시를 개념지운 것은 장시의 범주를 오히려 축소한 느낌이다. 장시가 서정시의 맥락에서 자유로울 수 없음을 전제했기 때문이다. 물론 시의 본령이 서정성임은 부인할 수 없는 사실이지만, 서정성이 반드시 장시의 필요충분조건인 것은 아니다. 행동과 관념을 담은 장시와 정서 중심의 순간 파악을 위주로 하는 서정시와는 그 의미망이 사뭇 다를 수밖에 없음을 필자는 간과한 것이다.

민병욱은 장시를 서사적 서정시와 서정적 서사시로 분류한다. 그

12) 서준섭, 「韓國 現代詩에 있어서 長詩의 문제」, 『심상』 1982년 5월호, 37~38쪽.

는 한국 서사시의 체계를 언어형식의 관점과 통시적 관점 그리고 공시적 관점으로 이끌어내었다. 장시에 관한 그의 언급은 공시적 관점에서 두드러진다. 그는 무엇보다 용어의 형용사적 용법과 명사적 용법을 구별해야 한다고 주장하는데, 형용사형 용어는 종개념으로서의 갈래를, 명사형의 용어는 유개념으로서의 갈래를 지칭하기 때문이다. 이때 서사시의 하위 갈래 체계는 서정적 서사시, 서사적 서술시, 극적 서사시들이다.[13)]

앞의 서준섭과는 달리 장시의 영역을 서정시와 서사시로 확장했다는 점에서 그의 논의는 새 장을 열었다. 그러나 시의 세 갈래인 서정시와 서사시, 극시를 전제하고 장시를 세 장르에 골고루 분포시킨 점은 장시를 철저하게 갈래로 본 데서 기인한다. 두루 알려진 대로 장시는 갈래 명칭이 아니라 길이에 주목한 형식 명칭이다.

김재홍은 장시가 다만 시가 길다는 형식적 요건을 지칭하는 것이지 갈래 명칭이 아님을 강조하면서 서사시와 비교를 시도하였다. 한국 근대시사에서 발견되는 길이가 긴 일련의 작품들에서 문제가 되는 것은 그것이 서사적 요건을 갖춘 시, 즉 서사시에 해당하는가, 아니면 단순한 서정시로서 좁은 의미의 장시 즉 장편시에 해당하는가를 구별해야 한다고 했다. 여기서 그는 장시 대신 장편시라는 용어를 제시한다. 이것은 장시가 장르명으로서의 서정시의 긴 형식을 일컫

13) A. Guerard의 입론을 시에 한하여 적용시킨 결과이다. 서정시는 서정적 서정시, 서사적(서술적) 서정시, 극적 서정시로, 극시는 서정적 극시, 서사적 극시, 극적 극시로 체계화할 수 있다. 민병욱, 앞의 책 『한국 서사시와 서사시인 연구』, 31쪽, 그러나 「한국시의 서사갈래 연구 1/문제의 인식과 방법」에서는 서정시, 서사시, 극시 대신 서정갈래, 서사갈래, 극갈래라는 용어를 쓰고 있다. 『현대시학』 1983년 10월호, 154~156쪽.

는다고 보았기 때문이다. 짧은 서정시는 그대로 서정시로, 긴 형식의 서정시는 장편시, 줄여서 장시로 보는 것이다. 이것은 마치 단편소설이 단일구성으로 이루어진 짧은 형식의 소설을 의미하고 장편소설이 복합구성으로 이루어진 긴 형식의 소설을 일컫는 사실과 대응된다.[14]

그러나 장시를 장편시라 부르는 근거는 별 타당성이 없다. 장시를 서정시와 구분되는 입장에서 장편시라 부를 것을 제의하는데, 그의 견해를 존중한다면 이때 시의 두 구분은 단시와 장시 또는 단편시와 장편시가 되어야 옳다. 무엇보다 그의 결정적 오류는 서정시가 길이의 개념으로 구분되는 명칭이 아님을 간과한 데 놓인다. 서사시 못지않은 내러티브 구조를 지니지 않더라도 이미지와 정서들로써 시의 길이가 길어지는 예를 얼마든지 발견할 수 있기 때문이다.[15]

오세영은 H. Read의 견해에 기대어 장시를 다수의 정서적 갈등을 인위적으로 통일시켜 시인의 이념이 형식성을 끌고 가게 하는, 어느 정도 이상의 길이를 지닌 시라고 하였다. 이때 시에서 시인의 메시지가 형식을 끌고 가는 방법으로 시간적 질서에 의존하는 방법과 공간적 질서에 의존하는 방법에 착안하여 각각 서술적 형식과 공간적 형식으로 정리하였다. 서술적 형식은 시에 주인공을 등장시켜 하나의 이야기를 만듦으로써 시인의 이념을 형상화시키는 방법이고, 공간적 형식이란 주인공이나 스토리의 설정 없이 서정 단시와 마찬가지로,

---

14) 김재홍, 앞의 글 「한국근대서사시와 역사적 대응력」, 251~254쪽.
15) 이 책에서 연구대상으로 삼은 박거영이나 김종문의 작품도 바로 여기에 해당한다. 그리고 1930년대 김기림의 「기상도」나 오장환의 「전쟁」「해수」「수부」「황무지」「병든 서울」, 임학수의 「독수리」, 정인섭의 「이학관의 까마귀」, 1960년대 전봉건의 「사랑을 위한 되풀이」 들도 함께 들 수 있다.

이질적인 이미지들과 정서들을 일관된 주제의식 아래 공간적으로 배열시킴으로써 시인의 이념을 형상화시키는 방법이다. 이에 따라 장시를 서술적 형식으로서의 장시와 공간적 형식으로서의 장시로 분류하였다.[16]

오세영의 견해는 이제껏 장시의 논의를 한결 단아하게 정리하였다는 점에서 의의가 있다. 장시를 서사시, 서술시와 혼동한 견해까지 정리할 통로를 제공하고 있는 점이 무엇보다 눈에 띈다. 시간적 질서와 공간적 질서는 삶의 의미망을 포괄하고 있는 체계이다. 이러한 삶의 전반적인 체계를 염두에 둔 그의 장시 개념은 시의 영역을 확장한 견해로 튼튼한 짜임새를 보인다. 시간과 공간의 질서에 따라 서술적 형식으로서의 장시와 공간적 형식으로서의 장시를 유형화한 견해도 이후 리얼리즘적 장시와 모더니즘적 장시를 해명하는 혜안을 제시하기도 한다. 이 글의 장시 논의의 틀거리도 이에 많이 기댔다.

이승원은 장시가 길이가 긴 형식의 명칭일 따름이지 양식의 명칭은 될 수 없다고 보고, 서사시, 서술시, 이야기시, 담시, 장시들의 용어들 가운데 타당하고 가능한 용어는 서사시뿐이라고 보았다. 장시 자체를 인정하지 않은 태도이다.[17]

그러나 장시라는 명칭 자체를 부정한 그의 견해는 여전히 논란의 여지를 남긴다. 시의 명칭은 갈래뿐만 아니라 길이에 주목한 시의 형식에도 얼마든지 명명 가능하기 때문이다. 그러므로 서사시, 서술시, 이야기시, 담시, 장시 용어들 가운데 서사시만을 타당하다고 보는 연

16) 오세영, 앞의 글 「長詩의 다양성과 가능성」, 52~53쪽.
17) 이승원, 「서사시 · 장시」, 『현대시』, 1993년 10월호, 71~83쪽.

구자의 견해는 시의 양식 명칭만이 건재해야 한다는 편견에 불과하다.

범대순은 설화체의 시로 서사시와 장시를 포괄하고 굳이 서사시와 장시를 구분하지 않는다. 서사시에는 설화적이고 원시적인 설화 서사시와 문학적인 것으로 실명의 작품인 실명 서사시가 있으며, 장시는 자서전적 서사시라 보았다.[18]

그러나 서사시와 장시를 구분하는 잣대도 명확하지 않을 뿐더러, '위대한 문학'으로서 서사시와 장시를 아우르는 연구자의 관점은 다분히 추상적이고 관념적이다. 서사시와 장시의 상관성은 보다 근거 있는 잣대를 필요로 한다.

장부일은 장시를 다양하고 복잡한 정서를 이야기와 관념을 통하여 시인의 의도된 통일성 아래 구성하는 시라고 보았다. 그리고 장시의 유형적 범주로 서사시, 단편 서사시, 서정 장시를 들고 있다. 그는 서사시와 서정 장시의 차이점으로 등장인물과 시점에서 찾는다. 서사시가 인물, 사건, 배경이 구비되는 장르로 객관적 시점을 바탕으로 일관된 사건이나 통일된 행위가 전개됨에 비해 서정 장시는 사건이나 배경은 있을지언정 인물은 등장하지 않는, 주관적 시점을 바탕으로 추상적이고도 광범한 관념을 표출하는 형식이라는 것이다. 연구자는 '근대 장시'에 연구 범위를 한정하고 있기 때문에 서사시, 서정 장시 이외에도 단편 서사시를 설정하고 있다. 단편 서사시와 서정 장시의 변별점은 카프의 대중화론에 의해서, 곧 시의 현실대응력의 문

18) 범대순, 「서사시 · 장시의 개념과 성립 과정」, 앞의 책, 40~56쪽.

제와 관련해서 발생된 양식이라는 점에서 단편 서사시와 서정 장시의 변별점을 발견하고 있다.[19)]

장시를 단시와 대립되는 개념으로 설정하고, 이야기와 관념을 통하여 시인의 의도와 통일성 아래 구성하는 시로 정의한 연구자의 태도는 허버트 리드의 시론에 크게 기대고 있는 부분이다. 한국 근대 장시의 개념과 유형을 상황 논리에 입각해서 체계화하고 있는 태도도 눈에 띈다. 그러나 서사시와 서정 장시를 장시의 큰 유형으로 설정한 것은 논의의 여지를 남긴다. 모든 장시의 유형들이 서사시와 서정 장시에 수렴된다는 논리인데, 그렇다면 장형화된 서술시와 연작 장시의 문제가 해결거리로 남게 된다. 서사시와 서정 장시의 호응관계도 설득력이 없다. 가령 서사 장시와 서정 장시 또는 서사적 장시와 서정적 장시의 호응관계면 서사시 이외 서술시, 연작시들의 문제가 해결될 수 있을 것이다. 그리고 단편 서사시를 한국 근대 장시의 한 유형으로 설정한 것은 무리수가 따른다. 물론 단편 서사시가 나라 잃은 시기의 특수한 갈래인 것은 분명하지만, 연구자가 설정한 단편 서사시와 서정 장시의 차이가 서사시와 서정 장시의 차이 설명과 크게 다르지 않기 때문이다. 이야기하고자 하는 의지의 측면에서 본다면 서사시와 단편 서사시의 현실 대응력의 차이가 어느 정도인지는 대단히 모호하다.

박정호는 장시의 개념을 이론적 장르라기보다는 형성중인 역사적 장르에 가깝다고 보았다. 그는 시의 장형화 문제를 해결하기 위하여

19) 장부일, 앞의 논문, 6~13쪽.

비시적 상황의 시화, 시와 노래의 문제, 논리와 상징, 운문과 산문의 의미를 집중적으로 검토하였다. 그는 시가 길어질 수밖에 없는 이유를 산문정신의 강화, 제재에 대한 새로운 인식, 변화를 수반하는 시대적 특성들을 꼽았으며, 이야기와 구술적 리듬감, 비판과 부정정신, 분련과 행 바꿈, 시적 대상과 시대정신 등 다양한 요인들이 상호복합적으로 작용하면서 장형의 시가로 발전하였다고 보았다. 장시가 한국 시문학사의 연속성을 바탕으로 존재하며 전통성과 근대성 그리고 문학의 장르와 민족적 형식을 두루 설명할 수 있는 장르혼성적 특성을 보여주었다고 강조한다.[20)]

상황의 맥집기에 민감한 명칭으로서 장시를 설정한 연구자의 의도는 매우 타당했다. 산문정신의 강화와 제재의 재인식, 변화하는 시대상의 반영으로서 시의 장형화를 설명한 대목도 경청할 만하다. 장르혼성적 특성을 장시의 주요 특징으로 꼽은 것 역시 기존의 장시 논의에서 걸림돌이 되었던 서사시와 서술시, 이야기시, 담시들의 문제를 매끄럽게 해결하는 태도여서 매우 주목된다. 역사적 장르에 가까운 것으로서 장시가 여전히 완결되지 않은 미지수를 품고 있다손 치더라도 이러한 점이 오히려 장시를 가능케 하는 요인이 되는 것이다.

남송우는 장시를 시의 서사 양식에 대한 접근, 즉 서정시의 서사화라 규정한다. 그는 장시가 대상을 순간적으로 어느 일면을 노래하고

---

20) 그는 특히 근대 장시에 논의의 초점을 맞추고 있다. 근대 장시를 전통적 장르구분법에 따른 순수 갈래가 아니라 새롭게 형성된 교섭갈래라는 점, 장르복합적 성격을 보이며 단일하게 고정된 패러다임을 형성하고 있지는 않다는 점, 시, 소설, 극 등의 장르에 개방적 자세를 보이고 다양한 장르로 작품을 생산했던 일부 작가들에 의해서만 쓰여졌다는 점, 문학사의 기현상이 아니라 근대사의 충격적 변화를 날카롭게 인식하면서 전근대 장시의 창조적 계승과 근대적 문예 양식의 적극적 활용을 통하여 한국 시의 근대성을 확보하고 문학사적 전통의 지속과 변화를 거듭 보여 준 능동적 양식 등으로 보았다. 박정호, 앞의 논문, 10~42쪽.

자 하는 것이 아니라 처음, 중간, 끝이라는 보다 완결된 형식으로 전체적으로 다루고자 하는 시인의 정신과 관계되는 양식이라고 보았다. 짧은 서정시에 비해 시간, 사건, 역사, 사회들에 대한 시인의 주관과 가치관이 깊숙이 끼어 들 소지가 많으며, 이 점이 우리 시사에서 장시 선택의 추세와 긴밀히 관련된 것인 만큼 강조되어야 한다고 보았다. 아울러 장시가 시에서 길이가 길어지는 근원적 이유를 서정시에 서사양식이 더해지는 데서 찾고 있는 만큼 이 서사양식이 이야기라는 점에서 장시 역시 서술성을 갖지 않을 수 없다는 점을 지적하고 장시가 서술시의 한 형태로 논의될 수 있는 토대가 있음을 강조했다.[21)]

그러나 장시를 서정시의 서사화로 규정하는 연구자의 태도는 앞의 서준섭의 견해와 크게 다르지 않다. 단, 시의 장형화가 품는 서사성을 고려하여 장시를 서술시의 한 형태로 본 점은 장시 논의를 확장하는 데 기여한다.

이상의 연구사를 통하여 살펴본 결과, 지금까지 장시의 연구는 서사시와 서술시와의 연관선상에서 개념 설정과 장르 규정 문제를 중심으로 이루어졌음을 알 수 있었다. 이러한 논의로 장시 연구가 장시의 개별 갈래사 연구로 심화·확대되어 나갈 수 있게는 되었지만 실제 사실인 개별적이고도 구체적인 작품으로서의 장시를 다루는 일에는 소홀했다.

'긴' 시를 고찰하는 데 가장 큰 문제점은 작품 현실과 기존 이론의

21) 남송우, 앞의 글, 57~62쪽.

갈등이다. 그러므로 기존의 지배담론에 좌우되기보다, 문학사적 사실을 세심하게 검토하는 작업이 무엇보다 요구된다. 나아가 실제비평의 폐쇄성을 뛰어넘는 시도 또한 요구된다. 이 글은 이에 장시의 개념과 유형, 구성과 주제라는 네 측면에서 기존 연구사의 문제점을 검토하고 나아가 장시의 틀거리를 확립하려 한다.

먼저, 장시의 개념 문제이다. 시의 장형화는 무엇보다 전체적으로 시의 길이가 길어졌다는 것을 뜻한다. 따라서 장시의 조건으로 길이를 우선시한다. 여기서 길이는 단순히 길다라는 의미가 아니라 주제의 구상화를 뜻하는 것이며 역사적 성격을 띤 인간과 시간상의 '동위수(同位數)의 설정'을 뜻한다는 견해[22]는 장시의 개념을 해명하는데 아주 유용하다.

그러므로 장시는 장시를 시의 길이를 문제삼았을 때 단시에 대응하는 시로서, 시형식에 따른 명칭이 된다. 시의 길이는 행을 단위로 하며 장시는 행의 수가 크게 늘어난 시형식을 가리킨다. 이때 시행의 구체적인 제한은 별 의미가 없다. 장시에서 그 길이는 소재나 구성방식에 따라 자연스럽게 결정되기 때문이다. 장시는 결국 시인의 문학관과 서사정신의 반영으로 길이가 길어진 시이다. 시인의 서사정신은 당대 사회역사적 현실과 밀접한 관련을 맺고 있음은 물론이다. 그러므로 장시는 서술체 문학의 성격이 우세하다.

그리고 이 글에서, 연작장시 형태로 쓰여진 작품들 가운데 하나의 주제 아래 포괄될 수 있는 연작시를 장시의 개념 아래 두었다. 이제

22) 신봉승, 앞의 글, 299쪽.

까지 연작시가 장시의 범주 안에 포함될 수 없었던 이유는, 이를 구성하는 개개의 작품이 그 나름의 완결성과 독립성을 지니고 있어서 총체를 이루는 부분으로서의 기능을 제대로 발휘하지 못했다고 본 데서 비롯된다.[23] 그러나 연작시는 하나의 큰 주제 아래 작은 주제들이 모이는 시들의 모임인 경우가 대부분이므로, 각 작은 제목 아래 작품들이 그 나름의 독립성을 지니고 있더라도 큰 주제와의 연관성을 무시하기는 힘들다. 만약 작은 제목을 단 개개의 작품들이 그야말로 완결된 독립성을 지닌다면 굳이 '연작'이라는 명칭을 달 필요가 없을 것이다. 시인이 지닌 문학관을 '말하는 방법'으로서 다양성과 지속성이 시에서 연작이라는 형태를 이끌어내었을 것이기 때문이다.

둘째, 장시의 유형 문제이다. '서술적 형식'(narrative form)의 장시와 '공간적 형식'(spatial form)의 장시로 구분하여[24] 서사시로 분류되던 서술형의 장시와, 이질적 이미지들과 정서들의 결합체인 모더니즘 계열의 장시를 함께 검토할 수 있는 거점을 확보한 논의는 장시의 유형을 고찰하는 데 혜안을 제공한다. 여기서 서술적 형식과 공간적 형식은 시인의 메시지가 형식성을 끌고 가는 방법이다. 시간적 질서에 의존하는 서술적 형식과 공간적 질서에 의존하는 공간적 형식이 그것이다.

이 글은 서술적 형식을 시간 형식으로 대신한다. 이는 공간적 형식과의 호응 때문이다. 시간 형식의 장시는 시간 질서에 유의함으로써 인물, 사건, 배경이라는 비교적 틀이 잡힌 서사적 요건을 갖춘다. 시

23) 오세영, 앞의 글 「長詩의 다양성과 가능성」, 53쪽.
24) 오세영, 위의 글 「長詩의 다양성과 가능성」, 52~62쪽.

간 형식의 장시가 소설만큼의 정교한 플롯 구성은 아니더라도 구체적인 정황의 전개 방식을 구비하는 것이다. 여기서 서사시와 장형화된 서술시의 문제는 해결된다.

공간 형식의 장시는 뚜렷한 사건의 전개 과정 없이 이질적인 이미지들과 정서들이 일관된 주제의식 아래 공간적으로 배열된다. 이때 공간 형식의 장시가 지니는 주요한 특징은 구체적인 사건의 전개과정이나 결과는 숨고 이질적인 이미지나 정서들이 공간을 달리하여 배열되는 방식을 취한다는 점이다. 이러한 이질적인 이미지들과 정서들은 시인의 이념을 형상화시키는 데 기여하여야 한다. 이른바 모더니즘 계열 장시들이 이 범주에 포함될 수 있다.

장시는 서사적 요소는 물론이고 서정적 요소와 극적 요소를 모두 포괄하는 시형식이다. 그러므로 서사적 장시, 서정적 장시, 극적 장시의 명칭들 또한 가능하다. 이때 서사적 장시와 극적 장시는 '시간 형식의 장시'로, 서정적 장시는 '공간 형식의 장시'로 분류 가능하다.

그리고 시간 형식의 장시이든 공간 형식의 장시이든 그 구성은 대체로 삽화적 구성(Episode plot)이 원칙이다. 전자는 대체로 순차적인 시간과 공간의 질서에 따른 에피소드의 나열이고, 후자는 논리적이거나 이성적인 질서를 해체한 파편적인 에피소드의 복합적 나열일 경우가 대부분이다.

셋째, 장시의 주제 문제이다. 장시의 주제는 개인의 성정을 문제삼는 서정 단시보다 훨씬 광범위하다. 현학적인 호기심부터 구체적인 사회현실인식에 이르기까지 다양하고 복합적인 주제를 아우른다. 대체로 사회역사에 대한 인식과 그 기능을 다룰 때는 시간 형식의 장시 유형이 되며, 형이상학적 가치의 세계라든지 개인적이고도 특수한 가치를 다룰 때는 공간 형식의 장시가 된다. 물론 공간 형식의 장시가 반드시 사회현실인식을 전혀 반영하지 않는다는 것은 아니다. 보다 정확하게 말하면 '무엇을' 말하느냐의 문제보다 '어떻게' 말하느냐에 초점을 두어야 할 것이다. 개인적인 문제이든 사회적인 문제이든 길이가 문제되는 형식이 장시인 만큼 그에 따른 주제도 단시에 비해 훨씬 복잡다단하기 마련이다. 암시와 함축이라는 기존 시 갈래를 확장함으로써 갈래 복합적인 성격도 마다하지 않는 것은 주제의 다양한 형상화에 따른 결과이기도 한 것이다.

2. 1950년대 장시의 특징과 창작 기반

1950년대 전쟁기 장시는 우선 이전 시기의 장시와의 영향관계를 고려하여야 한다. 문학사를 하나의 유기적 총체성으로 파악할 때 1950년대 전쟁기 장시는 나라되찾기와 나라세우기의 역사적 과제를 수행했던 나라 잃은 시기의 장시들과의 연관성 아래에서만 그 의미가 제대로 도출될 수 있을 것이기 때문이다.

우리 문단에서 장시라는 용어는 바이런의 장시 「Child Harold's Philgrams」(『소년』 제1권 제1호, 1908. 11. 1)가 소개되면서 비로소 구체화되었다. 이어 최남선이 「실낙원」을 일부 번역하였으며(『청춘』 1권 3호, 1914. 12. 1), 『신한민보』에 바이런의 「희랍인가」를 번역 연재하였다(1919. 5. 25~10. 26). 그리고 진학문이 타고르의 장시 「카탄

쟈리」「원정」「신월」(『청춘』 제3권 제5호, 1917. 11. 16)들을 일 절씩 번역하였고 양주동이 이어 번역하였다. 이후 서구 문학의 도입이 활발해지면서 장시 창작이 집단화되고 다양한 방법론에 의해 시가가 장형화되었다.

무엇보다도 근대 장시 형성에 『금성』 『조선문단』 『낭만』 『시원』 동인집단이 절대적으로 기여했다. 1920년대는 3·1운동 좌절 후 정서의 과잉 상태를 거쳐 자유에의 갈망과 민족주의적 이념이 문학으로 표출되던 시기이다.[25] 이때 장시를 창출하고 주도한 쪽은 『금성』과 『조선문단』이다. 문학 전공자들에 의한 시전문 잡지인 『금성』파 장시는 유엽의 「소녀의 죽엄」, 김동환의 「국경의 밤」과 「승천하는 청춘」들을 중심으로 근대 장시의 형성에 기초가 되었다. 나라 잃은 시기 저항의식과 비판정신을 담은 경향파 시인들은 단편 서사시를 중심으로 시의 장형화에 이바지했다. 김창술의 「洪水後」「跛哭」, 포석의 「農村의 詩」, 박아지의 「農軍 行進曲」, 임화의 「우리 옵바와화로」들이 담론의 사회적 실천이라는 맥락에서 크게 기여했다.

이러한 1920년대 장시의 토대를 바탕으로 1930년대 와서 장시는 보다 확대 전개된다. 두루 알려진 대로 1930년대는 식민의 억압 상황을 극복하면서 반봉건, 반식민, 반외세의 문학 수립이라는 과제를 떠안았던 시기이다.[26] 이때 문예 운동의 유형에 따라 리얼리즘 계열의 장시, 모더니즘 계열의 장시, 그리고 구비 담론에 의한 장시가 각각 특성을 지니면서 창작되었다. 리얼리즘 장시는 카프파를 중심으

---

25) 신동욱, 「1920년대의 시와 그 인식」, 『韓國現代詩史研究』(일지사, 1985), 56~57쪽.
26) 염무웅, 「1930년대 문학론」, 『한국 근대문학사론』(임형택·최원식 엮음, 한길사, 1982), 427쪽.

로 운동의 동적 상태를 형상화하면서 창작되었는데, 임화의 「주리라, 네 탐내는 모든 것을」, 박세영의 「바다의 여인」, 박아지의 「어머니와 딸」 들이 있다. 모더니즘 장시는 관념을 위주로 방법의 혁신을 의도하면서 전개되었는데, 김기림의 「기상도」, 오장환의 「전쟁」 「首府」, 정인섭의 「理學館의 까마귀」 들이 대표 작품들로, 이후 장시의 새로운 전형으로 그 기틀을 마련한 의의를 갖는다. 구비 담론에 의한 장시는 이야기와 노래의 성격을 동시에 갖는 장시로서 김대봉의 「嬰兒譜」, 노춘성의 「銀河月의 花琴譜」, 양우정의 「농부의 노래」 들이 창작되었다. 가사 등의 전통 시가양식에 기대거나 구비설화들을 시로 끌어들이면서 구비 담론에 의한 장시는 시의 서사성과 산문성을 확장시켰다.

1940년대 장시는 광복을 기점으로 민족문학과 친일문학, 순수문학과 경향문학이 양립하면서 싸우는 시, 싸우지 않는 시, 노래하는 시, 주관시, 객관시들이 혼재했던 시기이다.[27] 김중한의 「龍飛御天歌」, 조기천의 「백두산」, 설정식의 「諸神의 憤怒」, 김상민의 「옥문이 열리던 날」, 강승한의 「한라산」들이 창작되었으며, 이 시기 장시는 정치 사회사적 연관성에 방점이 가 있었다. 1940년대 장시는 체제와 이념이 달라도 작가의 현실참여의지와 사회 전망을 바탕으로 창작된다는 사실을 확인시켜 준 점에서 의의가 있다.[28]

1920년대 체계화되기 시작한 장시는 1950년에 이르러 여느 시기와는 또 다른 양상과 특징을 보인다. 한국전쟁이라는 역사적 사건 때

---

27) 김상선, 『광복뒤의 우리문학 연구』(집문당, 1996), 99~332쪽.
28) 박정호, 앞의 논문, 212쪽.

문이다. 이는 그야말로 우리 민족이 내상과 외상을 모두 받아야 했던 참담함의 역사로 각인된다. 1950년대 전쟁기 장시의 생성 배경과 특징에 대한 고찰은 이러한 장르 사회적 맥락과 시대 상황의 맥락에서 자유로울 수 없음은 물론이다.

우선, 장르 사회적 맥락에서 1950년대 장시의 생성 배경과 특징들을 살펴보자. 시는 이른바 자아와 세계의 동일성을 담보로 하는 세계의 자아화이다. 이때 미래에 대한 전망이 보일 때는 자아의 세계화가 가능해진다. 이 경우 서사시가 가능한 것처럼 장시 또한 가능하다. 대체로 서술성을 담보로 하는 장시는 단순한 문체 선택이 아니라 서사화로써 시의 길이가 길어질 수밖에 없는 인식틀의 변화에서 따져볼 필요가 있다. 시가 이야기에 관심을 갖는다는 것은 시인이 감각적인 순간성에 빠져들 여유가 없음을 뜻한다. 곧 개인적인 성정에 머물러 세계를 자아에 이입시킬 상황을 사회가 허락하지 않는다는 뜻이다. 자아의 세계화가 필요한 상황에서 시인의 담론이 서사화되는 것은 자연스럽고도 당연한 현상이 아닐 수 없다. 그러므로 시의 길이가 길어지는 경우는 암시와 함축으로써 주관적 정서를 환기하는 시의 서정적 인식의 변화를 뜻한다. 이러한 시의 서사화는 극적 상황을 시에 도입하는 경우에도 마찬가지다. 짧은 시에서 긴 시로의 형식적 장치의 변화는 인식의 방법론적 전환을 뜻하며 이는 서사화 또는 서술화 그리고 극화로 시의 길이가 길어지는 장르 사회적 측면과 긴밀한 관계가 있는 것이다.

다음으로 시대 상황의 맥락에서 1950년대 장시[29] 중에서 전쟁기 장시의 생성 배경과 특징을 살펴보면 다음과 같다.

장시는 시대의 특성에서 비롯된 현실 참여적인 태도를 지배적으로 지닌다. 시대의 구비와 굴곡에 응전하는 시형식으로서 장시는 문학사적으로 볼 때 급변기나 전환기에 두드러지게 채용된다.[30] 세계인식과 정서적 반응방식으로서 긴 시는 중요한 담론체이고 이때 많은 시인들이 집단적 상황과 당대의 현실을 시로 나타내기 때문이다. 그러므로 장시는 대부분 상황의 맥잡기에 민감한 상황시이면서 개인의 내밀함보다는 사회적이고도 역시적인 현실에 무게중심을 두는 참여시일 경우가 많다. 그리고 시인의 정서적 관념의 표현보다 현실 체험 자체에 의존하는 체험시가 대부분이고, 이러한 체험을 바탕으로 한 기록시 또는 증언시의 성격이 강하다. 1950년대 전쟁기 장시는 이러한 특징들을 고스란히 드러낸다. 서술자의 발화의지는 특히 이 대목에서 기여하는 바가 크다.[31]

1950년대 가운데서도 특히 한국전쟁기에 창작된 장시는 사회적이고도 역사적인 체제 변동이 빚어낸 문학사적 실체이다. 이때 정서와 시의 형식 그리고 사회 변화는 상호보족적으로 실현되며 또한 시인

---

29) 아래 작품들의 목록은 전쟁기를 아우른 1950년대 장시들의 죽보기이다. 아래의 죽보기는 실제 눈으로 살핀 작품들을 위주로 작성되었다. 1950년대 장시를 살피는 데 주요한 작품들일 뿐만 아니라 1950년대 전체 시사를 논의하는 데 장시가 차지하는 의미망 확보에 적절하게 기여할 작품들이다. 이영순, 『延禧高地』(정민문화사, 1951); 박거영, 『惡의 노래』(국제신보사, 1951); 김용호, 『南海讚歌』(남광문화사, 1952); 이영순, 『地靈』(문총사, 1952); 김종문, 『不安한 土曜日』(보문각, 1953); 박거영, 『인간이 그립다』(인간사, 1955); 민재식, 「贖罪羊」(『문학예술』 1955년 9월호~1957년10월호); 민재식, 「未完成失題」(『문학예술』 1956년 8월호); 전봉건, 「銀河를 主題로 한 봐리아시옹」(『문학예술』 1956년 5월호); 송욱, 「何如之鄕」(『사상계』 1956년 12월호, 1957년 7월호/『현대문학』 1957년 7월호/『문학예술』 1957년 8월호/『사상계』 1958년 8월호/『현대문학』 1958년 12월호/『신태양』 1959년 1월호/『자유공론』 1959년 1월호/『사상계』 1959년 2월호); 신석초, 「바라춤」(『현대문학』 1957년 5월호~8월호); 박거영, 『孤獨한 反抗者』(인간사, 1958); 전봉건, 「古典的인 속삭임 속의 꽃」(『문학평론』 1959년 2월호); 전봉건, 『사랑을 위한 되풀이』(춘조사, 1959); 조구마, 『失樂園의 봄』(정연사, 1959); 신동엽, 「이야기하는 쟁기꾼의 大地」(『조선일보』 1959년 11월).

30) 이러한 사실은 나라 잃은 시기인 1920년대부터 1940년대까지 대략적인 작품 고찰을 통하여 살펴본 바이다.

자신이 처한 계층의식이나 세계관, 그리고 그들의 자각적인 위치와도 깊은 관련을 맺는다. 전쟁기 장시는 적 아닌 적과의 대결이라는 모순된 현실의 변화를 반영함으로써 실감나는 정서를 불러일으킨다. 한국전쟁이라는 사회적이고 역사적인 혼란기는 단편적 서정시로는 감당할 수 없는 짐을 여기저기 부려 놓았으며, 이때 장시는 예사롭지 않게 제 몫을 드러내게 된 것이다.

1950년대에 놓인 시인들이 한국전쟁을 바라보는 태도는 결국 한국전쟁이라는 사건에 대한 거리의 문제이며, 여기서 장시의 선택은 시인 자신의 세계관의 문제가 된다. 이영순의 경우 현역 장군으로서 직접 전쟁에 참가한 전방 체험을 바탕으로 작품들을 발표하였다. 그래서 그의 장시 작품들은 철저하게 현실 '속'에서 한국전쟁을 재단한다. 연희고지 전투와 장진호전투의 실제 상황을 낱낱이 보고하고 증언할 뿐만 아니라, 화려한 수식어나 관념적인 미사여구보다는 전장 체험에서 도출된 직설적인 언어를 부림으로써 리얼리티를 최대한 살린다. 김종문의 경우 종군작가로서 전쟁을 실감했지만, 그의 장시 작

31) 특히, 전쟁기 장시의 서술자가 지닌 발화의지의 고찰은 프란츠 파농이 유형화한 식민지 작가의 발화의지에서 도움 받는다. 이때 파농이 전제한 '식민지' 작가라는 상황 설정은 전쟁기 장시의 작가들에게 적용해도 별 무리가 없다. 왜냐하면 한국전쟁 자체는 1950년 6월 25일이 그 출발이 아니라 이미 1945년 8월의 비주체적 민족 해방에서부터 그 싹이 마련되어 있었기 때문이다. 파농에 의하면 식민지에 놓인 작가들은 다음의 세 유형을 보인다. 첫 단계로 식민지 종주국 작가들의 작품과 대응되는데 이 경우 그들은 종주국 문학에 의하여 정립된 사조에 쉽게 밀착되어서 고답파, 상징주의자, 초현실주의자들이 주 흐름을 이룬다. 두 번째 단계로 그들은 상황에 동요되어 과거 기억에 주력하여 회상하는 것에 만족한다. 유년 시절의 회고라든지 옛 전설의 차용과 그 변용들을 통해서 고뇌나 불안, 죽음이나 구토의 경험의 시기들이 주된 내용을 이룬다. 세 번째 단계로 그들은 첫 번째 단계와 두 번째 단계처럼 민중의 혼수상태를 미화하는 대신 민중의 각성제 역할로써 민족문학을 주창한다. 투쟁의 문학, 저항과 고발의 문학을 통해서 그들은 새로운 현실의 대변자 노릇을 해야 할 필요성을 느끼는 것이다. F. Fanon, 「민족문화론」, 『문학과 행동』(백낙청 엮음, 태극출판사, 1978, 449~451쪽). 이러한 세 유형의 작가군은 전쟁기 장시를 쓴 작가들에 대입 가능하다. 첫번째 유형에는 김종문과 박거영, 두 번째 유형에는 김용호, 세 번째 유형에는 이영순이 각각 해당한다.

품들은 현실 '밖'에서 한국전쟁을 재단한다. 현실의 철저한 분석을 통한 고민이 아니라 탈현실의 공간에서 실존의 문제를 관념적으로 고민한 경우이다. "장군이자 시인"의 역사적인 본분보다는 관념적이고 낭만적인 전망이 더 큰 비중을 차지했기 때문이다. 박거영의 경우 전쟁중의 피난민으로 후방지역에서 바라본 전쟁과 전쟁으로 빚어진 인간 실존 문제에 주력한 작품을 발표하였다. 이때 시인의 한국전쟁에 대한 인식은 위의 김종문과 미찬가지로 관념의 치장을 통한 적절한 거리두기로 일관하고 있다. 실향민으로서 남북 이데올로기와는 무관하게, '고향 상실'을 통한 정체성 고민이 무엇보다 우선이었던 셈이다. 김용호의 경우 감내할 수 없는 현실의 공간을 유보한 채 과거 공간으로 도피해 버리는 독특한 양상을 보인다. 그에게 한국전쟁은 현실 '내' 거리두기로도 감당할 수 없었던 짐이었다. 물론 시인이 선택한 이순신이라는 영웅에 대한 희원은 있어야 하는 현실에 대한 강한 갈망의 표현이고 그러한 과거 영웅 서사의 선택이 소극적이나마 현실 극복 의지의 발원이었다고 볼 수도 있다. 그러나 시인에게 현실 내 극복 의지가 상대적으로 미약했고, 당대 지식인이 취할 수 있는 계도적 입장에서 과거 영웅담론을 쉬이 취함으로써 자족적인 안도와 위안의 세계로 침잠해 버린 것이다. 그러므로 김용호는 과거 영웅 담론을 통한 과거로의 도피로 역사적 맥락에서 결코 자유로울 수 없다.

제3장

이영순 장시의 수직적 애국심과 반전의식

1. 군인정신과 전방 체험의 서사

1950년대 문학은 그 어떤 구실로도 명분이 설 수 없는 처절한 동족간의 혈투를 겪으면서 분단체제의 극복보다는 현실 안주에 머물렀고 맹목적 반공주의, 감상적 휴머니즘들이 발표 작품의 대종을 이루었다. 여기서 이영순은[1] 1950년대 전쟁기 문학의 지형도를 재구성하는 데 중요한 시인이다. 시인은 전쟁기의 현실인식을 구체화함으로써 장시로 분단의 역사를 새로이 쓰고 있기 때문이다.

그는 한국전쟁의 참전 체험을 바탕으로 1951년 『延禧高地』와 이듬해 『地靈』이라는 두 권의 장시집을 냈다. 또한 김순기와 함께 한국전쟁기에 가장 많은 개인 시집을 출간한 시인으로도 꼽힌다.[2] 이영순은 시인 이전에 소설가로 문학활동을 시작하였다. 전쟁소설 「肉

彈」 발표 후, 잇달아 장편 소설 「媒緣」「硝煙의 詩」 들을 선보였다. 그러나 첫 시집 『延禧高地』를 펴낸 뒤로는 시 창작에만 주력하였다. 여기서 시인이 시 이전에 소설을 창작했다는 데서 시인이 생래적으로 지닌 서사 지향성을 발견할 수 있다. 소설을 썼던 경력과 시에서 서사성을 담보로 한 장시를 선택한 시인의 서사정신과는 무관하지 않을 것이기 때문이다.

서사 지향성은 무엇보다 시인의 삶의 조건과 관련이 있다. 이영순 시인의 서사 지향성 문제는 1950년대 전쟁기 체험에서 촉발되었다. 그는 한국전쟁에 참전한 '군인시인'으로, 1950년대 역사적 상황을 서사 지향의 장시로써 면밀하게 풀어낸 것이다. 그의 장시 작품들에서 볼 수 있듯이 대화체의 도입, 현실과 허구의 중층적 구성들을 비

1) 이영순은 1922년 1월 13일 충북 영동군 양강면 가동리(永同郡楊江面佳洞里)에서 나서 1989년 서울에서 돌아갔다. 호는 두암(杜岩) 또는 지오(志午)이다. 일본으로 건너 가(1930) 토오쿄오 제1고교(第一學校)를 거쳐 토오쿄오 대학 경제학부를 수학(1941~43)한 뒤 학도병(學徒兵) 출정으로(1943/1944) 대학을 임시 졸업했고, 해군에 입대했다(1943/1944). 광복 후 대한민국 육군 창설에 참여, 군사영어학교(軍事英語學校)를 졸업하여 임관(1947), 육사 교장(陸士校長), 제4연대장, 제2사단장, 미극동군(美極東軍) 8240부대 사령관의 요직들을 두루 맡았다.
전쟁소설 「육탄(肉彈)」(『서울신문』 1947년 9월) 발표 이후, 장편 소설 「媒緣」(『전남일보』 1948년 3월), 「硝煙의 詩」(『聯合新聞』, 1951년 5월~6월)들을 잇달아 내놓았고, 제1시집 『延禧高地』(정민문화사, 1951. 6. 1)를 펴낸 뒤로는 시짓기에만 몰두하였다. 이후, 서울신문 논설위원(1955), 문학평론사장(1958), 한국문인협회 이사, 시문학사 회장(1966), 서울합창단 이사장, 유도신문(柔道新聞) 주간, 국제 펜클럽 한국본부 중앙위원, 화장상사(和彰商社) 회장, 중앙식품주식회사 이사장(1962)을 지냈다. 제2시집 『地靈』(문총사, 1953), 제3시집 『第三의 混沌』(인문사, 1958. 12), 제4시집 『土壤見本』(본국출판사, 1977), 제5시집 『王道』(본국출판사, 1977)들을 펴냈고, 이밖에 수필집 『世紀의 架橋』(문총사, 1953), 김용호와 함께 『헝가리 悲歌』(한국자유문학자협회, 1956. 12. 25)를 펴냈다. 평론으로 「作家와 詩人 ―「個性과 人格과 經驗」을 中心으로」(『문학평론』 3, 1959년 3월호)를 남겼다. 문덕수, 『세계문예대사전』(성문각, 1975), 1647~1648쪽; 김영삼 엮어 지음, 『韓國詩大辭典』(을지출판공사, 1988), 1347~1348쪽; 권영민, 『한국현대문인대사전』(아세아문화사, 1991), 2255~2256쪽 참조.

2) 김순기는 『용사의 무덤』(동서문화사, 1953. 3)과 『이등병』(동서문화사, 1953. 6)을 펴냈다. 이영순과 김순기는 전쟁기에 시집을 2회 출간함으로써 개인별로 가장 많은 시집을 낸 시인들이다.

롯한 이야기를 이끌어 나가는 방식의 원리 등에서 서사정신을 엿볼 수 있다.

著者는 陸軍大領의 現役으로서 지금도 싸우고있는 堂堂한 軍人인데 八·一五以前부터 나와의 同志交分은 文學의 因緣이었다. 著者는 일찌기 東京一高를 거쳐 東京帝大를 나온 秀才로서 日本의 「文藝世紀」紙等에 作品을 發表하여 文學에 뜻한지 오래이며, 軍人의 餘技로서의 文章과는 全然 類가 다르다. 〔…중략…〕 무릇 좋은 武人이 좋은 詩人도 兼할수있는 것이 新羅의 花郞時代로부터 내려온 그리운 風流性이다. 「어느軍人의 獨語」「軍人觀相」과 같은 短章에서도 이著者의 그러한 解脫된 風流의 境地를 엿볼수 있다. 壓卷 「延禧高地」는 敍事詩가 드문 우리나라의 詩壇을 爲해서도 좋은 일이다. 이敍事詩는 著者가 第一次서울 奪還戰에 있어 先鋒一着으로 入城할, 當時, 美海兵第一師團과 協同作戰으로 奮鬪한 延禧高地의 活景을, 自身의 負傷한 피로써 實感그대로 그린 高貴한 一幅의 戰爭畵다. 그밖에 이著者가 비로소 대담(?)하게 노래한 戰時戀愛詩篇은 그의 詩人다운 一面을 보여준 人生의 慰問曲이라고 말할수있다.

첫 시집 『延禧高地』에 쓴 김용제의 발문이다. 발문 맨 끝에 "檀紀四二八四年 初夏/金海邑 避難寓居에서 金龍濟"라고 표기했다. "第一次서울 奪還戰에 있어 先鋒一着으로 入城할, 當時, 美海兵第一師團과 協同作戰으로 奮鬪한 延禧高地의 活景을, 自身의 負傷한 피로써 實感그대로 그린 高貴한 一幅의 戰爭畵"로서 『延禧高地』를 파악한 김용제의 시각은 비교적 정확했다. 이 짧은 발문에서 우리는 한국전쟁의 체험을 시화한 이영순 시인의 시적 면모뿐만 아니라 "解脫된 風流의 境地"의 인간적 면모까지 두루 짐작할 수 있다. 이때 전쟁에 참여함으로써 역사의식을 직접적으로 고취한 이영순 시인과 후방 김해에서 시집 발문을 쓴 김용제의 현실 대응 양상이 사뭇 대조적이다.

文學을 한다는 것이 이 時代만큼 峻嚴하고 苛酷하게 나를 試鍊한 일은 일찌기 없었기 때문이다. 〔…중략…〕 敍事詩 「地靈」 속에서 버려 두기 아까운 記錄이 나에게는 적지 않게 남아 있다.

嚴寒雪風에 天地가 震動하는 저 印象的인 北韓 長津湖의 包圍網속에서 流血이 얼어 붙은 右腕을 목에 걸어 매고, 역시 父喪한 다리를 끌면서 文字그대로의 死地에서 惡戰苦鬪한 不眠의 五晝夜. 그 悲慘한 局面을 몸소 體驗한 나의 無情感이 어찌 그 一篇만으로 足할소냐. 하나의 氷壁의 突起, 하나의 斷層의 凹凸에도 아직 많은 하소연과 부르짖음이 남아있지 않을 것이냐. 나는 더 많은 이 事實의 詩를 告白할 義務를 느끼고 있다.

위의 글은 시인의 두 번째 시집 『地靈』의 발문이다. 여기서 시인은 "一部의 文學者들로부터 「軍人詩人」이라거나 「軍人小說家」라는 「甚한 嘲笑」를 받아" 온 사실을 고백하면서도 문학을 할 수밖에 없는 이유를 "時代만큼 峻嚴하고 苛酷하게 나를 試鍊"하는 일이라 토로하고 있다. 전쟁의 "悲慘한 局面을 몸소 體驗한" "無情感"이 다름 아닌 첫 번째 시집 『延禧高地』에서 시인을 두 번째 시집 『地靈』으로 내몬 추동력이었다. "하나의 氷壁의 突起, 하나의 斷層의 凹凸

에도 아직 많은 하소연과 부르짖음이 남아있"기 때문에 시인은 "더 많은 이 事實의 詩를 告白할 義務를 느"낀 것이다. 그러한 고백과 보고정신을 지녔기에 "一篇만으로 足할"수는 없었다. 따라서 장시의 선택은 필연적으로 시인의 전쟁 체험과 기록정신에서 기인하는 것이다. 이처럼 역사의식과 서사성은 자연스러운 만남이었다. 결국 장시라는 장르의 선택은 이영순에게 역사적 사실의 시화에서 나아가 역사적 사실의 재구성이라는 문제와 맞물려 있는 것이다.

2. 한국전쟁과 애국의 논리

1) 체험의 시화와 승전의식 고취

『延禧高地』[3]는 "사랑하는 나의 아우 基純아"로 시작하는 「序詩」가 맨 앞에 놓인다. 그리고 한국전쟁 참전의 심정과 시대에 대한 단상이 「出陣賦」「世紀의 悲劇」「어느 軍人의 獨語」「軍人觀相」「無題」「再會」「내사랑」「自由의 鐘」「어느 사람에게」「愛慾」「早春」「握手」들에 담겨 있다. 그리고 문제의 장시 「延禧高地」가 시집 맨

3) 1977년 본국문화사에서 '李永純長詩集'이라 이름 붙인 『延禧高地』가 그의 두 번째 시집인 『地靈』과 묶여져서 다시 나왔다. 본국문화사에서 다시 펴낸 『延禧高地』에는 첫 시집의 「서시」가 「서시 I」로 되어 있고 이어 「서시 II」와 「서시 III」이 보태어져 있다. 이는 다시 펴낼 때 시인이 더하고 깁는 과정에서 「서시」 두 편을 보탠 것으로 보인다. 그리고 「연희고지」 외 「출진부」를 비롯한 12편의 짧은 시는 빠져 있다. 이는 본국문화사가 낸 『연희고지』가 '장시'로 의도한 시집이어서 12편의 짧은 시들을 의도적으로 뺀 것이 아닌가 한다. 또한 1951년 첫 시집에 실린 내용들을 시인이 1977년 다시 펴낼 때 많은 부분 고쳐 손질하였다. 이를 통해 20년 넘는 세월에 걸쳐 시집의 내용을 다듬는 시인의 세심한 창작 태도를 짐작할 수 있다.

마지막에 실려 있다.

「延禧高地」의 기본 원리는 서시가 현실이고, 본시가 연희고지 당시의 치열한 전투를 회상하는 형식이다. 서시의 입장에서 보면 본시들이 과거 회상 구조이지만, 본시 1에서 5까지의 시제는 모두 현재로 되어 있다(※괄호 안의 숫자는 연과 행을 표시한 것이다).

「序詩」(8/45)

일년 전 연희고지 공격전에서 전사한 아우 基純을 회상하면서 그에게 武運을 빌면서, 한국땅을 영원히 지켜줄 것을 당부함.

「본시」

1(11/65)

延禧高地에서 시인과 미해병 사이드 중위는 중상을 입고, 292고지로부터 적의 공격을 심하게 받음.

우군의 흑취부대가 연희고지를 탈환하기를 기대함.

2(18/102)

9월 24일, 시인은 상처의 고통을 견디며, 강철의 의지와 불굴의 투혼을 불사름.

그러나 아군의 부대는 고전에 빠져 있고, 적의 공격은 점점 압박을 가해 옴.

25세의 미해군 사이드중위는 목숨을 잃음.

3(10/46)

흑취부대의 활약상이 펼쳐지는 가운데 영등포지구에 미육군 제7사단이 점하여 UN기를 꽂고 한국육군 제17연대가 남산 기슭으로 돌격함.

그러나 우군들의 포위공격에도 적은 여전히 진지를 고수하며 항전을 계속함.

4(10/52)

아군의 공격과 적군의 항전으로 격전은 계속되고, 시인은 전쟁중 상념에 빠짐.

그러나 곧 시인은 白兵戰으로 조국의 명예를 위해 계속 싸울 것을 다짐하며 적이 전멸할 것임을 굳게 믿음.

5(22/100)

치욕의 석 달을 회상하며 서울 탈환을 고대함.

격전 끝에 마침내 시인은 이화고지 저편에 휘날리는 태극기를 보며 감격하는 순간 쓰러짐.

「延禧高地」에서 화자는 애국심으로 점철된 남한군의 시각으로 한국전쟁을 바라보고 있다.[4] 이때 애국심의 발현은 전쟁기 시의 특성을 규명하는 데 매우 유용하다. 복종과 헌신이 요건이 되는 수직위상에서의 애국심은 우리 전쟁시를 조국에 대한 헌신과 아울러 아군 전

4) '연희고지'는 연세대학교 뒤에 놓였던 고지이다. 제1차 서울 탈환 때 북한군은 이곳에서 가장 치열하게 저항했으며, 이 전투에서 미해병 1개중대(E)가 전멸당했다는 기록이 남아 있다.

사자를 위한 진혼시로 나아가게 했다. 그리고 내집단 구성원인 동포에 대한 관용이 요건이 되는 수평 위상에서의 애국심은 우리 전쟁시를 내남, 전후방, 군민이 모두 한 국가 한 운명공동체로서 전쟁 승리라는 공동책무를 지고 있음을 일깨울 뿐만 아니라 애국심을 보다 현실 감각으로 받아들이도록 했다.[5] 이영순의 「延禧高地」는 이러한 수직 위상의 애국심과 수평 위상의 애국심을 고르게 내포하고 있는 전쟁시이다.

전쟁시의 가장 중요한 특징 중 하나는 승전의식의 고취에 있다.[6] 전쟁시(전쟁문학)는 전후시(전후문학)의 개념과 대비하여 논의되는 개념이다. 전쟁시는 전쟁 체험 세대가 주체가 되어 전개되는 무력전을 배경으로 한다. 이러한 전쟁시에는 전쟁의 현장과 상황이 사실적으로 또는 허구적으로 묘사된다. 그러므로 전쟁시는 전장 속에서의 인간의 체험과 의식을 소재로 하여 전쟁간 전투의지와 애국심을 앙양하고 전후 적개감과 반성감의 고취로 민족의 의지를 단결시키는 문학 또는 전쟁 속에서의 인간의 본질과 전쟁 자체의 비극성을 노출시켜 반전적 휴머니즘을 고취시키는 문학을 지칭한다.[7] 이영순의

5) 박태일, 「1950년대 한국 전쟁시 연구」, 『경남어문논집』 제5집(경남대 국문학과, 1992), 76~77쪽.

6) 전쟁에서 분명한 것은 적과 동지의 구분이다. 적군은 무조건 물리쳐야 하고 아군은 무조건 승리해야 한다는 관념이 전쟁이 지닌 가장 큰 특성이다. 그러나 한국전쟁의 경우 여느 전쟁처럼 적과 동지의 구분이 분명하지 않다. 이에 한국전쟁의 모순이 놓인다. 한 겨레가 각각 적과 동지가 되어 버리는 아이러니한 성격의 전쟁이어서 민족 중심적인 시각에서 한국전쟁을 바라보면 그 성격은 더더욱 모호하고 복잡해진다. 한국전쟁은 우리 민족의 자발적 의지라기보다는 외세에 의한 다툼이었고, 그 결과 지리적 분단, 이념적 분단, 사회적 분단, 정치적 분단, 고착적 분단들이 남한과 북한에 자리잡게 된 셈이다. 분단의 고착화는 지금 이 시점도 계속되고 있어 휴전상태, 곧 아직도 전쟁 중이라는 위기감을 불러일으킨다.

7) 이동근, 「韓國戰爭(6·25)詩의 主題樣相攷」, 『논문집』 제20집(육군 제3사관학교, 1985. 9), 137~139쪽.

「延禧高地」 또한 애국심의 시의 기저에 깔고 승전의식을 고취시키고 있을 뿐만 아니라 반전의식을 동시에 표출하고 있다.

사랑하는 基純아
네가 저 延禧高地 攻擊戰에서
壯烈한 戰死의 눈을 감은 뒤
얼었던 잔디 떼가 다시 푸르러
어느덧 돌이 가까워 오는구나

兄도 또한 軍務에 바쁜 몸이라
네 무덤을 자조 찾지 못하므로
요전에 모처럼 歸鄕했을 때
무덤 앞에 水仙花 한포기를 심었으매
未來봄에 귀여운 꽃이 하얗게 펴줄게다

아아 사랑하는 基純의 魂아
그 水仙花 꽃그늘에 고요히 잠자면서
兄의 노래하는 변변치 못한
이 「延禧高地」의 激戰의 詩情을 들어다오

—「序詩」 가운데서[8)]

「序詩」는 시인이 「延禧高地」를 쓰게 된 동기와 시의 전반적인 내용을 넌지시 제시하고 있다. 심정과 심경을 조화시키는 태도와 역사적 사실과 개인적 가족사를 연결시키는 서사의 구체성도 뛰어나다. 이야기를 끌어나가는 힘찬 호흡까지 가세하여 본시를 여는 서시로서 손색이 없다.

시인은 전쟁터에서 두 아우를 한꺼번에 잃은 슬픈 가족사를 지니고 있다. 특히 이 「序詩」의 대상이 된 아우 기순은 그와 함께 연희고지 격전에 참가했다가 목숨을 잃었다. 기순의 사후 일주기에 즈음하여 시인은 아우의 죽음에 대한 애도와 함께 격렬했던 연희고지의 전투를 서사화함으로써 한국전쟁을 재조명하고 있는 것이다.

"요전에 모처럼 歸鄕했을 때/무덤 앞에 水仙花 한포기"를 심은 시인의 심정은 이승과 저승을 연결함으로써 영원히 함께 하고자 하는 영생의지의 발현에 다름 아니다. 그리고 시인은 사랑하는 아우를 잃은 슬픔을 "아직 아무런 功勳도 없이/凡凡이 살아서 남은" 자신을 질책하는 것으로 대신한다. "水仙花 꽃그늘" 아래에서 "이처럼 애달프게 노래하는 兄과/우리들의 武運"을 빌어줄 것을 바라며, 우리의 조국 "韓國의 땅을/永遠히 爲하여 지켜" 줄 것을 바라는 시인의 심사가 엄숙하고 비장하다.

본시는 1장에서 5장으로 이루어져 있고, 연희고지의 전투 참가기를 비교적 정확한 시간 순서에 따라 서사화하고 있다. 이것은 한국전

8) 전쟁터에서 시인은 아우 기순뿐만 아니라 상순도 잃었다. 아우 상순에 대한 애도의 마음은 1977년 본국문화사에서 두 번째 시집 『地靈』과 묶어서 『延禧高地』를 다시 펴낼 때 「序詩 Ⅱ」에 담았다.
우리들 三兄弟의 최후가 모두/ 피려다 지는 꽃운명이란 예언은/ 고요한 가랑비가 아스팔트를 적시는/ 港口의 봄의 夜精이 告했던 것입니다//[…중략…]// 아직도 어린 열아홉살 소년이/ 出陣할 때는 나 있는 師團을 찾아와서/ 〈兄님 離別酒를 한잔 내시오〉 한걸/ 〈그럼 兄님의 萬年筆을 주시오〉 한걸/ 나는 왜도 그렇게 인색했던고?/ 아아 귀여운 尙純은 아주 가고/ 나에게는 가엾은 萬年筆만 남았습니다 ―「序詩 Ⅱ」 가운데서

쟁을 바라보는 현실 대응 태도의 산물이다.

좀 燥急한 마음으로
뛰다 싶이 기다 싶이
延禧高地 마루턱에 다다랐을 때
저편 梨花高地로부터
우리를 狙擊하는 橫風같은 敵彈에
나는 선듯하는 腹部에 손을 탁 대며
뭉클하는 敵屍體를 밟는지도 모르고
塹壕속으로 뒤굴러 떨어졌다

내 뒤를 곧 따라 올라온
美海兵隊 사이드 中尉 또한
苦痛을 못이기는 表情으로
바로 내앞 구렁에 폭 엎으러진다
앗! 저걸 어쩌나
柘榴를 터트린듯한
샛빨간 핏줄기가 줄줄 내솟는다

그러나 뒤를 연달아 進擊하는 戰士들은
負傷한 우리 둘은 볼새도 없이
우리 둘의 머리 위를 뛰어 넘어서
二, 三 메—터 前方의

금시까지 敵兵이 있다 물러간

塹壕속으로 쏜살 같이 뛰어 든다

—제50~65행

「延禧高地」는 전쟁시의 면모를 다각도로 보여주는 작품이다. 우선, 「延禧高地」는 전쟁 자체가 작품의 소재이고 주제가 되고 있다. 또한 시인의 긴박한 전쟁 체험을 낱낱이 묘사함으로써 독자에게 전쟁의 참상을 구체적으로 전달한다. 연희고지는 제1차 서울탈환전 때 가장 치열한 전투가 벌어졌던 한 곳이다. 해병대 소속의 시인은 이화고지로부터 날아온 적탄을 맞고 참호 속으로 나뒹굴어 떨어진다. 미해병 사이드 중위도 중상을 입고 참호 속으로 뒹굴어 떨어진다. 급박한 사건 전개가 연희고지의 참상을 더하고 있다.

전쟁의 피비린내나는 현장을 고발하고 전쟁이란 미증유의 상황 앞에서 무기력한 인간의 모습을 그리는 데는 아무래도 직설적인 언어가 관념적인 언어보다는 전쟁터의 상황을 구체적으로 드러내는 데 효과적으로 기여하기 마련이다. 이러한 전쟁시가 예술적 장치가 부족하다는 이유로 이른바 '좋은' 작품, '읽을 만한' 작품에서 제외되어 온 사실은 재고되어야 한다. 왜냐하면 전쟁시는 전쟁이 소재이고 주제이며 따라서 메시지 전달 위주의 목적문학의 특성을 강하게 지닐 수밖에 없기 때문이다.

이 山上의 첫가을을 반기듯

無心히 맺은 無名의 풀열매가

無慘히도 戰災를 입고
모진 砲火에 타서 地上에 허터진다
나는 傷處의 苦痛을 이로 악물고
運命이나 보련듯이 눈을 감는다—
아무런 생각도 뜨지 않는 無我境에서
生도 느끼지 않고
死도 또한 잊은채
다만 刹那 刹那의 生死連絡으로서
全神經을 默殺해 버린
저 鋼鐵의 意志와
不屈의 鬪魂만이 있을뿐!

그러나 이瞬間의 나의 運命이
한개의 갈대와 같이
이延禧高地 한구석에서
이대로 사라져 버릴지도 모른다

—제118~135행

흙투성이가 된
그의 죽은 얼굴이
무엇인가를 호소하는듯한 表情……
아아 父母와 妻子를 다 버리고
世界의 平和위한 正義일지나

太平洋을 멀리 건는 푸른 하늘 끝
낯선 異域인 우리땅에 와서 싸우다
二十五歲라는 젊은 生涯를
아깝게도 끝마친 사이드中尉!

釜山에 上陸以來 오늘날까지
國境을 超越한 純粹한 友情으로
나와는 가장 親하게 지낸
그리운 그가 아니었던가!

나는 울어 줄 경황도 없어
그의 어깨 위에
피 묻어 붙어있는
半송이의 이름 모를 꽃을랑
살며시 떨어 주었다

— 제206~223행

1950년 9월 15일, 인천 월미도에 상륙한 미해병대 제1사단, 미육군 제7사단과 육해공군 연락장교단, 한국 육군 제17연대, 한국해병대가 9일 후인 9월 24일, 격전 끝에 드디어 연희고지에 육박하였다. 부상당한 시적 화자는 지리한 시간을 견디고 있으면서 우군의 흑취부대가 연희고지를 탈환하기를 기대하고 있다. 그러나 아군의 부대는 점점 고전에 빠진다. 적의 공격이 점점 압박을 가해 오면서 시적 화자는 점점 절망에 빠지고, 부상당한 전우 미해병대 사이드 중위를 손수 묻기까지 한다.

「본시 2」에서는 전쟁의 참상과 아울러 인간애가 배인 휴머니즘 정신이 서정 어리게 서사화되고 있다. 이국 땅에서 목숨을 잃는 사이드 중위는 시인에게 적과 동지, 내 땅과 네 땅의 개념을 초월하여 반전적 휴머니즘을 환기하는 매개체로 작용한다. 적과 대치하고 있는 전투현장에서 경험하는 죽음과 삶의 극한상황은 전쟁이 아니고서는 거의 불가능하다.

여기서 시인이 사이드 중위의 시체에 덮어 주는 '꽃'은 시인에게 전쟁의 종식과 아울러 그 종식이 가져오는 평화에 대한 희원의 상징이다. 또한 이승과 저승을 연결시키는 영생의 상징이기도 하다. 「서시」에서도 이미 아우의 넋을 기리는 상징으로 수선화꽃이 채택된 바 있다. 건조하고 생경한 언어가 지배적인 '목적시'인 전쟁시에 서정적 태도를 가미함으로써 시인은 전쟁에 대한 근원적인 성찰을 빠뜨리지 않는다. 서사와 서정을 아우르는 시적 형상화 태도는 「延禧高地」뿐만 아니라 또 다른 전쟁 장시 「地靈」에서도 일관되게 유지되고 있다.

해가 지려는 夕陽하늘에
友軍의 黑鷲部隊가
爆音도 우렁차게
머리 위로 시칠듯이 날아 오드니
淸凉里方面으로 向하여 간다

— 제224~229행

또 들으라

洪水같이 밀려서

龍山江岸에 殺到한

韓國陸軍 第十七聯隊의

우렁찬 突擊나팔!

아아 참으로 눈부신

友軍들의 包圍攻擊이것만

敵은 依然히 陣地를 固守하여

擊破되고 또 粉碎되어도

끈닥지고 귀찮게 抗戰을 계속한다

— 제268~277행

이영순의 전쟁기 장시들의 바탕은 구술전략이다. 그는 전쟁 체험담을 마치 이야기하듯 시간의 추이과정에 따라 낱낱이 서술해 나간다. 물론 구술은 과거 경험에 관한 현재의 기억이 면담을 매개로 발화되는 것이다. 「延禧高地」의 짜임새에서 살폈듯이 본시들은 과거 경험담이다. 그러나 시인은 과거 경험담의 재현 방식 시제로 현재를 선택한다. 이는 생생한 리얼리티의 확보를 위해 매우 효과적인 전략이다. 사실→경험→기억→구술[9]의 연쇄과정은 아무래도 '주관적'일 가능성이 높고, 이때 현재 시제의 선택은 구술의 리얼리티를 끌어내는 데 매우 적절하기 때문이다. 하지만 역사가 단지 과거에 대한

9) Walter J. Ong, 『문자문화와 구술문화』(이기우 · 임명진 옮김, 문예출판사, 1985), 25~34쪽.

탐구가 아니라 과거와 현재의 대화라고 한다면, 기억에 담긴 과거의 리얼리티와 더불어 과거의 현재태인 기억 자체의 역사적 맥락을 이해하는 것 역시 큰 의미를 갖는다. 따라서 구술의 주관성과 현재성은 문제점이 아니라 오히려 역사를 더 풍부하게 이해할 수 있는 통로이기도 하다. 바로 이러한 지점에 이영순의 전쟁기 장시들이 놓인다.

인용시는 적군과 아군의 격전이 계속되는 상황을 시인 특유의 구술전략으로 재현하고 있다. 시인이 전쟁의 긴박감을 절감하게 하는 생명력 있고 동적인 이미지를 바탕으로 전쟁 재현을 구술하기 때문이다. 이러한 현장감과 긴박감은 특히 "迫擊砲陣地", "機關砲陣地", "로켓트砲彈", "戰機의 信號", "肉迫前進" 등 군사용어와 무기명의 제시로 그 효과가 배가된다.

我軍의 공격
敵軍의 抵抗으로
激戰은 언제 그칠지 모르는데
오늘 해도 저므러서
戰場은 점점 어둠속에 싸여 간다

어느덧 中天에 높이
달은 한창 밝아 오고
北漢山 검은 峰위엔
北斗七星이 무엇인가 啓示하는듯

오늘도 밤하늘엔 銀河水가 흐르고
土星도 반짝
水星도 번쩍
그리고 어머니가 그리워서
찾으러 가는 鄕愁냐
南쪽으로 가면서 사라지는
流星 한줄기

— 제278~293행

때리고
또 때리고
또다시 때리는데만 몸을 바쳐서
無念 無想으로 銃을 쏘다가
銃끝에 칼을 꽂고 白兵戰으로!
살려는 愛着도 없고
죽는단 恐怖도 없이
다만 靑春이 불꽃을 發散하면서
싸워 나갈뿐이다

— 제328~336행

인용시는 서정성의 표출이 두드러진 대목이다. 같은 민족이면서도 서로 총부리를 겨눠야 하는 한국전쟁의 모순이 '어둠'의 이미지 속에서 더욱 혼란스러워져 간다. 이러한 전쟁의 모순과 혼돈을 더욱 애절하게 드리우는 매개로서 달과 북두칠성이 등장하고, 이 달과 북두칠성은 "어머니가 그리워서 찾으러 가는 鄕愁"를 불러일으킨다. 어머니의 품은 극한상황인 전쟁중에 시인이 선택한 구원책이다. 또한 마음자리의 편안함과 위로를 얻을 수 있는 안식처이기도 하다. 전장터에서 시인은 조건 없이 무한한 어머니의 품새가 그리운 것이다. 달과 북두칠성과 어머니—그래서 이러한 심상의 전개는 망중한의 심사라기보다는 삶과 죽음의 극한상황에 놓인 존재가 지닐 수 있는 일말의 구원 의지의 발원 같다.

"無念 無想으로 銃을 쏘"는 상황, "살려는 愛着도 없고/죽는단 恐怖도 없이/다만 靑春이 불꽃을 發散하면서/싸워 나갈뿐"인 상황은 전쟁의 의미마저 무화시키는 절대허무의 경지와 닮았다. 허무주의는 그 자체에 대한 정의나 해명까지도 배격하는 철저한 부정성이 그 덕목이다. 최고의 가치가 무가치하게 되는 것, 목표를 잃는 것이 널리 알려진 허무주의의 정의이다.[10] 이러한 허무주의는 전쟁이 지니는 궁극적인 한계이고 이러한 한계의식을 시인은 내밀하게 시화하고 있는 것이다.

전쟁의 상황 속으로 뛰어드는 행위는 다분히 이중적이다. 전쟁이라는 현실로 뛰어든다는 것과, 이와는 정반대로 최대한 빨리 전쟁으로부터 벗어나고자 하는, 더욱 깊숙하게 비전쟁 속에 온전히 몸을 파묻는 행위이기도 하기 때문이다. 이러한 이중성은 한창 진행중인 전쟁을 무화시키는 최선의 방법이 곧 그 전쟁을 어떤 식으로든 끝내야

10) 세계사상편집회 엮음, 『세계사상사전』(대양서적, 1975), 76쪽.

한다는 사실에 기인한다. 이영순의 전쟁시를 이해하기 위해서는 이처럼 전쟁과 비전쟁 사이에 점철된 이중의 순환고리를 전제해야 한다. 최대의 혼란상인 전쟁의 맥락 그 어디에도 선택의 여지는 없는 셈이다. 이렇게 전쟁은 우리가 다룰 수 있는, 또는 경험할 수 있는 하나의 질료로서의 현실로 전쟁시에 존재하고 있는 것이다.

그러자 또 속삭이기를
「創業의 바탕이 되어
이 延禧高地에서 이대로
死에 瞑目하는건
무엇보다 아름답지 않으냐」

「죽어서 護國鬼가 되어라
그러면 머지 않아서
흰 구름을 헤치고
自由의 鐘이 울릴게니
生命의 彼岸에서
祖國自由의
永遠의 소리를 실컨 들으라!」

문득 머리를 움지겨 보니
하늘에 가득 빛나는 星座가있어
傷해서 넘어진 채로

힘 없이 呻吟만 하는
내 눈에는 너무도 휘황하다
그러나 나는 죽을 힘을 다하여
그제야 비로소
비틀대며 일어서 본다

그리고 그때 내 눈으로 보았다!
梨花高地 저편쪽에서
밤 하늘에 드놓게
달빛을 띠고 펄펄 날리는
太極旗를 우러러 보았다!

나는 感激의 손을 들고
무엇인가 부르짖으려했다
그러나 한마디 소리 대신으로
싯빨건 피를 토하면서
그만 정신이 팽그르 돌아
그자리에 툭 쓰러지고 말았다

—제444~474行

대화체의 도입은 시의 서사구조를 더욱 견고하게 한다. 인용시 앞부분의 대화체도 전쟁을 바라보는 시인의 시각을 효과적으로 제시하는 데 기여하고 있다. "군인시인"으로서 화자는 처음부터 전쟁을 남북이데올로기가 빚어낸 것으로 보았다. 처참한 전쟁의 현실 속에서 "죽어서 護國鬼가 되"는 것은 "生命의 彼岸에서/祖國自由의/永遠의 소리를 실컨" 들을 수 있는 한 방법이라 한다. 그러므로 죽어서라도 "自由의 鐘"을 듣겠다는 것은 영원한 분단으로 귀결될지도 모르는 상황 속에서 민족의 동질성을 찾는 방법이 무엇인가를 갈구하는 의지의 표명이다.

이렇듯 「延禧高地」는 시인이 직접 참가한 연희고지 전투 체험을 바탕으로 쓰여진 장시로서 승전의식을 고취하는 한편 철저하게 반공극우 이데올로기를 표명한 작품이다. 전쟁 상황을 현장감 있게 서사화한 시, 전쟁 논리에 충실한 목적시, 전쟁 상황의 폭력적인 묘사와 더불어 서정적 묘사와 분위기가 두드러지는 「延禧高地」는 전쟁기 증언시로서 문학사의 한 자리를 뚜렷하게 확보하는 것이다.[11]

2) 반전의식(反戰意識)과 자연성의 회복

첫 시집 이듬해 나온 두 번째 시집 『地靈』은 첫 시집과 마찬가지로 시인이 직접 한국전쟁에 참가한 체험을 담은 증언시이자 상황시들의 모음이다. 자연의 뜻을 거스르고 전쟁을 일삼는 인간들에 대한 경고조의 「序詩」를 시작으로 제1편에는 「古戰場」 「哭弟(基一)」 「哭弟(基二)」 「개미高地에서」 「그레이띠將軍」 「MI라이플」 「리―죤勳章」

11) 그러나 우리가 「延禧高地」에 공감하는 순간 뚜렷한 주제의식과 사건 중심의 시라는 시인의 약점은 우리의 것이 된다. 반면 공감을 배제하고 접근하려 들면 우리는 아무것도 경험할 수 없다. 이러한 딜레마는 오늘날 전쟁기 장시들을 평가하는 데 선뜻 그것을 문학사의 주요한 부분에 올려놓기를 주저하게 만드는 한 이유가 된다. 또한 이러한 딜레마가 기존의 문학사를 편협하게 만드는 한 원인이기도 하다.

들이, 제2편에는 「한여름밤의꿈」「누구의罪냐」「내가슴에 사랑과 希望을」「눈물」「獨白」「愛妻金明淑의 嗟歎」 들이, 제3편에서는 「아득한꿈」「돌아온 파스테르」「餘韻(散文詩)」 들이 실려 있고, 제4편에는 '敍事詩'라 명명한 「地靈」이 실려 있다.

문제의 장시 「地靈」에서 시인은 한국전쟁이 그 무엇보다 '생존을 위한 선택'이었음을 강조한다. 이러한 전쟁은 우리의 피할 길 없는 역사였기 때문이다. 역사란 말에는 일반적으로 두 가지 뜻이 있다. '사건'으로서의 역사와 '이야기'로서의 역사가 그것이다. 하나는 우리들의 '밖'에 실재하는 객관적인 사건으로서의 역사이고, 다른 하나는 우리들의 주관 속에 내재하는 사건 기록으로서의 역사이다. 사건으로서의 역사이든 이야기로서의 역사이든 전쟁이 선포되면 그 첫번째 희생자가 되는 것은 삶의 진실이다. 전쟁이란 본래가 폭력 행위요, 그 폭력의 적용에는 한계가 없는 것이기 때문이다.[12)]

생존을 위한 선택이었던 한국전쟁의 체험은 「地靈」에서 재구성된다(※ 괄호 속의 숫자는 연과 행을 표시한 것이다).

「序詩」(10/74)

지령의 은혜를 원수로 갚으려는 인간들을 나무라고 아울러 지령의 뜻을 거스를 때 받게 될 인간의 위기를 경고함.

---

12) 폭력의 상호작용이 그 본질상 극한으로까지 치달을 수밖에 없는 이러한 전쟁은 스스로를 보상할 길이 없다. 즉, 전쟁이 가져 온 승리가 싸움을 위해 치른 엄청난 비용에 대해 전혀 이성적인 관계를 가질 수 없는 것이다. 따라서 이러한 전쟁에서는 승자도 승자가 아니요, 오직, 전쟁을 피하는 데 성공한 자만이 현실적인 승자가 되는 것이다. Carl von Clausewitz, Vom Kriebe, Bonn, 1952, 92쪽. 최정호, 「韓國 〈現代史〉와 韓國戰爭」, 『현대사』 창간호(1980. 11), 26쪽에서 재인용.

1(21/162)

존재는 격렬한 쟁투만으로 존재하는 처참한 상황이 계속됨.

포로인 크레믈린 출신의 붉은주의자 황병신은 치료를 거부하며 참회함.

2(27/171)

하갈우리 싸움터의 가장 황량한 까치고지의 단층을 떠나지 못하는 심사를 노래함.

死神의 손아귀로부터 벗어남을 희원하면서도 동시에 생의 공포를 느낌.

세계종언의 허무한 심사가 밀려 들고, 전쟁으로 온통 대지가 뒤뚱댐.

존재의 붕괴 직전에서 시인은 전우인 사랑하는 히낀스여사를 그리워함.

3(19/142)

까치고지에서 전쟁의 처참한 상흔들을 확인하고, 남으로 필사의 탈출을 감행함.

어두워지는 황혼 무렵, 애처롭게 떠는 히낀스여사를 발견함.

4(27/144)

죽음을 넘어서는 삶을 확인함—죽다 살아난 순간 성의 본능과 애욕의 절정, 그리고 죽음을 넘어선 안락과 여유를 희원함. 동시에 사랑의 애절함마저 조롱하는 전쟁의 잔학성을 한탄함.

계속되는 적의 폭력, 험난한 상황에도 애인을 업고 탈출을 감행함.

적의 공격 속에서, 전쟁 발발의 진정한 원인을 물음.

· 적의 공격을 받고 쓰러짐.

5(24/117)

지령을 찬양하는 한편 약탈자에 대한 적개심을 불태우며 원망함.

부상으로 화자와 히긴스는 한 몸이 되어 죽음을 맞이하려 함.

히긴스와 함께 죽음은 또 다시 사는 사랑의 완성임을 화자는 굳게 믿음.

「地靈」의 기본 원리는 「序詩」가 허구적 상황이고 본시 1에서 5까지는 전투 체험을 서술한 재현적 현실 상황이다. 「地靈」에서 시인은 첫 시집보다 훨씬 더 빈번하게 대화체를 도입하였고 허구를 깊이 있게 가미함으로써 서사와 서정의 결합을 시도하고 있다. 대화체의 도입은 특히 「서시」에서 두드러지며, 이러한 대화체의 도입은 본시 1과 4에서도 발견된다. 허구화의 전략은 의인화된 지령이 인간과 대화를 나누는 상황뿐만 아니라, 포로 황병신이라는 인물을 등장시켜 이데올로기의 허구성을 폭로하게 하는 대목 설정과, 무엇보다 시인과 미종군여기자 히킨스와의 연애감정을 바탕으로 한 관계 설정에서 두드러진다. 이러한 허구화 전략이 전쟁 체험의 시화에 중요한 리얼리티를 배가하는 데 효과적으로 기여하고 있는 점이 특기할 만하다.

「地靈」은 "今次 動亂에서 體驗한 下碣隅里 · 古土里 · 長津湖作戰에 取材"[13]하여 창작된 작품이다. 시인이 참전한 장진호 전투는 1950년 11월 27일부터 12월 11일까지 벌어진, 함남 개마고원 위를 흐르는 압록강 지류인 장진강을 댐으로 막아서 조성한 두 개의 유역 변경식 발전용 인조호인 장진호를 중심으로, 미 제1해병사단이 주도가 된 전투이다. 장진호 전투는 미 제8군이 서부전선에서 중공군 제13병단과 격전을 전개하고 있을 때, 동부전선의 미 제10군단에 예속되어 있던 미 제1해병사단이 서부전선부대와 접촉을 유지하려고 장진호 북방으로 진출하던 중 중공군 제9병단의 공격을 받고 7개 사단 규모의 중공군이 포위망을 형성한 장진호 계곡을 빠져나오기 위하여 2주일 동안에 걸쳐 치른 철수작전이다. 시인은 해병대 군인으로서 장진호 전투에 참가하였고 이 전투에서 심한 부상으로 목숨을 잃을 뻔하였다. 「地靈」은 장진호 전투의 참혹함과 함께 그 안에 배태된 휴머니즘 고취를 의도한 전쟁 증언 장시이다.

「地靈이어
누가 당신의 잠을 못자게 합니까
다만 우리들은 自由를 위하여
人間의 正義 眞理 眞實을 찾으려고
이처럼 싸우고 있지 않습니까」

「眞理를 위해서 싸운다고!
그런 허울좋은 어리석은 소리는
나와는 아무런 관계도 興味도 없다
그런 선밥 먹은 人間의 잠고대는

13) 이영순, 『地靈』(문총사, 1952), 101쪽 참조.

구름과 바람의 法則만도 못하다
조우간 시끄럽다, 귀찮다
나는 지금 月夜의 安眠이 必要하다」

「너희들도 아다싶이
너희들 때문에 나는
一九四○年以來
내 貴重한 皮膚
왼편다리는 끔찍한 火傷을 입었다
그 억울한 상처도 아물지 않은 이때
또다시 너희들 장난때문에
바른다리를 또 다쳐서야 견딜 말이냐」

—「序詩」: 제42~61행

'地靈'은 땅의 영기이자 토지의 정령이다. 이러한 토지의 정령인 지령은 땅을 신앙의 대상으로 삼는 정신적 태도로서 원시 민족에서 볼 수 있다. 땅이 인간 삶의 터전에 대한 비유라면 지령은 인간 삶터를 다스리는 영혼인 셈이다. 「序詩」가 시 「地靈」의 주제를 대변하고 있듯이 '地靈'의 뜻을 거스르는 전쟁은 지구상 그 어디에도 존재해서는 안 되는 폐단으로 설정된다.

'지령'과 인간 사이에 오가는 대화체의 도입은 작품의 극적 효과를 드높이고 있다. 지령은 전쟁을 일삼는 인간들에게 따끔한 일침을 가하고 전쟁 자체를 반성하게 한다. 지령은 "眞理를 위해서 싸운다"는 인간들의 항변을 "구름과 바람의 法則만도 못"한 "선밥 먹은 잠고대"로 일축해 버린다. 이 순간 "人間의 正義 眞理 眞實을 찾으려고/이처럼 싸"운다는 인간들의 항변은 그야말로 누추한 변명에 불과해진다. 어떤 식으로든 전쟁은 안 된다는 지령의 뜻은 곧 반전의식의 강조이다. 또한 지령의 뜻을 받드는 길, 곧 자연성을 회복시키는 일이 진정한 휴머니즘의 성취가 될 것임을 설파하는 경고이기도 하다. 굳이 '地靈'을 의인화하여 등장시킨 시인의 의도는 전쟁 속에서 전쟁의 허망함을 깨닫는 역사적 성찰 과정과 함께 반전주의적 휴머니즘을 고취하고자 하는 데 놓인다.

아아 여기는 詩도 없고
軍歌까지도 부를 겨를이 없는
無情 悲慘한 젊은이들의
서글프게도 氷花에 피는 싸움의 花園이어

그리고 「種族」의 差別도 없고
人間的인 微妙한 「懷疑」도 없고
存在 그것은
다만 現實의 눈알을 빼는
激烈한 爭鬪! 이것 하나뿐……

만일에 여기서
一片의 詩情을 찾는 이가 있다면

그것은 코를 찔르는
썩은 송장이 덮인 벌판에
아직 죽지 못한 한사람의 卒兵이
한줄기 눈물 흘리면서
단한마디 부르는 臨終의 挽歌
「어머니……」
「아앗 어머니……」의 애달픈 소리만이

— 제126~143행

참전한 군인의 눈으로 바라본 전쟁터는 "無情 悲慘한 젊은이들의/ 서글프게도 氷花에 피는 싸움터의 花園"이다. 그리고 그곳에는 "「種族」의 差別도 없고/人間的인 微妙한 「懷疑」도 없고/存在 그것은/ 다만 現實의 눈알을 빼는/激烈한 爭鬪! 이것 하나뿐"이다. 「延禧高地」에서 이미 제기한 전쟁의 무상감이 다시 강조되면서 "臨終의 輓歌"인 "어머니……의 애달픈 소리만이" 전쟁터에서 견딜 수 있는 힘으로 설정되어 있다.

이영순 장시의 강점은 적어도 전쟁을 담보 삼아 인생을 뒤흔드는 실존주의 따위를 화두로 삼지 않는다는 점이다. 현실을 있는 그대로 반영하고 재현하면서 과장하거나 왜곡하지 않는 점 또한 돋보인다. 시인은 전쟁기 문학의 최대 미덕으로 리얼리티의 중요한 목록인 현실의 충실한 재현을 꼽았고, 이러한 현실 재현이 현실에 대한 진지한 고뇌에서 비롯됨을 간파했다. 이러한 시적 인식은 한국전쟁 체험을 단순한 싸움기로 기록하게 허락하지 않았고, 그래서 그 결과 역사 탐색으로서 장시로 거듭나게 된 것이다.

「凍寒과 飢餓
憎惡와 憫笑
死滅 그것 조차 참고서
우리가 生命을 걸고 싸워 온 일이
人類에 대하여 아무런 것도 가지 오지 한 事實을
나는 지금 겨우 깨달았소
아아 이 無限히 寂寞한 마음을
이 世界 어디에도 둘곳이 없소
당신들 UN軍에게만이 아니고
肉身에게도 친구에게도
나는 아주 소용없는 몸이 되고 말았소」

「그런 悲觀은 하지 말고……
누가 그대를 버린다는가
적어도 여기있는 우리 戰友들은
그대의 再生에 協力할걸세
자, 어서 치료나 받게」

「제발 나를 그대로 두시요
나는 지금 健康보다도
孤獨하게 있고 싶소」

「孤獨?」

스티븐스大尉는 反問한다

「치료하지 않으면 그냥 죽잔 말인가?」

「그냥 죽고 싶소」

—제 175~198행

위 인용시는 포로인 "크레믈린 출신의 붉은주의자 황병신"이라는 인물과 미해병대 군의관인 스티븐스 대위 간의 대화로 구성되어 있다. 그러나 치료를 거부하는 포로 황병신과, 그에게 치료와 함께 새 생명을 권하는 미군 스티븐스라는 두 인물의 설정은 지나치게 작위적이다. 극우 반공 이데올로기를 드러내는 시인의 의도가 두 인물간의 대립을 통해서 너무 노골적으로 드러났기 때문이다. 두 인물간의 대화 내용도 이미 전쟁에 대한 시인의 비판과 판단이 개입된 것이므로 계몽적이기까지 하다. 그러나 지나치게 드러난 주제 의식을 감안하더라도 위 인용시는 1950년대 전쟁기에 대한 '군인시인'의 책무로서는 부족함이 없다. 대화체의 도입으로 전쟁 상황을 자연스럽고도 직접적으로 전달하려는 시인의 극적 구성 또한 전쟁기를 드러내는 시인의 의도에 효과적으로 기여하고 있다.

이야기하기는 무엇보다 인간의 자연스럽고도 보편적인 행위이다. 이러한 이야기하기 기법의 채용은 시인이 전쟁기 전쟁을 바라보는 시각을 구체화하는 데 매우 효과적으로 기여하게 만든다. 우리가 왜

줄곧 이야기들 또는 더 많은 이야기들을 필요로 하는가 하는 문제는 삶을 바라보는 태도와 연관되므로 시인의 이야기체 시와 이야기 문체의 도입은 전쟁기에 장시를 선택할 수밖에 없는 작가의식과도 무관하지 않다.

전쟁기에 장시를 선택한 이영순 시인의 의도는 전쟁의 상황을 증언하려는 욕구로 비롯되었고 이러한 증언 욕구는 기록 정신을 근간으로 했다. 그리고 증언의 욕구와 기록 정신의 근저에는 본질적으로 시인이 지닌 산문 정신, 곧 전쟁 상황에 대한 헤아림이 빚은 비판정신이 자리하고 있었기에 가능했던 일이다.

그러나 하나의 活路를 찾아서
突破口를 뚫고서
戰友들은 앞을 다투며
「南으로 南으로!」 몸부림치는
世界戰史에 보기 드문
아아 下碣隅里의 撤收作戰!

그러나 나는 무슨 심사인지
그 下碣隅里 싸움터의
가장 荒凉한 까치高地의 斷層을
훌쩍 떠나진 못하여
홀로 默默히 팔짱을 끼고
한동안 우두커니 서있었다

나의 이 마음을

虛無로써 호젓이 武裝하고

마치 愛情에 붉히는 듯한 얼굴로

北方의 一角을 노리어 본다

나의 콧구멍은

嚴寒을 몰아 오는 北風에 떨리고

희미하게 빛나는 太陽에게도

거저 無心한 視線밖에 던지지 않고……

어느덧 神들에게도

버림 받은 나自身

주정이 처럼 疲勞해 버린 나自身

찬 바람은

바늘끝 처럼 戒衣로 스며들며

山의 擾亂은

彌縫策의 可望조차 없어서

亂麻를 흩을대로 흩기만 하는가

間歇的으로 荒冷하는

北方特有의 눈보라의 魔物이어……

一瞬의 猶豫도 없이

隱密하게도

나의 生命終止를 宣告하는

골치 아픈 귀울림이

앞에서도

뒤에서도

옆에서도 연실 일어나면서

나의 「虛無」의 遊戱를 中絶시킨다

— 제255~292행

1950년 12월 6일 대대적인 하갈우리 철수작전에 즈음하여 시인은 "下碣隅里 싸움터의/가장 荒凉한 까치高地의 斷層을" 쉽사리 떠나지 못한다. 중공군과의 격렬한 격전지였던 하갈우리 싸움터를 바라보는 시인의 심사는 "虛無로써 호젓이 武裝"한 상태이다. 이러한 시인의 심사를 더하듯 "嚴冬을 몰아 오는 北風"과 "北方特有의 눈보라"가 한창이다.

이때 시인의 "「虛無」의 遊戱를 中絶시"키는 것은 "生命終止를 宣告하는/골치 아픈 귀울림이"다. "골치 아픈 귀울림"은 역설적 울림으로 주목된다. 그것은 "희미하게 빛나는 太陽에게도/거저 無心한 視線밖에 던지지 않"는 자아에 대한 힐책의 울림이고, 이러한 힐책은 세계에 대한 뚜렷한 대항의지가 없는 자아에 대한 꾸짖음이기도 하다. 현상적 자아에 대한 시인의 힐책은 이상적 자아에 대한 강렬한 발원이기 때문이다. 그러므로 "生命終止를 宣告"한다는 것은 오히려 '생명을 고취'시키는 행위가 된다. 이러한 역설적 표현은 만족스럽게 전쟁에 복무하지 못한 자신에 대한 반성과 아울러 전쟁 자체에 대한 회의와 그 종식을 희원하는 데서 비롯되었다. 생사의 갈림길을 넘어 온 지금까지의 격전과 앞으로 하갈우리의 철수작전을 무사히 마치기를 기원하는 시인의 심사가 서술, 묘사, 대화의 문체적 요소들을 골고루 아우르면서 복합적으로 드러나고 있다.

그러나 咸興으로 연속된
어느 溪谷의 絶壁에 올은 순간
나의 跳躍은 그만 中斷되었다
「앗, 저게 무얼까?」
한결 같은 눈과 얼음의 突起에
갈피를 못잡고 彷徨하는 나의 視線은
冷冷한 氷板에 꿈틀대는
한개의 物體를 보고 못 움지긴다

頭部 背部 脚部
「어디를 다쳤소?」
피로한 다리를 끌고 가서 무르니
「아아……
배가 고프고……
무섭기도 하고……
몸이 꽁꽁 얼어서……

한발짝도 더는 못 떼놓겠어요……」
애처롭게 떨리는 女人의 음성
두 손으로 안아서 일으키면
어두워지는 黃昏에
오늘 하루의 괴로움을 못참던……
女人의 가냘픈 呼吸이 뛰는
앞가슴의 두개의 乳房

憂愁의 그것인양
힘 없이 뜨고 보는
高尙하게도 상양한 푸른 눈동자

나는 놀라 반기며
가슴에 부여안고
「아아 히낀스가 아니요!」

그러나 그의 現實의 대답은 얻지 못한
나의 헛소리가 자즈러질 때
兇兇한 가마귀의 울음만
저녁안개 저쪽으로 사라저 간다

— 제494~525행

전쟁에서 빠뜨릴 수 없는 사람이 직업적인 종군기자이다. 일반적으로 종군기자들은 전쟁을 액션과 스릴과 드라마가 가득한 소재로 여기기 때문이다. 한국전쟁 초반기에 종군하여 취재하던 유일한 여기자로 『뉴욕 헤럴드 트리뷴』의 '마거리트 히긴스'가 있었다. 동료들이 인정하는 미모에다가 미혼이었던 히긴스 기자는 "전쟁처럼 신나는 남자가 있으면 결혼하겠다"고 말할 정도로 강한 직업의식 속에서 살았다. 한국전쟁은 이러한 직업적인 언론인들의 손을 거쳐 미국에 보도되었다.[14] 이영순 시인도 히긴스에 대해 다음과 같이 술회하고 있다.

> 마아가레트 히킨스女史는 뉴욕타임즈紙 特派員으로 1950년 9월 中旬부터 함께 仁川上陸作戰, 元山 上陸作戰 등에 종군하여 갖은 고초를 겪었고, 특히 長津湖作戰에서는 필자와 더불어 九死一生으로 남하한 사이……. 그후 1951년 美陸軍某准將과 결혼하여 귀국했으나, 越南戰이 터지자 그녀는 또다시 먼 사이공까지 종군 후 그곳에서 장렬하게 戰死를 하였다. 그래서 그녀는 지금도 〈神話的〉인 존재가 되어 특히 나의 가슴속 깊이 살아있다.[15]

위 인용시는 히긴스에 대한 애모의 마음을 부족함 없이 표현한다. 시인은 하갈우리 철수작전 중 까치고지의 격렬한 전투 중에 히긴스를 만난다. 생사의 갈림길에서 시인은 전투 의지를 계속 불태우며 남으로 필사의 탈출을 감행하다 부상당한 히긴스를 만난 것이다. 탈출 중의 과정과 그녀를 만나는 과정, 만남의 상황부터 그녀의 행색을 살

14) 이재원, 「美國 重要言論에 비친 韓國戰爭」, 앞의 책 『현대사』, 112쪽 참조.
15) 시인이 1978년 본국문화사에서 첫 번째 시집과 두 번째 시집을 함께 묶어서 다시 낼 때 추가 설명되어 있는 부분이다. 이영순 장시집 『延禧高地』(본국문화사, 1978), 164쪽.

피는 대목에 이르기까지 시인은 히긴스와의 전쟁중 사랑을 표현하는 데 있어서 세세한 묘사를 아끼지 않는다. "어두워지는 黃昏에/오늘 하루의 괴로움을 못참던....../女人의 가냘핀 呼吸이 뛰는/앞가슴의 두개의 乳房"에서도 시인의 섬세한 사랑의 묘사를 확인한다. 이러한 다소 육감적인 표현과 사랑이 듬뿍 담긴 묘사는 계속된다.

죽다 살아난 이 순간에
내가 절실히 願하는 것은
어쩔수 없는 性의 本能과
限없이 타 올으는 愛慾의 絶頂이다

그리고
정말 바라는 것은
한개의 〈빵〉이다
한잔의 〈물〉이다

— 제561~568행

아니, 그런것은 없어도 좋다
내야 아무리 돼도 상관 없다
나의 生命보다도 소중한 愛人
히낀스의 恐怖와 戰慄만을
그만 그치게 하여나 다오

— 제575~579행

내 등에 업혀서 密着한
죽은 듯한 愛人의 약한 숨결이
내 목덜미에 火焰을 느껴 주고……
그 안타까운 體溫이
나의 愛慾의 餘剩을 간질러서
本能의 실오리를 풀고 감것만……

— 제613~618행

시인은 전쟁의 잔학성을 강하게 드러내기 위해 오히려 '사랑'이라는 전략적 장치를 설치한다. 전쟁이 그 어떤 휴머니즘의 카테고리도 허용하지 않는, 인간의 가장 근원적인 사랑의 애절함마저 조롱하는 개념임을 역으로 활용한 것이다. 히긴스와의 사랑 관계가 허구화를 무릅쓰고 오히려 리얼리티 획득에 효과적인 것은 바로 이 때문이다.

생사의 갈림길에서 시인에게 절실한 것은 "어쩔 수 없는 性의 本能과/限없이 타 올으는 愛慾의 絶頂이다." 그리고 그가 진실로 바라는 것은 "한개의 〈빵〉"과 "한잔의 〈물〉"이다. 인간의 본능에 대한 가치 부여 순간이다. 그러나 이러한 인간의 가장 본능적인 조건마저 뛰어넘는 것은 바로 "히낀스의 恐怖와 戰慄만을/그만 그치게 하여나" 달라는 시인의 간절한 애원이다. 왜냐하면 시인은 히긴스를 "나의 生命보다도 소중한 愛人"으로 여기기 때문이다. 삶과 죽음의 갈림길에서 생존을 위한 본능보다도 "愛人"을 우위에 두는 시인의 심사는 전쟁의 포악성을 부각하는 데 매우 효과적으로 기여한다. 에로틱한 묘사로써 일관한 그의 히긴스에 대한 사랑 표현은 절박한 전쟁기 상황에 대한 일종의 슬로모션 역할을 하고 있는 점도 눈여겨 볼 만하다. 이렇듯 시인은 현실과 허구의 중층적 구성 원리를 바탕으로 서술과 묘사와 대화를 매우 적절하게 배치함으로써 「地靈」을 주목받는 전쟁기 장시 작품으로 올려놓은 것이다.

첫 시집 『延禧高地』가 전방 체험을 바탕으로 전쟁의 승리를 갈구한 작품이라면, 두 번째 시집 『地靈』에서 시인은 전쟁 자체에 대해 회의를 품으면서 '地靈', 곧 땅이 지닌 영혼의 목소리에 귀 기울인다. 정의니 사상이니 하는 것들을 앞세우면서 정작 귀중한 생명의 모태인 자연을 저버리는 인간의 탐욕과 이기적인 인간의 욕심에서 비롯된 전쟁을 비난하고 아울러 사랑으로 화락(和樂)하는 것이 인생의 운명임을 설파한다. 잃어버린 자연성의 회복만이 인간이 살아나갈 바른 길임을 강조하면서 만약 인간이 땅의 영혼, 곧 자연의 뜻을 거스른다면 큰 재앙을 피할 수 없음을 경고하고 있다. 이렇듯 『地靈』에서 시인은 『延禧高地』에서 보인 짙은 관변문학의 성격을 어느 정도 벗어나면서 전쟁에 대한 거리를 유지하고 반전의식을 적극적으로 표명하고 있다. 이러한 시인의 세계관은 전방 체험이 가져다 준 실질적인 성과라 할 만하다.

3. 실체험의 공간과 체제 순응의 이데올로기

시인의 첫 시집 『延禧高地』는 한국전쟁에 직접 참여한 시인의 체험을 담은 상황시이고, 두 번째 시집 『地靈』 역시 체험을 바탕으로

한 상황시이다. 시에 인물을 등장시키고 한국전쟁이라는 사건과 그 사건에 얽힌 이야기들을 말함으로써 시인의 이념을 형상화시키고 있다. 여기서 시인이 한국전쟁과 그것에 관한 '이야기들을 말한다'는 데 주목할 필요가 있다.

이야기한다는 것은 세계를 의미 있고 질서정연하게 만드는 한 방법이다. 그래서 우리는 허구를 무릅쓰고라도 끊임없이 인간 생활의 의미를 탐색하고 구성하는 것이다. 우리는 어떤 특정한 방법으로는 만족하지 않기 때문에 더 많은 이야기들을 항상 필요로 하는 것일지도 모른다. 그러므로 인간 존재와 시간, 운명, 자아에 대한 한 문화의 가장 기본적인 가정들, 즉 우리는 어디에서 오며, 우리가 살아가는 동안 무엇을 해야 하며, 우리는 어디로 가는지와 같은 인간생활의 전 과정에 대한 확신과 강화를 그리고 창조조차도 이야기의 기능으로 보아야 할 것이다.[16] 우리는 왜 이야기를 필요로 하는가의 문제, 왜 우리는 되풀이해서 같은 이야기를 필요로 하는가의 문제, 왜 우리는 항상 더 많은 이야기들을 필요로 하는가의 문제들은 그러므로 삶을 성찰하는 태도의 다양성에 다름 아니다. 이러한 이야기를 들려주는 이영순의 장시 「延禧高地」와 「地靈」 또한 전쟁기 삶을 재고하는 중요한 목록들 가운데 하나이다.

앞서 살폈듯이 「延禧高地」는 시인이 제1차 서울 탈환전 때 선봉일착으로 입성할 당시 미해병 제1사단과 협동작전으로 분투한 '연희고지'의 활경을, 자신의 부상한 피로써 실감나게 그린 고귀한 한 폭의

16) J. 힐리스 밀러, 「설화」, 『문학연구를 위한 비평용어』(정정호 외 여럿 옮김, 한신문화사, 1994), 72~91쪽 참조.

전쟁 체험담이다. 「地靈」은 시인이 체험한 하갈우리·고토리·장진호작전을 증언한 고백물이다. 이러한 체제 순응의 이데올로기와 반전의식을 효과적으로 드러내는 데 있어 시인은 서사성을 담보로 하는 장시를 선택했고, 현재와 과거, 현실과 허구, 현실과 회고들의 중층적 구성 원리를 그 주요 서사전략으로 채택했다.

「延禧高地」는 「序詩」와 다섯 장의 본문으로 구성되어 있고 「序詩」는 8연 49행, 본시 1은 11연 57행, 본시 2는 18연 117행, 본시 3은 10연 54행, 본시 4는 10연 69행, 본시 5는 22연 128행의 길이로 이루어져 있다. 「延禧高地」는 모두 474행의 장시이다. 그리고 「地靈」 역시 「序詩」와 본시 1에서 5까지 구성되어 있고 「序詩」는 10연 74행, 본시 1은 21연 152행, 본시 2는 27연 160행, 본시 3은 19연 140행, 본시 4는 27연 144행, 본시 5는 24연 117행의 길이로 이루어져 있다. 「地靈」은 모두 787행으로 이루어진 장시이다.

한국전쟁이라는 사건을 다루고 있는 사건 장시인 「延禧高地」와 「地靈」은 한국전쟁과 그 전개라는 시간적 질서에 크게 기대면서 자유 고취와 반공 이데올로기라는 체제에 철저하게 순응하는 태도를 고수한다. 장시 「延禧高地」와 「地靈」에서 시인은 철저하게 현실 '내' 전쟁을 탐구한다. '군인시인'으로서 현실 직시와 아울러 그 현실인식을 고스란히 두 편의 장시에 옮겨놓은 셈이다. 그러므로 1950년대 문단을 장악했던 허무주의나 실존주의와는 또 다른 구체적인 시각을 확보하고 있는 셈이다.

이영순의 전쟁기 장시들은 1950년대 전쟁시의 두 성향을 한꺼번에 드러낸다. 1950년대 전쟁시는 전장에서의 절박한 체험적 상황을 형상화하거나 적에 대한 적개심과 승전의식 내지 반공이념을 고취하는 일련의 목적시가 그 한 성향이고, 전쟁 체험을 바탕으로 그 비극성을 심정적 인식과 휴머니즘적 논리에 의거해 표백하는 시가 또 다른 한 성향이다.[17] 물론 이영순의 장시들은 전자의 성향이 우세하지만, 맹목적인 반공 이데올로기에 기반한 피상적 현실인식이 아니라 전쟁의 직접적 체험을 시인의 의식 속에 내면화하는 과정을 성실히 드러낸다. 이러한 전쟁 체험의 내면화는 현상적 차원과 심정적 인식 방법에 의해서나마 한국전쟁의 의미를 드러낸다는 점에서 의미가 있는 것이다.

이영순의 장시는 박거영, 김용호, 김종문과 함께 전쟁기 장시의 한 축을 형성하고, 나아가 민재식, 전봉건, 송욱, 신석초, 조구마, 신동엽들과 함께 1950년대 장시의 한 군을 형성한다. 1950년대 장시를 여는 자리에 이영순의 「延禧高地」와 「地靈」은 전쟁 체험을 진솔하게 증언한 고백 기록물로서 그 의의를 획득하고 있는 것이다.

앞에서 살폈듯이 장시 「延禧高地」와 「地靈」의 세계는, 주인물 '나'의 한국전쟁기 삶과 삶의 양식을 중심으로 서사화되었다. 도표로 각각의 서사세계를 정리하면 다음과 같다.

17) 박윤우, 「전쟁체험과 분단현실의 시적 인식」, 『한국전후문학연구』(구인환 외 여럿, 삼지원, 1995), 78쪽.

〈표1〉「延禧高地」와 전쟁기 삶의 대응 방식

구성	주인공과 전쟁기 삶	전쟁기 삶의 의미와 양식	전쟁기 삶의 시간과 공간
序詩	'나'는 일년 전 연희고지 공격전에서 전사한 아우 기순의 명복을 빌면서, 아직 끝나지 않은 전쟁의 운과 아울러 조국을 지켜줄 것을 당부함.	전사한 아우의 넋 추모. 武運을 통한 조국애와 역사의식의 고취.	연희고지 전투 일년 후. '수선화'를 매개로 이승과 저승이 연계됨—동생 기순의 무덤.
본시1	'나'와 '사이드중위'는 연희고지에서 중상을 입음.	전우들의 전사. 전승을 회원함.	연희고지 전투.
본시2	'나'는 상처의 고통을 견디며 불굴의 투혼을 불사르지만, 적의 공격으로 우군은 고전에 빠져 있고, 사이드중위는 적의 총탄에 맞아 목숨을 잃음.	한계상황에 놓인 인간. 생사의 고뇌. 전쟁에 대한 회의.	연희고지 전투. 총 18연 가운데 제9연이 액자 형식으로 전과거 형태를 취함.
본시3	'흑취부대'의 활약상이 두드러지지만, 우군들의 공격에도 적은 항전을 계속함.	계속되는 우군과 적군의 항전. 전쟁의 의의 재고.	연희고지 전투.
본시4	'나'는 격전 속에서 어머니를 그리워하며, 백전병으로 조국의 명예를 위할 것을 다짐함.	전쟁과 휴머니즘의 갈등. 고향에 대한 그리움.	연희고지 전투. 총 10연 가운데 3연이 액자 형식으로 어머니에 대한 그리움이 삽입됨.
본시5 (결시)	부상 속에서 '나'는 생사를 오가며 이화고지 저편에 휘날리는 태극기를 보며 의식을 잃음.	전쟁 발발 이후 치욕의 석 달을 회상하며, 생사의 갈림길에서 격전 끝에 승리함. 조국애와 역사의식의 회복.	연희고지 전투. 총 22연 가운데 4-7연이 6월 25일, 개성의 생지옥 모습이 액자형식으로 회상됨. 10연이 서울 침입 석달 동안 적의 만행 상황이 액자 형식으로 예감됨.

〈표2〉「地靈」과 전쟁기 삶의 대응 방식

구성	주인공과 전쟁기 삶	전쟁기 삶의 의미와 양식	전쟁기 삶의 시간과 공간
序詩	'地靈'과 '인간'의 전쟁 무용론에 대한 대화.	인간의 탐욕으로 인한 전쟁과 '地靈'으로 대표되는 우주 원리의 상충관계.	허구적 상황. 평화와 혼돈의 갈등.
본시1	포로 '황병신'과 '스티븐스' 미해병대 군의대위간의 생명과 이데올로기에 관한 대화.	이데올로기의 대립과 휴머니즘의 고취.	전쟁터(의료부대).
본시2	하갈우리 싸움터의 가장 황량한 까치고지의 단층을 떠나지 못하는 '나'는 생사의 갈림길에 놓이며 전우인 '히낀스' 여사를 그림.	생사의 갈림길에서 인간 삶의 의미를 되새김.	하갈우리 전투의 까치고지 단층. 1~26연은 전쟁터의 스산함과 죽음에 대한 공포 묘사. 27연은 전쟁 속의 연애감정을 토로함.
본시3	까치고지에서 존재의 기쁨을 확인한 '나'는 부상당한 '히낀스' 여사를 발견함.	생존의 의미 확인.	하갈우리 전투의 까치고지 단층.
본시4	전쟁 내 죽음의 공포 속에서도 '나'는 '히낀스'를 통하여 사랑과 생명의 힘을 느낌.	전쟁 또는 죽음의 극복기제 탐색.	히낀스 여사를 연애대상으로 허구화함으로써 전쟁의 실제상황과 대비시킴.
본시5 (결시)	생사를 넘나들며 '나'는 '히낀스'와 함께 죽음을 사랑의 완성으로써 그리고 부활의 계기로써 믿음.	전쟁과 죽음을 극복하는 사랑의 힘 발견. 지령의 뜻을 받들어 찬양하는 한편, 지령의 명을 거스르는 전쟁을 계속함.	히낀스 여사를 연애대상으로 허구화함으로써 전쟁의 실제상황과 대비시킴. 이때 전쟁이 빚어내는 허상을 개인적 문제와 사회적 문제로써 탐색하고자 하는 시인의 의지가 발현됨.

제4장

김종문 장시의 가면의식과 현실극복의지

1. 허무의식과 시적 주체의 서사 지향성

한국전쟁은 무엇보다 1950년대 문학을 다른 시기의 문학보다 각별하게 재고하게 하는 계기로 작용하였다. 그러므로 한국전쟁을 배태한 1950년대 문학이 전쟁의 충격을 어떻게 수용하고 형상화하였는가 하는 문제는 1950년대 문학의 정체성을 탐구하는 작업이기도 하다. 김종문은[1] 1950년대 문학의 정체성을 실존주의에서 찾아 이른바 모더니즘 장시를 창작한 시인이다. 실존주의는 우리의 경우 1950년대의 폐허의식에서 비롯된 경우가 대부분이다.

1950년대 문학작품은 전쟁이 남긴 상처와 폐허의식에 보다 많은 관심을 보인다. 폐허의식에는 전쟁으로 인한 삶의 황폐함뿐만 아니라 보다 근원적인 존재조건의 황폐도 포함된다. 한국전쟁으로 인해

1950년대 문학은 많은 부분 자기 위안이 없고 존재의 근원적 조건 자체가 폐허인 상황을 여과 없이 보이게 된 것이다.[2] 여기서 파괴된 상황 또는 파괴와 파멸을 체험한 상황을 받아들이는 시인의 태도를 그 자신의 파멸을 초래하는 가장 가까운 함정 앞에서 이루어졌던 것으로 본 고은의 말은 귀 기울여 들을 만하다. 그는 50년대 작가 대부분이 그러한 상황의 강제력에 굴복하였고 그 결과 데카당스 문학이 자리잡게 되었다고 말한다.[3]

그러나 이러한 폐허의식과 퇴폐주의에는 무엇보다 구체적인 삶이 없다. 절망적 폐허가 스민 자리에는 삶에 굴복한 자의 퇴폐와 감상이 있을 뿐이다. 우울한 정서는 그 당대 많은 작가들의 지배적인 감성이었고, 나아가 시대적 감성의 일부이기까지 했다. 이렇듯 전쟁기 문학이 보이는 구체적인 삶이 드러나지 않는 폐허의식은 존재의 근원적 조건인 황폐와 무관하지 않다.

1950년대의 지배적 정조인 폐허의식과 퇴폐주의는 불안의식을 동반한다. 이때 불안의식은 전통과 과거로부터의 단절에서 비롯되기도

---

1) 김종문은 1919년 4월 22일 평양에서 나서, 1981년 1월 17일 돌아갔다. 토오쿄오 아테네 프랑세를 졸업하였다(1942). 해방 후 군에 입대하여 통위부 보도과장, 국방부 정훈국장들을 역임하고 육군 소장으로 예편하였다(1957). 1948년 평론 「문학의 문화에 미치는 영향에 대하여」를 『白民』에 발표하면서 등단하였다. 1962년에 『자유문학』 주간, '아시아작가대회 한국 정대표'를 맡았고, 한국문협 이사, 한국현대시인협회 4, 5대 회장을 역임하기도 하였다(1977~1980). 저서로는 시집 『壁』(문헌사, 1952), 『不安한 土曜日』(보문각, 1953), 『詩史時代』(보문각, 1955), 『戰時韓國文學選 詩篇』 엮음(국방부정훈국, 1955), 『人間造型』(보문각, 1958), 『新詩集』(계명문화사, 1965), 『실험실 Ⅱ : 詩앤솔로지』(한일출판사, 1976), 『降神祭』(시와의식사, 1977), 『轉換』(한진출판사, 1978)들이 있으며, 평론으로 「현대시와 매스 커뮤니케이션」(『자유문학』 1957년 6월호), 「T. S. 엘리어트의 전통정신」(『문학예술』 1957년 6월호), 「파운드, 엘리어트파와 현대시」(『자유문학』 1958년 7월호)들을 발표하였다. 문덕수, 앞의 책 318~319쪽; 김영삼 엮어 지음, 앞의 책, 452~453쪽; 권영민, 앞의 책, 744~747쪽 참조.

2) 이남호, 「1950년대와 戰後世代 詩人들의 性格」, 『1950년대의 시인들』(이남호 외 여럿, 나남, 1994), 16~17쪽.

3) 고은, 『1950년대』(청하, 1989), 354쪽.

하지만 동시에 시대와 역사에 대한 소외의식으로부터 비롯되기도 한다. 전쟁에 참가하지 않은 자는 전쟁에 참가한 자에 대한 부채감이 있으며, 살아남은 자들은 살아남지 못한 자들에 대한 부채의식을 지니고 있는 것이다. 아울러 어떤 식으로든 부채감을 진 이들은 동시에 역사에 주체적으로 참여하지 못한 국외자로서의 소외감과 자책감이 있었다고 볼 수 있다.

이러한 폐허의식과 퇴폐주의, 불안의식과 소외의식은 1950년대 시인들을 실존주의와 쉬 만나게 하는 계기가 된다. 따라서 시인들은 과거와의 단절감에서 오는 소외, 역사의 현장에 참여하지 못하고 있다는 자괴감과 자신의 의지와는 무관하게 전개되는 시대상황에 대한 소외 그리고 합리적인 이성으로는 도저히 이해되지 않는 현실의 참혹함 속에서 그 어느 시기보다 쉽게 실존주의와 친해질 수 있었던 것이다. 김종문의 경우도 예외가 아니다. 특히 장시 「不安한 土曜日」은 1950년대 전쟁기 상황을 통찰하는 데 불안 기제가 얼마나 유효하게 작용했는지를 살필 수 있는 좋은 실례가 된다.

나는 지금껏 〈모더니티〉 流派와도 더욱이나 人生派〈的〉 流戱와도 먼 딴 方位角에서 現代詩란 것을 試驗해 온 것을 나 스스로 首肯한다. 우리의 50年代의 詩와 詩精神은 우리의 50年代가 겪고 있는 〈리아리티〉나 世界의 不安에 對해서 어떤 態度를 가져야 하는가를. 〔…중략…〕 우리는 50年代에 惹起된 이번 戰爭을 몸소 겪어 오는 동안 不安한 世界史의 運命에 共感할 수 있는 緖口가 열려졌을 뿐만 아니라 우리는 이미 現代의 〈열쇠〉를 移讓받고 있다고 詩人된 者 어느 누가 首肯하지 않으랴! 지금 우리가 마지한 50年代는 不安한 現代가 集約된 〈렌즈〉요 同時에 不安한 光速度가 放射되는 連續線의 錯亂 속에서 人間精神의 永遠한 光彩를 發見해야만 하는 것도 ……. 〔…중략…〕 오늘의 詩들 가운데서는 非現代〈的〉인 것과 現代〈的〉인 것과 사이에 서로 反撥하고는 있지만 不連續의 連續을 持續하고 있다는 知覺을 가질 때 拙作 〈不安한 土曜日〉은 원래의 詩技巧와는 決고 遊離된 것은 아닐것이다.[4]

우선 시인은 그를 이른바 모더니즘 시인이나 인생파 시인으로 지칭한 데 대한 불만을 토로한다.[5] "지금껏 〈모더니티〉 流派와도 더욱이나 人生派〈的〉 遊戱와도 먼 딴 方位角에서 現代詩란 것을 試驗해 온 것을" 스스로 수긍한다. 여기서 "딴 方位角"이 무엇인지 구체적으로 밝히지는 않지만 그는 1950년대 시와 시정신이 "우리의 50年代가 겪고 있는 〈리아리티〉나 世界의 不安에 對해서 어떤 態度를 가져야 하는가"에 주목해야 한다고 하였다. 1950년대 전쟁기 시인의 태도를 한눈에 짐작할 수 있는 대목이다.[6]

또한 그는 "지금 우리가 마지한 50年代는 不安한 現代가 集約된 〈렌즈〉요 同時에 不安한 光速度가 放射되는 連續線의 錯亂 속에서 人間精神의 永遠한 光彩를 發見해야만 하는 것도" 수긍해야 한

4) 김종문, 「후기」, 『不安한 土曜日』(보문각, 1953), 64~65쪽.
5) 조지훈의 견해가 선구적이다. 1950년대를 '실험의 연대'로 평가하고 있는 조지훈은 김종문을 조향, 김차영, 이활들과 함께 협의의 모더니즘 정통파로 분류하고 있다. 조지훈, 「韓國現代詩史의 觀點」, 『한국시』 제1집(1960. 4), 『조지훈전집』 일지사, 1973), 166~172쪽 재수록.
6) 이외 시인의 의식을 살필 수 있는 글로 「시인이 된 동기와 이유—자살 대신에 시를 쓰며 산다」(『세계일보』 1959년 2월 10일자)와 「나의 시작 노트 — 의식의 작용」(『시문학』 1971년 9월호)이 있다.

다고 말한다. 불안 기제를 시대적 코드로 인지해야 함을, 그리고 이러한 기제야말로 "불연속의 연속"[7]을 이해하는 중요한 시대적 코드로 인지해야 함을 말하고 있다.

김종문의 불안 기제는 키에르케고르가 분류한 죄의 전제로서의 불안과 죄의 결과로서의 불안 가운데 후자에 가깝다. 원죄 이전의 무구의 불안은 자유의 가능성에 있어서의 자유 그 자체에 대한 반성에 지나지 않는다. 그러나 원죄와 더불어 무구는 사라지고 정신이 현실적인 것으로 되었다. 한편 이러한 현실성은 죄의 현실성이며, 죄의 현실성은 비본래적인 것이기 때문에 죄의 결과로서의 불안이 생긴다. 죄는 불안 속에서 나타나는 것이지만, 죄는 이미 불안을 지니고 있는 것이다. 그러므로 불안 기제는 1950년대 전쟁기 김종문 시인이 지닌 존재태의 다른 이름이라 할 만하다.

「후기」에서 짐작할 수 있듯이, 그가 지닌 불안의식은 한국전쟁 체험과 무관하지 않다. 그러나 종군작가로서 전쟁에 대한 감회가 남달랐던 그의 태도는 이중적이었다. 문학과 삶의 각도가 서로 어긋나는 분열적 양상을 보였기 때문이다.

1950년대 전반기의 문학활동의 주축은 종군작가단이었다. 그들은

---

7) 김종문이 이해한 현대시적 상황을 감각과 테크닉의 양식으로 파악한 민병욱의 견해가 눈에 띈다.
"현대의 지적 상황을 불연속성으로 이해하고 있다는 의미에서 그는 막연하나마 현대시적 상황을 이해하고 있는 것으로 여겨진다. 불연속성의 관점에서, 현대시는 ①형이상학적 단절, ②심미적 단절, ③수사학적 단절, ④시간적 단절, ⑤심리학적 단절, ⑥역사적 단절을 시적 상황으로 하면서, 농촌—원형(archetypes)에서 도시—현형(phenotypes)으로의 삶이 공간과 이미지 전환을 가진다. 이러한 현대시와 시적 상황의 보편적 이해에서 본다면, 그가 의도한 현대시는 수사학적인 단절의 범주에서 벗어나지 못한다. 그것은 현대의 감각과 테크닉의 측면에서 텍스트를 해설하고 있음도 그 실례가 된다. 따라서 그가 의도한 현대시는 지적 상황이나 세계관의 양식이 아니라 감각과 테크닉의 양식인 것이다." 민병욱, 앞의 책 『한국 서사시와 서사시인 연구』, 287~288쪽.

뚜렷한 목적의식을 가지고 직접 종군하여 전장의 상황을 사실적으로 기술하거나, 시국강연회, 벽시운동, 시화전, 시낭독 등을 통해 1950년대 전반기의 시문학을 주도하면서 종군시단을 형성하였다.[8] 장군이기도 했던 김종문은 우선, 전쟁에서 문인들의 역할이 왜 중요한가를 논리적으로 설명하고자 하였다. 그는 현대전에서 선전의 중요성을 강조하였다. 그의 견해에 따르면 문화인 혹은 문학인들은 이른바 '선전' 임무를 수행해야 한다.

> 지금 祖國은 興亡盛衰를 一戰에 걸고 싸우고 있다. 國軍將兵의 勇戰奮鬪와 國際聯合軍의 援助力鬪로서 이 戰爭의 勝敗는 이미 決定的이라고는 하지만 우리國民의 民度와 世界謀略宣傳國家의 宗主라고 하는 蘇聯이 當面의 敵이라는點에 想到할 때 더욱이 今般事態 終了後의 國土統一과 思想統一이라는 重大課業을 考慮하면서 現戰局의將來를 展望할 때, 안으로는 國民을 相對로 하는 啓蒙宣傳과 밖으로는 우리 韓族特殺政策에 基因하는 敵性國家에대한 宣傳攻勢의 重大性을 새삼스러히 깨닫지 않을 수 없는 것이다.
>
> 그러나 宣傳이라면 곧 虛僞謀略을 聯想하는 무리가 多數 存在하고 있는 우리나라의 現實과 現在 啓蒙宣傳에 從事하고 있는 文化人 宣傳人에게 宣傳에 關한 正當한 認識을 주는 것이 무엇보다도 緊要視됨으로 平素의 生覺하고 있는 바를 略述하고저 한다.[9]

---

8) 한국문인협회 엮음, 『解放文學 20年』(정음사, 1971), 78~111쪽.

실제 한국전쟁 발발 직후 종군작가단의 활동을 볼 때 이러한 선전 임무에 주력하였음을 알 수 있다. 승전의식을 고취시키거나 국가라는 초이념 앞에 개인의 희생을 정당화하였던 선전문학은 다분히 목적 문학적인 성격을 띨 수밖에 없다. 그러나 김종문이 실제로 표방한 문학은 '선전'과는 거리가 있는, 오히려 정체성 고민에 휩싸인 실존의식의 고양에 가깝다. 물론 1950년대 혼란상을 '불안'으로 파악한 그의 세계관은 1950년대라는 시대와 개인적 삶의 궤적과의 충돌에서 비롯되었을 가능성을 배제할 수 없다. 이때 '충돌'은 긍적적 의미와 부정적 의미를 함께 지닌다. 평양에서 나고 자랐던 성장 배경이라든지, 동경 아테네 프랑스를 졸업한 일, 그리고 졸업 후 일본에서 출판사에 근무한 경험과 국방부 정훈국장을 역임한 사실 등 그의 삶의 궤적은 사회 구조의 변동과 아울러 그의 문학생애의 배경이 된다. 식민지 유학에서의 프랑스 문화 추체험과 식민지 생활에서의 현실과 문화 경험, 미군정의 '정치적 분단 체제의 성립과 분단 고정화 과정'과 이승만 체제의 '무이데올로기 정치와 이념 없는 정치적 방황'에 의한 분단 체제의 고정화라는 사회구조적 경험에 기반을 둔 그의 생애는 문화적 추체험과 현실적 경험이 서로 어울려서 뿌리가 흔들리는 느낌을 지탱하게 된 것이다.

그러므로 한국전쟁 직후 상재된 그의 『不安한 土曜日』은 이러한

9) 1950년대는 무력을 비롯하여 정치력, 경제력 및 선전력 등의 4대 요소로서 전쟁을 수행하지 않을 수 없는 현대전의 시대이다. 그래서 선전전은 무력전에 대한 보조수단이 아니라 문화적 기술로서 전쟁을 수행하는 하나의 독립된 전투수단이다. 더욱이 현대전에서는 전민족의 정신적 단결 여하가 전쟁의 승패를 좌우하는 가장 유력한 요소이다. 따라서 문화인들은 현대전에서 중요한 역할을 하는 선전 임무를 수행해야 한다는 것이다. 김종문, 「전쟁과 선전」, 김송 엮음, 『戰時文學讀本』(계몽사, 1951), 159~164쪽.

그의 불안의식과 그로 인한 허무의식의 산물로, 논리적이고 체계적인 서사구조를 찾아보기 힘들다. 오히려 논리성을 파기한 채 시인의 불안기제에 따라 이미지와 정서를 나열하는 데 바쳐져 있다. 당대 혼란상을 그대로 묘사한 진솔한 리얼리티의 드러냄일 수 있고, 전쟁 또는 전쟁 직후 당대 현실에 대한 구체적이고 직접적인 대응에서 비껴난 소극적인 대응 태도의 발현일 수도 있다. 그러므로 그의 장시로서 골격은 구도적인 면, 새로운 언어의 배열식, 章이 아닌 시각적 표면성, 불안한 세계와 50년대의 불안한 한국의 현실의 공감의식의 시정신[10]을 바탕으로 이루어진 것이다.

2. 생존과 죽음의 변증법

1) 상황의 부정과 존재의 불안

1953년에 상재된 『不安한 土曜日』은 전체 제3부로 짜여져 있다. 제2부의 「詩人의 章」은 이전에 발표된 「RESISTANCE」[11]을 삽입했고, 제3부의 「異邦詩人의 章」은 「길」[12]을 그대로 옮겨다 놓은 것이다.

『不安한 土曜日』에서 서술자는 극도의 허무의식과 불안의식으로 한국전쟁기의 사회상을 바라보고 있다. 전쟁의 직접적 체험에 의해

10) 박치원, 「金宗文詩의 詩的 發展過程」, 『현대시학』 1981년 6월호, 77쪽.
11) 『신천지』 1952년 5월호.
12) 『韓國詩集』(1952. 12).

서 형성된 불안은 허무성과 의미 상실에 대한 불안이며, 아울러 근대 말기의 불안한 세계사의 운명인 정신적 불안이다.

우선『不安한 土曜日』의 짜임새를 살피면 다음과 같다(괄호 안의 숫자는 연과 행을 순서대로 표시한 것이다).

Ⅰ(48/133)

남쪽으로 난 天國에의 螺旋階段이 〈텅스텐〉의 觸媒作用을 이룸.

傾斜진 果樹園 사이를 뚫고 그 아래 都市와 그너머 바다로 트인 길이 나옴.

不安한 土曜日 數 없는 사람들의 行列이 한 곳으로 흘러감. 數 없는 얼굴들이 感染되어 가는 瞬間마다 늘어나고 그 行列은 나자빠진 高速度로서, 數없는 사람들은 끊임없이 核分裂의 連鎖反應을 이룸.

〈平和〉는 50年代의 時間에 浮彫된 大文字.

Ⅱ(36/153)

남쪽으로 난 天國에의 螺旋階段이 〈텅스텐〉의 觸媒作用을 이룸.

부서진 耐熱 〈앵글〉들의 錯綜, 그 위 〈보따리〉들의 休憩所, 그 사이로 바다의 縱隊가 깃드는 都市.

不安한 土曜日, 數없는 삶들의 分布圖가 제각기 欲을 타고 흩어짐. 모두 다 假裝舞蹈會의 集團이며, 욕망의 炎河인 하수로는 기인 行列과 함께 바다로 향함.

시청 지상에 구름이 놓이고 교회의 종소리는 들려오지 않음.

Ⅲ(37/128)

남쪽으로 난 天國에의 螺旋階段이 〈텅스텐〉의 觸媒作用을 이룸.

녹 실은 소리 자욱한 노랑色 바다.

不安한 土曜日과 함께 數없는 사람들의 水葬圖가 제각기의 閱歷을 잃고 나도 齡數를 棄却함.

數없는 선박들은 金婚式을 잃고 이루어진 平和.

나는 不安한 土曜日이 沈澱한 岸邊에서 서성이면서 이방시인이라 칭해짐.

깊어가는 不安한 土曜日의 밤에 나는 安息할 곳을 찾았으나 不安한 土曜日을 안고 토파 가야만 함.

남북으로 늘어진 지옥에의 螺旋階段이 〈텅스텐〉의 촉매작용을 이루었음.

파편적인 서사구조는 그 자체로 불안으로 점철된 1950년대의 지형도를 반영한다. 제Ⅰ부와 Ⅱ부, 그리고 Ⅲ부는 각각 바다로 트인 길과 바다가 깃든 도시와 노랑색 바다가 그 배경이다. 그리고 수없는 사람들의 행렬이 불안과 고통의 자기장으로 점철되는 양상들이 지속적으로 펼쳐지고 있다.

南쪽으로
나자빠진
天國에의 螺旋階段
〈텅스텐〉의 觸媒作用을 이루었다.

傾斜진 果樹園 사이를 뚫고
그 아래 都市
그 너머 바다로 티인 길은 ……

不安한 土曜日과 함께
數 없는 사람들의 行列
한곳으로 흘러갔다.

나도 수움을 이어갔다.

—제Ⅰ부 1~4연

여기서 제Ⅰ부의 제1연은 제Ⅱ부와 제Ⅲ부에서도 반복된다. 그리고 댓구적으로 2~4연이 각각 짜여져 있다. 제1연의 반복은 '불안한 토요일'에서 느끼는 불안과 고통의 자기장 형세를 짜는 데 유용한 틀거리로서, 전체에서 각 부의 주제의식을 형상화하는 준거체로 작용한다.

그러면 '토요일'의 설정 의도는 무엇인가? 왜 하필이면 7요일들 가운데 토요일인가? 그렇다면 '불안한 토요일'의 의미망은 과연 무엇인가? 두루 알다시피 토요일은 안락과 휴식이 허락되는 주말이다. 종교적으로 주일이 되는 날이기도 하다. 여가적으로나 종교적으로 토요일은 틈이 있는 여유로운 시간 개념이다. 그러나 일상으로부터 잠시 벗어날 수 있는 토요일마저 '불안함'으로 점철된다는 것은 삶 전체가 온통 불안 기제로 휩싸여 있음을 의미한다. 불안과 고통의 자기장으로부터 자유로울 수 있는 시간과 공간이 더 이상 존재하지 않는다는 뜻이다.

"나선계단"은 빙빙 비틀린 형상으로서 끊임없이 반복되는 불안과 고통의 상징이다. 결국 이 세상은 나선계단처럼 빙빙 비틀린 카오스의 세계인 셈이다. 더군다나 나선계단은 "南쪽으로/'나자빠'"져 있다. 그러므로 "南쪽으로/나자빠진/天國에의 螺旋階段"은 이미 천국과는 거리가 멀다. 남쪽은 일반적으로 따뜻함과 고향의 상징인 데 대하여 시인이 남쪽을 덧없는 실낙원쯤으로 설정해 두고 있는 점도 유의해야 할 대목이다. 이러한 실낙원의 설정은 "텅스텐"이라는 굳고 질기며 단단한 금속 이미지로 더더욱 견고해진다. 그러므로 이러한 실낙원에서 시적 화자는 "수움을 이어"갈 수밖에 없고, 소통이 단절된 소외의 상황을 이어갈 수밖에 없다.

"詩의 〈테크니크〉는 固定性을 가진 것이 아니오 언제까지나 流動해 나아간다"고 본 시인의 현대시관에 걸맞게[13] 들여쓰기로 연 구분을 하는 시각적 효과 또한 실낙원의 허무의식을 드러내는 데 효과적이다. 일반적으로 시 쓰기에서 연 구분은 행갈이를 하는 것만으로도 충분한데, 산문에서처럼 연의 시작을 굳이 들여쓰기로 처리하는 시인의 의도는 지나치게 분명한 것을 지향하는, 불안의식에서 촉발된 결백증이 아닌가 하는 의구심마저 들게 한다. 결국 불안과 고통의 자기장이 1950년대 전쟁기 삶의 블랙홀임을 시인은 Ⅰ부뿐만 아니라 Ⅱ, Ⅲ부에서도 1연의 반복 구조를 통해 제시하고 있는 것이다.

『不安한 土曜日』의 주된 기법은 여러 폭의 화폭을 펼쳐놓은 듯한

13) 김종문, 「발문」, 『불안한 토요일』.

파노라마식 기법이다. 광역화된 물리적 배경이나 시간으로, 장시간에 걸친 사건들을 단일한 구조로 선택·함축하여 요약하여 서술하는 기법이 파노라마식 기법이다. 이러한 기법은 서술상의 절약과 요약에 이바지한다.[14] 언어의 시각성을 한껏 살린 파노라마식 기법은 '불안'으로 점철된 50년대를 대변하는 상징 코드이기도 하다.

　南쪽으로
나자빠진
天國에의 螺旋階段
〈텅스텐〉의 觸媒作用을 이루었다.

　부서진 耐熱 〈앵글〉들의 錯綜
그 위에 〈보따리〉들의 休憩所
그 사이로 바다의 縱隊가 깃드는 都市는……

　不安한 土曜日과 함께
數 없는 사람들의 分布圖
제각기의 끖을 타고 흩어졌다.

　나도 한숨 놓았다.

— 제Ⅱ부 1~4연

14) 이러한 파노라마식 기법은 제한되고 축소된 시간·공간상의 특정한 행위로 묘사하는 극적 기법과는 대조된다. 한용환, 『소설학사전』(고려원, 1992), 430쪽.

南쪽으로
나자빠진
天國에의 螺旋階段
〈텅스텐〉의 觸媒作用을 이루었다.

그러나
均衡力學을 解體한 〈뽈트〉들
녹 실는 소리 자욱한 노랑色 바다는 ……

不安한 土曜日과 함께
數 없는 사람들의 水葬圖
제각기의 閱歷을 잃었다.

나도 齡數를 棄却했다.

— 제Ⅲ부 1~4연

'불안' 기제는 한국전쟁의 실체험으로 인한 개인적 사회적 모순상황에 대한 인지도이다. 이때 모순상황은 허무의식에서 비롯된다. 최고의 가치가 무가치하게 되는 것, 그래서 목표 자체를 상실하는 것이 허무주의의 개념이다. 미증유의 전환기라는 시대적 상황의 영향으로 위기의식을 절감하게 되고 과거의 가치의식으로는 도저히 지탱할 수 없는 새로운 사회의 위기가 허무주의로 드러나게 되는 것이다. 그러나 이러한 허무주의를 극복하는 한 방법이 허무주의일 수 있다. 불안을 극복하기 위한 촉매제로 도리어 불안기제를 선택한 경우가 그것이다.

불안과 고통의 자기장은 이미 1950년대 전쟁기 삶의 전 영역을 장악한 터였다. “아까시아 담 밑에/짝 잃고/낱낱이/흐터진/軟性 〈리베트〉들 사이에 乳兒의 屍體 하나”(제 I 부 제6연) 있고 이 “乳兒의 屍體”를 “불개미알”들이 일어나 달려 들고(제 I 부 제8연) “〈페스트〉보다도 빠른 行列/地圖도 海圖도 없이 이어갔다/金冠도 따라갔다/神父도 그는 司祭服을 걸친채 따라갔다”(제 I 부 제11연). 곧이어 “비단결의 妖動”(제 I 부 제20연)치는 뱀 그 “行列은”(제 I 부 제22연) “咀呪의 嘔吐”(제 I 부 제23연)로 “龜裂된 땅 사이에”(제 I 부 제25연) 걸쳐졌다.

저주의 상징인 뱀은 계속되는 행렬 속에서 “매담”을 배태한다.

— 매담! 여기는 鐵條網地帶
眞空地帶란걸 모르십니까?
나는 牧者가 되려는 것은 아닙니다만
어서 일어서십시오.

우리에겐 敵이란 것이 있읍니다

敵

敵 代表의 提議는 單調한 音諧練習이었읍니다

点과 点을 結付한 〈아라삐아〉數字의 低高.

平和

平和

〈平和〉는

50年代의 時間에 浮彫된 大文字

數 없는 얼굴은 하나 또 하나

뒤 이어 感染되어가는 瞬間 마다……

數 없는 少年들의 피로 물든

赤色〈리뽕〉

平和調印書는 드디어 綴해졌읍니다.

— 제 I 부 30~36연

"여기는 鐵條網地帶"이고 "眞空地帶"이다. 전쟁기 상황에서는 많은 판단들이 보류되어 있음을 주지한 대목이다. 이러한 판단 보류의 상황에서 "50年代의 時間에 浮彫된 大文字"가 "平和"로 설정되어 있고, "평화"에 대한 뚜렷한 고민과 고뇌가 생략된 채, 관념적 선언만이 공허하게 부유하고 있다. 이어령이 말한 "주어의 상실"이라는 비극적 상황이[15] 곧 "불안한 토요일"의 풍경이다.

이러한 『不安한 土曜日』의 불안과 고통은 아무래도 구체적 현실에 대한 고뇌와 대응과는 거리가 멀다. 이는 전쟁기에 시인 스스로가 실존 문제에 지나치게 경도됨으로써 자기 의식에 갇혀 버리고 마는 소극적 대응방식 때문이다. 그래서 이러한 소극적 태도가 시인을 구체적인 현실과 멀어지게 했고 또한 현실내 극복의지의 발현보다는 탈현실을 지향하게 한 것이다.

수없는 사람들의 의미 모를 행렬은 계속되고, 적이 분명하고 선악이 분명한 상황에서 시인은 분명한 적과 선악의 구분을 무화시켜 버린다. 그저 무심한 듯한 행렬만을 무의미하게 지속시킬 뿐이다. 그래서 "行列은/나자빠진/高速度……"(제Ⅰ부 제46연)가 되고, "數 없는 사람들은/앞서거니/뒤서거니/앞또서거니/核分裂의 連鎖反應을 이루"(제Ⅰ부 제48연)는 것이다. 유아의 시체로부터 외과의사의 집단에 이르는 행렬, 그리고 핵분열로 언제까지고 계속될 듯한 이러한 행렬은 과연 어떤 의미망을 지니는가?

이러한 행렬의 원인이 전쟁임을 보여준다는 견해[16]도 타당하지만 오히려 행렬을 지속시키는 원동력은 죄의 전제로서의 불안의식[17]일 공산이 크다. 물론 전쟁이라는 인간이 범한 죄의 결과로서 불안의식이 사람들의 행렬을 지속시켰지만, 행렬에 행렬을 이어 가면서 그들은 점차 "무엇인지 모르게 불안한", 불안의 대상인 무(無)를 껴안고 간다. 결국 전쟁으로 촉발된 혼동의 행렬이었지만 그 행렬이 지속되면 될수록 그 행렬의 동인보다는 행렬을 이어 가야만 하는 이유를 그들 스스로가 폐기해 버리는 것이다. 그들은 이제 더 이상 과거와 현재와의 연관선상에서 그들의 존재 의미를 찾지 않는다. 세계내 여러

15) 이어령, 「主語 없는 悲劇」, 『저항의 문학』(예문관, 1965), 21~22쪽 참조.
16) 민병욱, 앞의 책, 『한국 서사시와 서사시인 연구』, 294쪽 참조.
17) 세계사상편집회 엮음, 앞의 책, 142쪽 참조.

존재에 대한 공포를 넘어서 자기 상실의 근원적인 불안감에 휩싸인 사람들은 그들의 '무의미한' "평화"를 담보로 삼을 수밖에 없었던 것이다.

이렇듯 시인은 전쟁이라는 절망 앞에서 생존과 죽음이라는 두 축 사이를 넘나든다. 전쟁기에 대응함으로써 현실 극복 의지를 드러내는 것이 아니라 전쟁이라는 상황을 부정함으로써 오히려 실존이라는 내면 속으로 침잠해 버리는 것이다. 이러한 존재에 대한 불안의식은 그가 유학한 동경 아테네 프랑스의 낭만적인 체험과 맞물려 더더욱 현실감각을 잊게 했다. 『不安한 土曜日』에서 종군작가로서 시인이 표명했던 투철한 작가의식과는 거리가 먼, 소극적 대응방식의 고뇌만을 드러내었을 뿐이다.

2) 불안한 토요일과 혼돈의 행렬

앞에서 살폈듯이 자기 생존과 상실의 변증법적 논리 아래 놓인 전쟁기 "행렬"들은 불안과 고통의 자기장을 피할 길이 없어 보였다. 이러한 불안과 고통의 자기장은 현실부정 의식의 또 다른 모습이다. 여기서 '행렬'로 상징되는 현실부정 의식이 허무의식에서 촉발된 사실은 김종문의 『不安한 土曜日』을 읽어내는 중요한 코드가 된다.

허무의식은 인간과 가치에 대한 치열한 인식의 한 결과이다. 그것이 기존 가치에 대한 회의와 부정을 통해서 그 무의미성을 인식하는 데서 가능하기 때문에 허무적이지만, 한편으로는 창조적이다. 인간 존재에 대한 부정과 긍정의 반복 자체는 삶의 진실에 이르는 중요한 과정이기 때문이다. 그러므로 김종문의 『不安한 土曜日』은 50년대 상황과 인간 존재에 대한 허무의식을 불안의식 또는 현실의 폭력과 대응하는 논리에서부터 시작함으로써 현상과 본질의 관계를 설명해 주는 중요한 단서가 되기도 한다.

> 不安한 土曜日과 함께
> 數 없는 사람들의 分布圖
> 제각기의 곬을 타고 흩어졌다.
>
> 나도 한숨 놓았다.
>
> —제Ⅱ부 제 2~3연

제Ⅰ부에서 "不安한 土曜日", "數 없는 사람들의 行列"이 "한곳으로 흘러"간 데 비해 제Ⅱ부에 이르면 이러한 "사람들의 行列"은 "分布圖"를 이루어 "제각기의 곬을 타고 흩어"진다. 무작정 흘러가기만 하는 방향 상실의 일방통행에서 속수무책의 시적 화자가 수음을 이어갈 수밖에 없는 허무의식이 만연한 제Ⅰ부의 상황에 비하면, 제Ⅱ부는 "나도 한숨 놓"을 수 있는 비교적 정리되고 안정된 상황이 전제된다. "제각기의 곬"을 사람들이 찾아 적절한 "분포도"를 구성하였기 때문이다. 제Ⅰ부에서 지리하게 계속될 듯했던 허무로 가득한 '행렬'의 의미가 질서 있게 재편되는 것이다. 여기서 제Ⅰ부에서의 서술공간을 '도시의 길'로서 운동성의 공간으로 보고, 제Ⅱ부에서의 서술공간을 정지 공간으로 본 견해 역시 Ⅰ부에 비해 Ⅱ부의 안

정된 상황을 강조한 것에 다름 아니다.[18]

— 市民 여러분……

여러분은 市民의 合唱을 아십니까?

— 詩人이어!

우리에게도 그런 合唱이 있었읍니까?

— 그러나 市民 여러분!
지금
우리의 都市에 모여드는
모오든 行列은
果樹園으로 보내는 葬送曲을 가졌
그리고
噴火山上의 行進曲을 가졌거늘……

— 제Ⅱ부 11~13연

시인이 선민의식을 지닌 권력자로 설정되어서 시민을 선동하고 있는 태도가 다소 거슬리지만, "도시에 모여든/모오든 行列"의 안착으로써 전쟁기 불안과 고통의 자기장으로부터 벗어나고자 하는 시적

18) '도시의 길'에서의 '행렬'의 움직임이 서술된다면, '도시'에서는 이미 '분포된' 모습이나 평면적인 차원에서의 '분포도'가 서술된다. 이것은 제1부에서의 삶의 공간이동이 주체의 삶과 그 '보따리들의 휴식'에 의하여 제2부에서 삶의 공간 정착이 이루어진다는 것이다. 민병욱, 앞의 책『한국 서사시와 서사시인 연구』, 296쪽.

의도가 강렬하게 드러나 있다. 이때 시인이 시민에게 인식시키는 "市民의 合唱"은 평화와 안정을 위한 주술 같다. 그러나 이러한 주술은 상식을 깨는 비정상성에서 발원한다. 정상과 아름다움에 집착하는 '구경거리 사회'로서의 근대적 세계와는 대비되는 곳, 곧 "果樹園으로 보내는 葬送曲"과 함께 "墳火山上의 行進曲"이 병치되는 곳이 기묘하게 얽혀서 평화와 안정을 위한 주술인 "市民의 合唱"이 울려 퍼지는 것이다.

여기서 "우리의 都市에 모여드는/모오든 行列"의 불안이 '장송가'와 '행진곡'으로 표출되었다고 본 견해는[19] 유보되어야 한다. 여기서 문제가 된 것은 "우리의 都市에 모여드는/모오든 行列"을 평자가 "우리의 都市에 모여드는/모오든 行列"의 불안으로 읽었기 때문이다. 물론 제Ⅰ부에서부터 끝없는 발걸음을 멈추지 않았던 "모오든 行列"은 의심의 여지없이 불안의식을 내재하고 있었다. 그러나 "모오든 行列"은 불안의식을 파기한 후 또는 파기할 의사를 지니고 "都市에 모여드는" 것이다. 그러므로 "우리의 都市에 모여드는/모오든 行列"을 "우리의 都市에 모여드는/모오든 行列"의 불안으로 읽은 해석은 재고되어야 한다.

다음으로, "葬送曲"과 "行進曲"의 상관성 문제이다. '장송곡'은 "果樹園으로 보"내고 '행진곡'은 "噴火山上"에서 행하는 것이라고 했다. 물론 장송곡과 행진곡은 대립되는 개념임에 틀림없다. 그러나 과수원으로 보내는 장송곡은 죽음 또는 소멸을 위한 노래가 아니다.

---

19) 민병욱, 『한국 서사시와 서사시인 연구』, 297쪽.

과수원은 과실을 수확할 목적으로 과실나무를 집중적으로 재배하는 농원이다. 이때 과실나무를 튼튼하게 키우려면 거름이 필요하다. 이때 거름은 스스로 죽음으로써 다른 생명을 되살리는 죽음과 부활의 이중성을 지닌다. 이러한 거름을 위한 노래가 위 인용시에서의 장송곡일 것이다. 그러므로 장송곡은 죽음을 애도하는 노래에서 출발하는, 새로운 생명의 부활을 꿈꾸는 거룩한 희생의 축원가에 다름 아니다. 또한 불을 뿜어대는 산 위에서 부르는 행진곡은 그 어떤 시련과 역경에도 굴하지 않는 진취성을 희원한 노래일 것이다. 그러므로 "果樹園으로 보내는 葬送曲"과 "噴火山上의 行進曲"은 같은 뜻을 지닌 다른 표현이 된다. 제Ⅰ부에서 불안의식으로 점철되었던 "모오든 行列"의 고통을 잠재우고 새로운 삶에 대한 기원과 축복을 기리는 의식이 '장송곡'과 '행진곡'이고 이 두 노래는 곧 "市民의 合唱"으로 주술되는 것이다.

그러나 "행렬"이 제각기의 분포도를 이루면서 1950년대를 휘감았던 불안의식을 극복하는가 했더니 혼돈의 행렬은 다시 계속된다.

> —하하하하
>
> 모두 다 假裝舞蹈會의 團圓!
>
> 〔…중략…〕
>
> 市民의 合唱은
>
> 白熱核의 假說과 함께 地中海로 向하는……
>
> — 제Ⅱ부 22~23연

골목 안 女人네들.
낮을 밤에 이어
黃色 〈패스 · 뽀오드〉 위에 赤線을 그으며
南쪽으로 티인 큰 길을 엿보며 살았다.

— 우리에게 武器를
피 대신 〈잉크〉를 흘리는 O型들의
數 없는 〈프래카아드〉들
또한 行列를 짓고 흘러갔다

— 제Ⅱ부 28~29연

〈로오타리이〉는
GO
STOP
磁極을 잃고 回轉하는 羅針盤.

下水路는
慾望의 炎夏
끝 없는 焦燥와
기인 行列과 함께 바다로 向했다.

— 제Ⅱ부 33~34연

"모오든 行列"이 잠시 머물렀던 도시는 영원한 안식처가 아니라

"모두 다 假裝舞蹈會의 團圓"이 되어서야 비로소 정착이 가능한 허구적 공간이다. 그래서 "市民의 合唱은" 수없는 사람들이 잠시 평화와 안정을 위해 머물렀던 도시를 떠나서 "地中海" 곧 바다로 향할 수밖에 없는 것이다. 그러나 불안의식을 제거해야겠다는 의식에는 변함이 없는 듯하다. 그래서 "우리에게 武器를" 달라는 "數 없는 〈프래카아드〉들"을 들고 그들은 "또한 行列을 짓고 흘러"가는 것이다.

『不安한 土曜日』에서 '불안'한 '토요일'의 갈등은 처음에는 무질서한 50년대 상황과 그에 대한 인간적인 자각에서 출발한다. 그러나, 그 다음에는 그러한 폭력적인 이데올로기에 종속되어 살아가는 인간들의 비겁함에 대해 갈등한다. 그 결과 시인은 일체의 인간사에 대해 거부하면서 절대적인 허무로 치닫는다. 작품은 단지 그러한 갈등으로 인한 부정적 인식의 표출로써만 끝나지 않고, 상황의 폭력과 인간의 허위에 대한 깨달음을 의도하고 나아가 그 극복의 상황을 구체화하고자 한다.

그러나 작품의 끝부분에 이르러 시인은 불안의식이 촉발된 원인은 물론이고 불안의식의 개념마저 끝내 감추어 버린다.

　그러나
나는 또 하나의 斷念을 가져야 했다.

　最後의 階梯를 밟고 내려서는 瞬間
重層된 暗黑 속에
하이얀 骸骨 하나 ……

나는 그만 아무런 猶豫도 없이
가느다란 목소리를 들을 것이다.
— 그대는 진정 나를 사랑했던가?

— 제Ⅲ부 19~21연

"그대는 진정 나를 사랑했던가?"라는 질문은 무한으로 반복되는 도돌이표의 변주이다. "또 하나의 斷念"을 가진 화자가 받는 이러한 질문은 "아무런 猶豫도 없"는 상황에서 울리는 공허한 질문이기 때문이다. 결국 '불안한 토요일'로 시인은 우리를 허무의 끝으로 실어 나른다. 겉으로는 치열한 고투를 넘어 삶의 의미들을 체계화하려는 의지가 들끓었던 50년대 전쟁기 상황이지만, 그 내면에는 외면의 질서 의지가 따라잡을 수 없는 혼란상이 내재되어 있었던 것이다.

이러한 상황에서 시인은 잠시 '소녀'라는 하나의 탈출구를 마련한다.

나는 나의 少女와 마주 섰다.

— 제Ⅲ부 23연

그러나
우리 둘은 ……

새벽의 不安과

陽光의 恐怖와 함께
어느덧
抱擁하고 말았다.

그 後 나는
나의 少女를 찾는 遍歷
太陽빛을 서러워하는 風土 위에……

나는 나의 少女를
三色 〈그레이용〉으로 그려왔다.

果樹園
都市
바다.

그러나 돌아오지는 않았다.

—제Ⅲ부 27~32연

나는
不安한 土曜日을 한 아름 안고
다시금 토파 가야만 한다.

—제Ⅲ부 36연

'불안한 토요일'은 불안의식과 허무의식의 사각지대에 놓인 광시곡의 연속이다. '불안한 토요일'의 광시곡을 빛낼 "나의 少女"의 선택은 "나는 나의 少女와 마주"섬으로써 조금씩 평화와 안정을 찾아가는 듯했다. 시인이 소녀를 발견한 것은 생의 가치에 대한 자각에서 비롯되었고, 소녀는 불안한 토요일을 걷어 낼 생명의 표상이다. 이때 소녀는 마치 생떽쥐베리가 만난 어린 왕자의 존재와 닮았다.

그러나 "새벽의 不安과/陽光의 恐怖와 함께" 포옹한 나와 소녀는 헤어질 수밖에 없었다. 삶의 지대인 양광은 비본래적 자기가 속해 있는 현실이므로 대부분의 시간 속에서는 삶의 가치를 잊고 지내기에 공포의 대상일 수밖에 없기 때문이다. "새벽의 不安"과 "陽光의 恐怖"라는 병치되는 이미지가 폭력적으로라도 결합될 수 없는 것은 당연한 일인지도 모른다. 그렇다면, 여기서 내가 누구이고, 현실은 무엇이며, 무엇이 옳고 그르냐 하는 질문이 어떻게 유효할 것인가?

"少女를 찾는 遍歷"으로 "三色 〈그레이용〉으로" 그리는 "나의 少女"가 "果樹園"과 "都市"와 "바다"로 표출된 점이 『不安한 土曜日』의 주제의식과 연결된다. 여기서 "三色 〈그레이용〉"은 시집 『不安한 土曜日』의 체제를 표징하고 있어 또한 주목된다. 시집 겉표지의 삼색은 검은색과 회색 그리고 황색을 횡선으로 구도하여 불안한 1950년대를 상징하였다. "커어버에 三색을 채택한 것은 이 장시의 3부작과의 해조를 의장한 것이요, 동시에 책 전면을 통해서 회화〈的〉인 「컽」을 일절 사용하지 않은 것은 본래 시는 언어의 예술이요, 시집 자체가 목적인 까닭에서이다"라고 한 시집 표지에 대한 변에서, 기존의 시형식과 내용을 배격한 시인의 시적 태도를 짐작할 수 있다. 물론

이러한 과거와의 단절은 무지각의 과거나 역사성을 버리는 과감성에서 비롯된 것임은 물론이다.[20)]

앞서 살핀 대로 '과수원'과 '도시'와 '바다'는 불안의식의 극복을 위해 수 없는 행렬들이 밟았던 영겁의 미궁이었다. 그러나 그곳은 헤어날 수 없는 '영겁의 미궁'이었기에 "나의 少女"는, "果樹園"과 "都市"와 "바다"로 "나의 少女"는 "돌아오지 않았다." 그래서 "나는/不安한 土曜日을 한 아름 안고/다시금" 불안의 회로 속으로 들어갈 수밖에 없는 것이다.

각 부 1연에서 시인이 반복한 "天國에의 螺旋階段"은 작품의 마지막 연에서 "地獄에의 螺旋階段"으로 연결되면서 피할 길 없는 절대적 불안의식으로 마감하고 있다.

　南쪽으로
나자빠진
天國에의 螺旋階段
〈텅스텐〉의 觸媒作用을 이루었다.

—제Ⅲ부 1연

　南北으로
기일게

---

20) 박치원은 이러한 무지각의 과거나 역사성을 버린 김종문의 의도를 "그의 맑은 지성은 혼미와 착란의 불연속에 도피하지 않았으며 허무와 불안에 굴복하지 않"은 데서 발견한다. 박치원, 앞의 글, 75쪽. 그러나 이러한 시인의 과거나 역사성의 파기를 "새로운 시도적 구조작업의 소산"으로 보기에는 무리가 따른다. 이른바 "불연속의 연속"에 대한 해명이 모호하기 때문이다.

늘어 자빠진

地獄에의 螺旋階段

〈텅스텐〉의 觸媒作用을 이루었다.

—제Ⅲ부 37연

위 인용시에서 제Ⅲ부 1연과 37연은 "南쪽"은 "南北"으로, "나자빠진"은 "기일세/늘어 자빠진"으로, "天國에의 螺旋階段"은 "地獄에의 螺旋階段"으로 각각 대비되어 부각된다. 먼저 '남쪽'으로 늘어진 나선계단을 시인은 이후 '남북' 방향으로 그 동선을 늘인다. 늘어난 폭만큼 시인의 불안의식은 가중된다. 특히 "天國에의 螺旋階段"이 "地獄에의 螺旋階段"으로 변모한 점이 시인의 불안의식을 한껏 고조시킨다. 여기서 나선계단의 이미지 자체도 불안의식을 드러내는데 매우 유용하다. 나선계단 자체는 끊임없이 외부에서 내부로 향하는 동시에 논리적으로 내면이 외부가 되어 버리는, 또는 희망과 절망을 넘나드는 무한대의 뫼비우스 띠 위의 질주이기 때문이다. 이렇듯 『不安한 土曜日』이 지닌 허무의식과 불안의식은 현실을 녹여 버릴 정도로 강력한 분해력을 지니게 되었고, 나아가 영겁의 미궁으로 가는 안내자가 된 것이다. 중력처럼 작용하는 논리의 자장을 마다하고 불안과 고통의 자기장인 '불안한 토요일' 속으로 시인은 몸을 웅크리고 말았다.

이렇듯 시인은 끝없이 부유하는 "行列"을 통해 생존과 죽음의 변증법적 논리로써 상황을 부정하고 존재의 불안을 극복하고자 했으나 끝내 생존과 죽음의 변증법을 구체적으로 해독하지 못했다. 아니, 처음부터 시인은 그 변증법의 해독에는 별 관심이 없었고, 인사이드 아웃사이더로서 그저 관념적인 실존의 탐색에 골몰한 것인지도 모른다. 1950년대 전쟁기라는 아주 구체적이고 실감나는 현실 속에서 시인은 그러한 구체적이고 실감나는 현실을 도외시하고 구체적인 삶이 없는 고뇌 쪽으로 돌아선 것이다. 물론 이러한 세계는 허상에 불과하다는 사실을 여실히 보여주고 있지만 동시에 시인이 끝내 부인하려 한 진실일 수도 있다.

진실에 대한 두려움은 늘 인간 의식에 깊이 자리잡고 있다. 진실을 탐구하는 일은 당대 삶의 현장에 대한 성찰이 전제되어야 하고 그것은 세계에 대한 갈등으로부터 시작된다. 여기서 시인의 서사 지향성은 필연적인 선택이 아닐 수 없다. 그 서사가 구체적인 내러티브 구조의 연속이든 파편적인 이미지와 정서의 나열이든 시인에게는 그리 중요하지 않았던 것이다.

3. 탈현실적 공간과 역사의식의 무화

『不安한 土曜日』은 제1부 48연 133행, 제2부 36연 153행, 제3부 37연 128행 전체 414행으로 짜여진 긴 시이다. 그러나 시인은 전체 3부에 걸쳐 유기적인 서사구조보다는 불안의식을 기제로 한 실존에 대한 탐색 여정을 파편적으로 제시하고 있다. 여기서 시간에 따른 추이 과정은 찾아보기 힘들다. 불안의식이 물리적인 시간 개념 전체를 무화시키고 있기 때문이다. 그러므로 『不安한 土曜日』은 이질적인 이미지들과 정서들이 특정한 공간 아래 배열된 공간 형식의 장시가 된다. 이때 시인이 구체적인 서사구조 없이 파편적인 정서만으로 시의 길이를 길게 끌고 나간 의도가 주목된다.

누구나 알고 있는 사실이고 그래서 아무도 가늠할 수 없는 것이 '불안한 토요일'의 풍경이다. 이미 전쟁이라는 커다란 사건이 일어난 후이므로 더 이상 끔찍한 사건이라고는 도무지 일어날 것 같지 않은 다소 권태로운 풍경, 그 풍경의 뒷모습이 남긴 진한 잔상을 머릿속에서 몰아내지 못하는 시인은 존재에의 불안감과 함께 실존의 위기의식에 휩싸이는 것이다.

『不安한 土曜日』의 주조음인 불안 기제는 모든 인간이 지니고 있는 죽음에 대한 불안 자체가 아니라 한국전쟁으로 인한 존재의 위기의식에서 비롯된 평화 시대의 인간관 또는 세계관에 대한 전면적인 거역이었다는 점에서 저항적일 수 있다. 이 인간 존재의 무의미에 대한 불안과 허무는 당대 인간과 사회에 대한 전면적인 거부라는 점에서 상당히 충격적이다. 그러므로 『不安한 土曜日』에서 보여준 현실부정과 불안의식은 도리어 그것을 극복하기 위한 의미를 더 농후하게 지닌다. 이것은 당시 한국의 사회 상황과 외국으로부터 들어온 실존주의 사상의 영향이라는 내외적인 정신사와 관계된다.

그러나 시인은 실존성을 전면에 내세우면서 '불안한 토요일' 속으로 침잠해 버렸다. 『불안한 土曜日』의 문제와 갈등은 바로 여기서 비롯된다. "불안한 土曜日"에 동참한 행렬들은 곧 인사이드 아웃사이더(inside-outsider)였던 것이다. 현실 '속'에 존재하면서도 끊임없이 그 현실을 부정함으로써 이탈하려고 하는 이중성을 지닌 인간

유형이 그들이다. 이 경우 시인의 역사의식은 무화될 수밖에 없다. 이러한 그를 "육군 소장으로 예편한 별자리 시인이면서 전쟁시나 애국시보다는 지적인 모더니즘의 첨단에 있었다"는 평가는[21] 매우 적절한 지적이 아닐 수 없다.

『不安한 土曜日』의 시각적 이미지들은 세상에서 음습하면서도 거부할 수 없는 독기를 품고 독자를 유혹한다. 이러한 비정상성의 과잉은 결국 '우리의 정상'은 무엇인가 하는 혼돈의 극한까지 독자를 몰고 간다. "假面舞蹈會"에 숨겨져 있는 일그러진 기형적 불안들처럼, '불안한 토요일'이 내비치는 비정상성은 어느덧 진실과 구체적 실체 위에 집을 지었다고 믿는 우리의 의식을 밑바닥에서부터 갉아먹는 것이다.

누구도 기억하고 싶지 않은 상황들을 홀로 되새기는 시인은 전쟁의 잔상들을 알고 차마 버리지 못한 정에 등 떠밀리는 갖가지 인생들의 종말을 아껴준다. 전쟁기 상황에 대한 화려한 대결의식이 증발해 버렸다고 해도 『不安한 土曜日』은 그런 점에서 여전히 전쟁기의 다른 작품들과 함께 희미한 흔적을 공유하는 작품이다. 존재의 불안감을 전경화하는 위험을 감수하면서 『不安한 土曜日』은 전쟁 직후의 상황에 대한 공포와 회한에 시선을 던졌다. 전쟁은 내내 기억되는데 '不安한 土曜日'은 먼지처럼 잊혀지고 말 것이다.

결국 『불안한 土曜日』은, 존재 상실의 위기에 놓인 한국 전쟁기의 삶과 삶의 양식을 파노라마 기법을 중심으로 그려낸 전쟁기 장시이

21) 글쓴이는 이러한 시인의 모더니즘적 경향을 일본 동경의 「아테네·프랑세」에서 불문학을 공부했고, 발레리, 파운드, 엘리어트의 문학에 영향을 받은 서구문학통이기도 한 데서 발견한다. 조남익, 「李炯基 · 金宗文의 詩」, 『현대시학』, 1986년 12월호, 139쪽.

다. 『不安한 土曜日』의 서사세계를 정리하면 다음과 같다.

〈표1〉 『불안한 土曜日』과 전쟁기 삶의 대응 방식

구성	주인공과 전쟁기 삶	전쟁기 삶의 의미와 양식	전쟁기 삶의 시간과 공간
본시1	수없는 사람. 나. 軟性 〈리베트〉들 사이의 유아 시체 하나 외과의 집단. 여인.	전쟁기 한국사회의 부조리한 현실태는 모두 불안의식에서 비롯됨. 이는 전쟁후 실존의식에서 야기된 정체성 문제와 직결됨.	※ 『不安한 土曜日』 작품 전반에 걸쳐 시간 개념은 별 의미가 없다. 실존의식에서 비롯된 불안의식이 오히려 물리적인 시간 개념을 무화시키고 있기 때문이다. 바다로 트인 길에서 수없는 사람들의 행렬이 한 곳으로 흘러감. — 여기서 바다로 트인 도시의 길은 불안과 고통의 자기장과 아울러 그것을 무마시키려는 희망의 싹을 내장하고 있음.
본시2	수없는 사람. 나. 노과학자. 시인. 시민. 여인. 소년.	한국전쟁이 빚은 불안의식에 대한 극복 방안 모색.	바다가 깃든 도시에서 수없는 사람들이 제각기 흩어짐. — 이때 수없는 사람들이 제각기 흩어지는 모습은 그네들의 삶의 분포도의 정립임. — 따라서 2부에서는 수없는 사람들의 삶의 정착이 이루어짐. ※ 불안과 고통의 자기장을 무마시키려는 제1부의 의도가 구체화되는 공간이 바로 제2부임.
본시3	수없는 사람. 나. 천문학자. 등대지기.	화전민 의식 또는 뿌리 뽑힌 자의 상실감 · 허무의식.	노랑색 바다에서 수없는 사람들이 수장됨. 이때 수장되는 사람들의 양태는 불안과 고통의 자기장이 지속될 수밖에 없는 혼란과 불안의 사회상이 지속됨을 의미.

제5장

박거영 장시의 피난민의식과 소외의 변주

1. 고향 상실과 후방 체험의 서사

박거영은[1] 소외와 피난민 의식을 바탕으로 1950년대 전쟁기에 장시를 창작한 시인이다. 이러한 소외와 피난민 의식으로서의 서사 지향성은 앞에서 살핀 김종문 시인과 연결된다. 김종문의 경우처럼 박거영 시인도 실향민이었고, 또한 지극히 내향적인 성격의 소유자였

1) 박거영은 1916년 함경남도 안변군 안변면 곽하리에서 나서 1998년 서울에서 돌아갔다. 서울 조선고학당에서 수학했으며 상해 국민대학교를 수료했다(1943). 본명은 귀손(貴孫)이다. 박거영은 장시 「工場의 火口」(『조선중앙일보』, 1930)를 발표하여 문단 활동을 시작했으며, 첫 시집 『바다의 합창』(법문사, 1949)을 간행하여 시인으로서 위치를 굳혔다. 단권 장시로서 『惡의 노래』(국제신보사, 1951), 제3시집 『人間이 그립다』(인간사, 1955), 단권 장시 『孤獨한 反抗者』(인간사, 1958), 『人間的 幻想』(인간사, 1965)들을 간행하였다. 소설에도 관심을 가져 단편을 썼다. 도서출판 「시인의 집」, 「인간사」를 경영하기도 했다. 수상집 『나를 스쳐가는 것들』(시인의 집, 1967), 『말하고 가거라』(구민사. 1986)가 있고, 논저로 『한하운시감상』(인간사, 1960)이 있으며, 역서로 『파리의 하늘』(인간사, 1956)이 있다. 문덕수, 앞의 책, 759쪽; 김영삼 엮어 지음, 앞의 책, 632~633쪽; 권영민, 앞의 책 1023~1024쪽.

다는 사실은 구체적인 현실인식 또는 그 대응과는 거리가 먼, 그의 부유하는 관념적 서사 경향과 무관하지 않다. 이때 시인의 1950년대 전쟁기를 바라보는 태도는 일종의 거리두기에 해당한다.

박거영은 한국전쟁 이듬해 발간한 『惡의 노래』에서 피난시절 부산에서 체험했던 일상성을 '묘사' 위주로 그려내었다. 묘사는 용어 그대로 감각적 대상과 그 특질을 다루므로 이미지가 그 지배소가 된다. 따라서 묘사는 감각적 대상을 중심으로 한 만큼 일정한 거리 확보가 관건이다. 사물과 일정한 거리를 두고 그것을 대상으로 정립시킴으로써 그 대상의 존재의미를 인식하는 것이 묘사의 한 기능이기 때문이다. 이러한 거리두기로써 시인은 실존의식과 허무의식을 극대화했으며, 『惡의 노래』에서 이미지와 정서의 장형화로 형상화하였다.

상황에 대한 비판의식을 표면화하여 적극적 현실 대응력을 갖는 대신 거리두기로써 현실인식을 내면화한다. 이러한 경향은 『惡의 노래』뿐만 아니라 그의 시세계를 관통하는 특징이다. 한 곳에 머물지 못하고 끊임없이 새로운 장소를 찾아다니는 시적 행보는 추상적이고 관념적인 세계로 침잠하는 여정을 보여주었고, 전쟁기 이듬해 피난지의 상황을 '묘사'한 『惡의 노래』에서 극대화되어 나타나고 있다. 이러한 거리두기는 다분히 시인이 지닌 소외와 허무의식에서 촉발되었다고 볼 수 있다.

관념적 서사 지향성의 바탕이 되는 이러한 소외와 허무의식은 하이데거의 불안의식과 매우 긴밀한 연계성을 갖는다. 하이데거에 의하면 불안은 특정한 대상에 대한 반응이 아니다. 불안에서 세계 내적인 존재는 그 의의를 모두 상실하게 되며, 세계로서의 세계가 자체적으로 나타난다. 그러므로 우리들이 자기의 '세계—내—존재'에 대하여 불안함을 느끼는 것은 인간은 유한한 '죽음에의 존재'이며 '세계—내—존재'의 근거는 곧 무이기 때문이다. 그러므로 불안은 무의 이해를 말하는 것이다.[2)]

박거영은 한국전쟁 직후 고향인 함남을 떠나 남한으로 피난하였다. 『惡의 노래』는 피난처였던 부산이 주된 배경이다. 그에게 전쟁은 곧 고향 상실로 직결되는 문제이므로, 전쟁의 승리가 어느 특정한 이데올로기에 국한될 문제는 아니었다. 단지 전쟁이 끝나고 전쟁으로 인해 버리고 온 고향을 되찾을 수 있다는 소박한 희원이 시인을 고독하게 만든 주요한 원인일 가능성이 짙다. 고향 상실이 곧 존재 상실의 느낌으로 이어지면서 시인은 '세계—내—존재'에 대하여 불안을 가지게 된 것이다. 이렇듯 소외와 허무의식을 바탕으로 한 관념적 서사 지향성은 곧 1950년대 전쟁기를 바라보는 시인의 태도와 직결된다.

이번 이 『惡의노래』를 製作함에, 그 取材에 있어선 우리의 生活을 立體的으로 現實化하는데 努力햇고, 그表現에 었어선 韻律과 聯 呼吸을 살리는데 注力했다. 어떤 대목에는 肯定을 反撥로, 反撥을 肯定으로도 썼다.

더욱 作品傳遞를 끌어가는데 『몬타—쥬』形式을 取했다. 勿論,이것은 새로운 하나의 提示된 手法問題가 된다고 믿는다.

만일 누가 여기에 抒情的인 어떤 詩心만을, 또는 敍事的인 어떤 『스토~리』만을 局限해서 말하는 사람이 있다면 나는 斷然, 그러한 典型派와는

2) 세계사상편집회 엮음, 앞의 책, 142~143쪽 참조.

妥協하질 않겠다.

또 그렇다고 해서 나는 作品이 가지는 『이메에지』라든가 『이데오르기—』 問題를 저바리는 얘기는 아니다. 말하자면 作品의 世界가 무었을 志向하느냐—가 問題될 것이다. 진지한 意味에서 나는 이번의 『惡의노래』처럼 受難을 當해 본적은 없다. 〔…중략…〕

그러나 또 이것은 나의 『生活의 感情』이요, 나의 『生活의 表現』이기 때문에 하는수가 없었다. 나는 오늘의 이 『感情과表現』을 갖었기에 내가 살고있는 보람을 더욱 느끼게 하며, 더욱 나로서 달가운 生角을 禁할바 없게한다.[3)]

시집의 발문에서도 알 수 있듯이 우선 시인은 "시를 生活化 한다는것, 生活을 詩形象化 한다는것, 이것은 우리에게 切實한 問題의 하나가 된다"라는 문학관을 표명하고 있다. "生活의 感情"이자 "生活의 表現"의 문학관을 표명함으로써 그의 시에서 삶의 문제가 소홀해지지는 않는다. 그러나 삶의 문제를 어떻게 형상화하느냐가 중요하다.

박거영은 이러한 삶의 문제를 형상화하는 방법으로 '장시'를 선택하였다. 『惡의 노래』에서 상징적인 수법으로 내면의식을 절규하는 시적 태도는 시의 장형화에 자연스럽게 연결된다. 이는 시인이 선택한 시적 담화의 대상이 1950년대 상황이 부유하던 현실태였고, 감정의 적극적 개입을 허용하는 작품 속 공간에서 시인은 그의 심사를 거

3) 「작가의 말」, 『惡의 노래』 (국제신보사, 1951), 5~6쪽.

침없이 털어놓거나 절규 가능했기 때문이다. 생략과 암시로 시적 응축을 꾀하는 동시에 시적 공간을 확장시켜 나갔고, 이에 현실 비판의식이 내면화되면서 빚어지는 시적 주체의 간절한 사유와 정서가 시의 장형화를 가져올 수밖에 없었을 것이다. 물론 그의 장시는 여느 장시류와는 달리 매우 독특한 양상을 보인다.

첫째, 시인은 "생활을 詩形象化"하는 데 구체적인 서사의 힘을 맘껏 활용하지 못했다. 시에서 '생활'을 문제삼는다는 것은 삶의 과정과 삶의 조건들을 비중 있게 다룬다는 의미이다. 이때 삶의 과정과 삶의 조건들은 그것을 가능하게 하는 현실을 도외시할 수 없다. 그러므로 시에서 생활에 무게중심을 둔다는 것은 개인의 체험에 근거한 주관적 현실성이든 사회적이거나 역사적인 체험에 근거한 객관적 현실성이든지 간에 그 현실의 구체화가 관건이다. 그러나 시인은 이러한 "생활을 詩"로 "形象化"하는 데 현실의 구체성과는 거리가 먼 관념 지향성에 경도되었다. 물론 여기서 시인이 미리 밝힌 "몬타—쥬" 형식이 하나의 걸림돌로 작용하기도 하였다.

그러나 시인이 "몬타—쥬" 형식을 채택한 의도는 새로운 시세계의 출현을 알리는 데 있었다. 무엇보다 시인은 "作品의 世界가 무었을 志向하느냐"를 힘주어 강조하고자 하였다. 그러나, 정작 실제 작품에서는 이러한 작품의 지향점이 구체적으로 잘 드러나지 않을 뿐더러, 연작 형태의 장시가 주는 유기적 결속력도 상당히 미흡하다. 이미지와 정서 중심으로 현실과 정서를 단편적으로 나열하고 있어 김종문의 장시와 같은 맥락에서 이해할 수 있다. 다만, 그의 장시에서 서정성과 서사성은 처음부터 구분되지 않고 서로 분별할 수 없을 정도로 복합적인 관련을 맺고 있는 점이 독특하다.

둘째, 시인에게 긴 호흡의 장시를 가능하게 한 또 다른 요인은 시집 제목이기도 한 '악'에 대한 탐구이다. 자서에서도 밝혔듯이 시인에게 "생활"은 "악"과 동의어이다. 악은 1950년대 전쟁기 당시 개인적 삶뿐만 아니라 고통스런 삶의 전체적인 상황과도 동의어이다. 인간살이의 고통스런 사유의 주제들과 맞선 자의 절망과 고독 그리고 영혼의 떨림을 악으로 형상화한 셈이나. 인간의 비극은 세상을 선과 악이라는 이원론으로 구별하면서부터 비롯되었다.[4] 삶의 비극을 인식하는 일은 곧 시인에게는 악을 발견하는 과정이었던 셈이다. 그러므로 포복하듯 온몸으로 땅 위를 기다가 넘어지더라도 그것이 진실에 가깝다는 카프카식의 경구가[5] 시인 박거영이 선택한 악의 문제가 되고, 시인이 줄곧 강조한 생활의 형상화가 곧 "악의 노래"인 셈이다.

『惡의 노래』에 눈길을 주는 이유는 탈코드화된 사회에서 부르는 장시라는 점 때문이다. 탈코드화된 사회란 공동체의 와해 속에서 사회 체계의 구성원들이 고립된 개인들로 분열된 사회를 말한다.[6] 1950년대 전쟁기는 국가적 · 민족적인 공동체는 물론이고 사회적이고 일상적인 공동체마저 상실된 시기였으므로 구성원들의 결속력을 거의 찾아볼 수 없거나 당대의 불안의식을 극복하는 데 결속력을 오롯이 모았던 시기이다. 『惡의 노래』는 이러한 분열과 소외의 탈코드화된 사회에서, 당대 현실에 대한 비판의식을 내면화한, 서사성이 부

4) 이경덕, 『신화로 보는 악과 악마』(동연, 1999), 65~67쪽 참조.
5) 프란츠 카프카, 『악은 인간을 유혹할 수는 있지만 인간이 될 수는 없다』(이주동 옮김, 솔, 1998), 86~87쪽.
6) 들뢰즈 · 가타리, 『앙띠 오이디푸스』(최명관 옮김, 민음사, 1994), 334~356쪽.

재한 '긴' 노래이다. 물론 이러한 서사성의 결여는 시인이 지닌 피난민으로서 지닌 고향 상실과 피난지 부산이라는 후방 체험에서 비롯된 결과이다.

2. 정체성 옹호와 실존의식의 내면화

1) 공동체와 일상성의 파괴

장시에 대한 인식은 서사적 진리에 대한 인식의 문제를 내포하고 있다. 서사적 진리 또는 서사를 통한 진리는 대부분 인식 대상과 관계하는 과정에서 인간들 사이의 공동체적 유대를 확인한다. 그러나 사람살이의 화합 상태가 늘 지속되는 것은 아니다. 박거영의 경우 삶의 서사적 진리는 오히려 화합 상태의 부재에서 비롯된다. 곧 일상 경험세계의 파괴가 개인 주체의 반성적 공간에서의 진리를 환기하고 있기 때문이다. 이는 곧 박거영이 지닌 서사의 이중성을 드러내는 것이다. 서사가 없는 데서 서사를 발견하고자 하는 노력이 바로 그것이다.

『惡의 노래』는 "1951년의 노래"라는 부제가 붙은 「서시」를 시작으로 제1장 「凝視」 아래 「凝視」 「群像」, 제2장 「삶의 風景」 아래 「屠殺場」 「詩人의 죽엄」 「〈삶〉의 風景」 「〈루―트〉」 「市場點景」 「汎一洞 近處」 「肉體」 「로―타리 周邊」, 제3장 「思索의 거리」 아래 「驛前에서」 「埠頭」 「影島여」 「松島의 밤」 「海雲臺의 浪漫」 「〈포스타―〉

의 激怒」, 제4장 「發言」, 제5장 「絶叫」들의 연작장시이다. 『惡의 노래』는 전쟁이 빚어낸 실존의식을 철저하게 내면화하고 있다. 공간 이동을 통한 이미지와 정서의 결합은 '몬타—쥬기법'에 의해 실존의식의 내면화에 적절하게 기여한다. 따라서 『惡의 노래』의 구성원리는 사회역사적 맥락을 감춘 미시 서사의 구성원리와 닮았다.[7]

우선 『惡의 노래』는 전쟁으로 인한 경험세계의 파괴와 이에 따른 실존의식이 내면화되어 나타나는 양상을 '보여' 준다.

나는 이 地球上에서 갖일수
있는 모든 幸福의 極致를
生覺하여 보는것과
또 無限한 屈辱과 恥辱에서
激怒하는 눈을 본다

나는 얼마든지 너이들의 날
뛸듯한 喜悅과 歡喜 속에서
우슴짓는 것과
또 끝없는 貧困과 絶望과
憂愁에서 咀呪하는 얼굴을
본다

7) 거대 서사가 사회학이나 정치학의 공간에서 운동하는 반면 미시 서사는 미세한 의미소들이 운동하는 언어 입자들의 세계이므로 빈번히 사회 역사적 차원이 감춰진다. 또한 거대 서사가 공동체적 유토피아를 지향한다면, 미시 서사는 개념적 억압에서 해방된 미시 의미소들의 유토피아를 지향한다. 나병철, 『근대서사아 탈식민주의』(문예출판사, 2001), 35~46쪽 참조.

〔…중략…〕

나는 내가 서 있는 이 地球의
回轉과
季節이 바꾸워 지는대로
또 내옷이 달라지는 것과
그리고 恒時 저 大地위를
풍겨가는 暴風의 歷史를
본다.
나는 밤이되면 燦爛한 별과
차거운 달을 바라보는 것과
다시 낮이되면
强烈한 太陽
아래 내 머리위를 흘러가는
구름을 본다.

— 제1장 「凝視」 가운데

인용시에서 서술어는 모두 "본다"로 설정되어 있다. 연작시의 부제가 「凝視」인 것처럼, 여기서 "본다"는 여러 뜻 가운데 응시의 의미를 강하게 지닌다. 응시는 말 그대로 시선을 모아 한 곳을 뚫어지게 자세히 본다는 뜻이다. 행복/굴욕 또는 치욕, 희열과 환희 속에서 웃음 짓는 얼굴/빈곤과 절망과 우수에서 저주하는 얼굴들, 변하는 인간세계/변하지 않는 폭풍의 역사, 밤에 보는 달과 별/낮에 보는 강렬한 태양, 그 아래 흘러가는 구름들의 대조되는 사물들을 시인은 뚫어져라 응시하는 것이다.

이때 응시는 일차적으로 관조하는 자세이다. 판단이 보류된 소극적인 관찰의 자세가 바로 응시인 셈이다. 이러한 행위는 정신의 긴장과 이완을 동시에 각인한다. 정신의 긴장은 거리를 체감하는 감정의 상태이고, 이완은 그러한 거리감이 불러일으키는 정신적 해방감이다. 따라서 응시의 차원에서 정신의 긴장과 이완은 짝을 이루는 심리상태이면서 거의 동시에 작용하는 상호보족적인 관계에 놓인다.

응시 행위에서 나아가 시인은 생활이라는 경험세계를 적발하고 고발하는 기제로 전이를 시도한다. 일상적 경험세계의 혼란상인 "군상"들을 응시라는 일차 도구로써 꼼꼼히 살피는 것이다. 물론 긴장과 이완의 상호작용 덕분이다.

요지경 속으로
釜山港이 보인다
百萬의 큰 食口가
입 벌리고 있다

너이들은
무엇을 생각코 있기에
무엇을 찾고서 있기에
눈을 허번덕 거리고

가슴을 펄럭 거리는가
모두 구름이 아니어든
흐르는 물결도 같아야

드디어 너이들은
손을 들었다
손에는 아무것도
쥐어지질 않았다
기어코 너이들은
소리를 질렀다
소리는 하늘에
사뭇쳐 올랐다

혹은 바람처럼 · · ·
혹은 파도처럼 · · ·
지금 쌀 포대는
運搬 되여간다
地上으로 실려간다

이제 너도 나도
눈에
눈에
死血이 올랐구나

이제 너도 나도

그것을 맞쳐대는

한갖 的手는

되지 못 했구나

— 제1장 「群像」

인용시는 자세한 "군상"들의 속성과 그 특성은 생략된 채 그 모습들의 묘사에 치중한 감이 없잖아 있다. 그러나 전쟁 중 부유하는 군상들의 존재적 의미망들을 몽따쥬 기법을 통해 또렷하게 각인시키고 있다. 이질적인 이미지들을 폭력적으로 결합시키는 몽따쥬기법은 소외기법의 한 변형이다. 이것은 같은 시간, 같은 장소에 존재할 수 없는 사물들을 결합시키거나 사물을 원래의 장소에서 추방시키는 기법이다. 이렇게 언어와 이미지들을 병치시킴으로써 몽따쥬는 가능해진다. 이때 병치는 일상적이고 논리적인 의미를 배제하는 원리로서 어떤 특정한 의미를 표상한다기보다 '존재' 그 자체를 드러내는 데 효과적으로 기여한다. 요지경 속의 부산항, 그 속에 존재하는 군상들의 파편적인 이미지들이 "허번덕거리는 눈", "드는 손", "지르는 소리", "死血이 오르는 눈"들로 형상화되고 결국 그들은 "한갖 的手는 되지 못"하는 하찮은 존재들로 폄하되고 만다.

이러한 몽따쥬 기법은 제2장 「詩人의 죽엄」에서 매우 확연하게 드러난다. 「詩人의 죽엄」은 장면이나 내용을 자유롭게 넘나드는 한 편의 영화를 보는 듯한 착각을 불러일으킨다.

커피

담배

煙氣

詩人

小說家

評論家

畵家

記者

어두운 地下室 속에는

배 고파 죽은

詩人의 귀신이 울고 있었다

(詩人은 일찌기

〈蜜茶苑〉에서 쪼끼어 나왔다)

(詩人은 일찌기

戀人에게서 버림을 받았다)

(詩人은 일찌기

그가슴에서 生活을 잃어 버렸다)

아, 이리하여

(詩人은 드디어

그運命의 背反者가 되었다)

— 제2장 「詩人의 죽엄」 프롤로그

먼저 프롤로그에 해당하는 1, 2, 3연으로 시인의 전반적 특성을 서두에서 제시한 뒤 「午前」「正午」「午後」라는 시간적 순서에 따라 시인의 삶을 고충스럽게 그리고 있다. '시인의 하루' 또는 '시인의 일생'이라는 부제가 어울릴 만하다. 그러나 「詩人의 죽엄」은 구체적인 서사보다는 오히려 상황을 순간적으로 포착함으로써 정서의 환기에 주력하고 있다. 비록 오전과 정오 그리고 오후라는 순차적인 시간 순서에 따른 서사구조를 취한 듯 보이지만, 각 의미 단락은 파편화된 일상이 결합되면서 오히려 일상의 구조적인 의미망을 해체하고 있다.

인용시에서는 무엇보다도 프롤로그의 2, 3연에서 보이는 괄호 처리가 주목된다. 사전적 의미에서 괄호는 문장의 앞뒤를 막아 다른 것과 구별하는 기호이기도 하고, 묶어버림으로써 그 의미를 일차적으로 숨기는 기호이기도 하다. 전자의 의미이건 후자의 의미이건 간에 괄호는 일반적이고 정상적인 것과 구별하거나 감추는 기능을 지닌다. 이 괄호는 시인의 구체적인 행동뿐만 아니라 한 인물의 상황 묘사까지 아우르고 있는, 이른바 극적 전개를 드러내고, 괄호로 묶은 2, 3연은 시인의 삶을 압축해서 요약적으로 설명하는 기능을 지닌다. 여기서 시인이 이 부분을 괄호로 처리한 의도가 의미심장하다. 그는 "일찌기/〈蜜茶苑〉에서 쪼끼어 나왔"고, "일찌기/戀人에게서 버림을 받았"으며, "일찌기/그가슴에서 生活을 잃어 버"린 시인, "드디어/ 그運命의 背反者가 되"어 버린 시인의 정체성을 강조하거나 감추고 싶었던 것이다. 그러므로 괄호 처리된 프롤로그는 숨김으로써 도리어 강조하는 역설적 효과를 노린다. 곧, 괄호의 프롤로그는 잃어버린 시인의 정체성을 부각시킴으로써 경험세계의 파괴와 더불어 도래한 실존의식의 탐구를 꾀하는 매우 효과적인 장치이다.

「詩人의 죽엄」, 특히 「午前」과 「正午」 편에는 전쟁기 문학인들의 생활상이 적나라하게 그려져 있으며, 아울러 문학과 현실 사이에 놓인 시인의 고뇌가 사실적으로 드러나고 있다.

— 午前

「돈 가진것 있어?」
「왜?」
「사과 하나 먹게 · · ·」
「이사람! 사과와 돈은
그 거리가 먼 거야!」
「암, 그렇지! 자넨
主로 空氣만 먹고 사니까 · · ·」

「이거 뉘 담배지?」
「· · · · · · · · · · · · · ·」
煙氣는 天井을 찌른다
눈동자 새까만 女子가
걸어온다 앞으로 다가선다
「뭘? 잡수 시지요!」
심상ㅎ지 않은 얼굴이다

「어, 좀 가만이 있어 」

눈동자 새까만 女子는

후기 도라슨다 가버린다

— 正午

「여기 ×××先生, 계십니까?」

「누구 시지요?」

「네! ○○新聞社에서 왔읍니다」

내민것은 네모난 봉투였다

「이사람! 거 原稿料가 아닌가 · · · 」

얼굴과 얼굴이

서루 맞우 쳤다

動行은 開始 되었다

한나절의 첫 요기는

비로서 끝났다

다시 본位置로 돌아왔다

입담이 또 벌어졌다

「머, 저것이 文學공부 하는

여자라지!」

「그래, 바로 文學少女 지」

「저 눈섭 그려부친것 좀 봐!」

「저 입술 칠해 논것 좀 봐!」

「안야, 그래도 小說家 S는

將來가 有望한 女子라고

아주 極口稱讚이데 그려!」

「그친구 싫다는 여자가 어디있어?

해도록 여자란 짐승만

그앞에 앉여놓면 그만이니까 · · ·」

「요세, 자네 原稿는 왜 안팔리지?」

「팔지를 않지!」

「왜?」

「자식들 쎅트文學 하는 꼴들이

보기 싫어서 」

「그야, 자넨 「文壇政治」를 못하니까 그렇지!」

「바로 그것이 그따위 수작들이

못된 것이란 말이야 · · ·」

— 제2장 「詩人의 죽엄」 가운데 「午前」과 「正午」

삶이 되지 못하는 문학, 또는 삶과 유리된 문학세계가 비판적인 어조로 드러난다. 이때 군데군데 대화체의 삽입이 극적 사실을 드러내는 데 매우 효과적으로 기여하고 있다. 대다수의 삽입 텍스트는 비서술적이다. 그것과 관련 있는 스토리는 거의 없다. 삽입 텍스트는 주로 일반적인 사물에 대한 단정, 행위자들 사이의 격론, 묘사, 대담함들을 담고 있어서 그것이 포괄하는 영역은 상당히 광범위하다. 삽입 텍스트의 가장 주된 형식이 바로 대화이다. 둘 또는 그 이상의 행위자 사이에서 이루어지는 대화는 텍스트 전체에서 중요한 부분을 차지한다. 대화는 화자가 아닌 행위자들이 발화하는 형식이다.[8)]

「午前」과 「正午」에서 원용되는 이러한 비서술적 삽입 텍스트인 시인들간의 대화는 최소한의 의사소통에서부터 문학관을 짐작하게 하는 시인의 내면세계 표명에 이르기까지 매우 광범위하게 나타난다. 아울러 "돈"에 구애받지 않는, 진정한 문학을 하고 싶다는 시인의 바람을 환기하는 데 매우 효과적으로 기여한다. 섹트문학이니 문단정치니 하는 문단의 난맥상은 생존 자체가 문제가 되었던 전쟁기에도 여전히 유효했고, 그러한 상황에 대응하는 다양한 방식 아래 그 당대 시인들은 자신의 정체성을 고민하지 않을 수 없었던 것이다.

— 午後

午後의 思索은
空間.
空間.

8) 그러나 그들의 발화를 기술한 문장은 텍스트 내에서 부분적 의미를 가질 수 있다. 그러므로 이 삽입 텍스트는 행위자들이 상호작용을 하면서 그들의 발화로 의미를 만들어 가는 극적 텍스트와 유사하다. 서사 텍스트에 대화가 많으면 많을수록 텍스트는 보다 극적으로 되기 때문이다. M. 발, 『서사란 무엇인가』(한용환 · 강덕화 옮김, 문예출판사, 1999) 45~52쪽.

空間이란 있을수 없다
時間이란 더욱 그렇다

歷史는 거짓 말이다
歷史는 忘却으로 간다
記憶이란 忘却을
더 延長하는 것 뿐이다

現實은 〈無〉다
實存은 〈虛〉다
싸르트르는
새빨간 거짓말 쟁이다

人間이어,
사랑하지 말라!
人間이어,
嫉妬하지 말라!
본다는 것은 罪惡이다
듣는다는 것도 罪惡이다

저녁 노을이
窓가에 기우러 졌다
몸둥아리는

固定되어 간다
位置는
變動이 없다
感性은
돌처럼 무거워 진다

電燈이 켜졌다
電燈은 머리위에 드높아진다
椅子가 움직인다
椅子는 땅밑으로 잦으려든다
壁이 흔들린다
壁은 四方에서 죄여든다
天井이 돌아간다
天井은 하늘에서 떨어진다

보인다 —
않 보인다 —
들린다 —
않 들린다 —
있다 —
없다 —
詩 —
原稿紙 —

커피 —

담배 —

안해 —

子息 —

쌀 —

나무 —

아,

生活 —

絶望 —

幻影 —

하나의 線.

하나의 音.

앗! C 詩人은 드디어

얼룩진 세멘 바닥위에

쿵!하고 쓸어져 버렸다

— 제2장 「詩人의 죽엄」 가운데 「午後」

「午後」편에서 시인은 현실부정을 바탕으로 경험세계를 파괴하면서 실존의식을 철저하게 내면화한다. 시인에게 "歷史는 거짓 말"에 불과할 뿐이다. 이는 곧 역사의 존재 의의를 부정하는 발언이다. 과거 자체를 인정하지 않겠다는 이러한 시인의 심중에는 과거와 연결된 현재, 또는 미래까지도 인정하지 않겠다는 태도가 내밀하게 자리하고 있는 셈이다. 개인의 삶은 물론이고 전체적 삶을 부정하는 이러한 시인의 발언은 철저하게 일상적인 경험세계를 파괴하는 태도로 간주할 수 있다. 그래서 "거짓말"인 "歷史는 忘却으로" 갈 수밖에 없다. "記憶이란 忘却을/더 延長하는 것 뿐이"라는 단언에 이르러서는 더 이상 기억과 망각을 구분할 필요가 없는 세상에 대한 한탄을 표출한다.

인용시에서 "현실은 〈無〉다/ 實存은 〈虛〉다"라는 발언은 실존주의의 불안과는 사뭇 다른 개념이다. 곧 지극히 현실 부정적이어서 탈현실의 공간과 시간만이 유일한 안식처가 될 수 있는 현실 도피적인 발상법에 가깝기 때문이다. 그래서 "인간이어,/사랑하지 말라!/人間이어,/嫉妬하지 말라!/본다는 것은 罪惡이다/듣는다는 것도 罪惡이다"라는 단언이 가능했던 셈이다. 끝내 현실의 무게를 감당하지 못한 시인은 "보인다—/않 보인다—/들린다—/않 들린다—/있다—/없다—" 등 분열의식을 보이다가, 문득 "안해—/子息—/쌀—/나무—" 등 생활고를 걱정하다가, 문득 "生活—/絶望—/幻影—" 등 삶과 죽음의 실존에 대한 고민을 하다가 그만 "얼룩진 세멘 바닥위에/쿵!하고 쓸어져 버렸다." 정상적인 의식으로는 도저히 감당할 수 없었던 실존의 무게가 분열과 혼란상을 거치면서 개인사와 사회사가 맞물리는 점에서 폭발해 버린 셈이다.

이러한 분열과 소외는 공동체와 일상성의 파괴에서 연유한다. 이러한 상황에서 정상적인 인간관계는 처음부터 불가능하므로 시인은 생존의 방식으로 철저하게 눈과 귀를 닫는 방식을 선택할 수밖에 없었다. 이러한 선택은 생존을 위한 필요악이자 전쟁기에서 시인이 선택할 수 있는 소극적인 대응방식이었던 셈이다.

2) 현실부정과 향수(鄕愁)의 채색

『惡의 노래』는 생활을 "쏘아보고" "느끼어 보고" "외쳐 보고" "다시 그것을 적발하고" "고발하여" 짜여진 시편들이다.[9] 철저하게 생활을 제재로 삼은 시편들이다. 그러나 시인에게 전쟁기는 온전한 삶으로 받아들일 수 없는 불구적인 상황을 처음부터 배태하고 있었다. 전쟁기라는 상황이 그렇고, 실향민으로서 고향의 부재, 곧 있어야 하는 현실에 대한 그리움을 불러일으키는 피난지라는 적대적 상황이 그렇다. 문학이 온전한 문학으로 기능할 수 없는 혼란 상황 또한 그렇다.[10] 따라서 『惡의 노래』는 시인의 말처럼 생활을 '제대로' "외쳐 보고" "고발하여" 짜여진 시편들이라 볼 수 없다.

두루 알려진 대로 현실부정 의식은 가치전도의 현상을 가져온다. 있는 현실과 있어야 하는 현실 사이에 놓인 지나친 거리가 기존의 가치 체계마저 무화시켜 버리기 때문이다.

> 善에서 惡을
> 惡에서 善을

9) 시인의 말 「常例로」, 『惡의 노래』.
10) 이 부분은 앞에서 살핀 제2장 「詩人의 죽엄」 시편에서도 확인된다.

距離의 差異를

差異의 距離를

生胎에서 分娩을

分娩에서 生胎를

사는것 죽는것

죽는것 사는것

抗拒로서 죽엄을

죽엄으로 抗拒를

밀리어 가는가

밀리어 오는가

勝利에서 敗北를

敗北에서 勝利를

破壞보다는 讓渡를

讓渡보다는 破壞를

建設에서 破壞를

破壞에서 建設을

— 제5장 「絶叫」 가운데 1

인용시에서 "절규"는 전쟁기라는 절박한 상황을 제시하는 구체적인 행위이다. 있는 힘을 다하여 부르짖는 절규는 소외되고 분열된 정체성을 옹호하고 재정립하려는 마지막 몸부림이라 할 만하다. 이때 절규는 정반대의 가치나 상황을 설정하는 것으로 표명된다. 그런데 정반대의 가치나 상황이 서로 맞물려 이어진다는 점이 예사롭지 않다. "善에서 惡을"이라는 절규는 뒤의 서술어를 생략한 채 구호 형식으로 일단락된다. 그러나 이 절규는 곧이어 "惡에서 善을"이라는 절규로 맞물려 이어진다. 이러한 상황은 인용시 전편에서 나타난다. 정반대의 가치 사이에 놓인 무수한 의미망들을 '불안한 토요일'의 맥락으로 설정하고자 하는 시적 의도로 읽힌다. 서술어를 생략한 채 불완전한 문장으로 끝을 맺는 전략도 '불안한 토요일'이라는 위기적 상황을 암시하는 대목으로 읽힌다.

그러나 인용시에서 볼 수 있듯이 "善에서 惡을" 또는 "惡에서 善을" 구하는 시인의 태도는 다분히 관념적이다. 도대체 善이 무엇이며 惡은 또 무엇인지에 대한 고민 자체는 생략된 채 관념적인 명사가 구체적인 실존을 누르고 있는 선언문에 머물러 버렸기 때문이다. 따라서 시인은 "밀리어 가는" 것과 "밀리어 오는" 것 사이에서 속수무책으로 대안 없는 방황을 꿈꾸고 있을 뿐이다. 거리와 차이의 문제, 생태와 분만의 문제, 사는 것과 죽는 것의 문제, 항거로서의 죽음과 죽음으로서의 항거의 문제, 승리와 패배의 문제, 파괴와 양도의 문제, 건설과 파괴의 문제들에서도 이러한 사정은 마찬가지이다.

이러한 관념적인 절규는 Ⅱ편에서도 두루 확인할 수 있다.

音의 錯覺.
線의 散亂.
物體의 騷動.

空間이 呼吸한다.
바람이 氾濫한다.
바다가 炸裂한다.

絶望! 차라리 문을 닫아라!
여기 民族의 悲鳴소리 들린다
우리는 이밤을 울면서 세워야
할것인가
우리는 이제 누구를 위하여
이靑春을 바쳐야 할것인가

歷史 여, 奔放하라!
民族이어, 躍動하라!
祖國이어, 勝利하라!

우리에게 民族의 解放을,

우리에게 民族의 自由를,

우리에게 民族의 平和를,

오오,

우리에게 解放의 太陽을 달라.

우리에게 自由의 太陽을 달라.

우리에게 平和의 太陽을 달라.

— 제5장 「絶叫」 가운데 Ⅱ

1편과 마찬가지로 Ⅱ편에서도 생경한 구호만이 난무한 절규로 일관하고 있다. 문학이 아무리 개념을 넘어선 주체의 감성 영역을 존중한다 하더라도 주체와 교유하는 대상의 표상을 소홀히 취급해서는 안 된다. 그러나 인용시에서 주체와 대상간의 인식적 관계는 고사하고, 마치 우매함을 일깨우는 듯한 구호만이 공허하게 울리고 있을 뿐이다. 그러므로 생경한 구호의 나열은 시인의 사상적 한계를 넘어서는 노력도 아니고, 삶의 공간을 탐색함으로써 로고스적 사상을 넘어서는 진보적 사상의 발현도 아니다. 단지 초월적인 가치론에 의해 코드화된 사회 체계를 반복하는 단선적인 운동을 보여줄 뿐이다.

전쟁기의 절박한 상황에서 과도하게 관념에 집착하는 행위는 고독이라는 관념의 울타리를 더욱 확장함으로써 현실상황을 벗어나려는 시도로 보인다. 즉, 시인이 늘 "나는 고독하다"라는 말을 즐겨 한 사실에서도 알 수 있듯이[11] 관념에의 급격한 경사는 마치 고독할 수밖에 없는 상황을 넘어서 오히려 시인이 그 고독을 즐김으로써 절박한 상황을 이겨내려 한 역설의 의지 같다.

고독은 인간의 한계상황을 뛰어넘는 필요악이기도 하다. 고독으로 점철된 현실을 이겨내는 상책은 역설적이게도 고독일 수 있다. 그래서 고독은 인간의 실존 영역에서 결코 제거할 수 없는 항목이다. 인간을 절망으로 빠뜨린 고독은 그러므로 절망이 아니다. 나아가 인간이 삶의 승리 또는 유토피아로 나아갈 수 있게 하는 촉매제의 역할 또한 마다하지 않는다. 그러므로 박거영 시인에게 고독은 생래적인 실존의식 가운데 하나라 하겠다. 그는 지극히 내향적인 성격의 소유자여서 사람들과 쉽게 어울리지도 못했으며, 피난지 부산에서 실향민으로서의 향수를 안고 부유할 수밖에 없었다. 이러한 안팎의 사정으로 말미암아 고독은 그의 실존의식을 구축하는 데 중요한 기제가 된 셈이다.

고독에 휩싸인 상황 속에서 시인은 실존의 하나로 잠시 '육체'의 문제에 몰두하기도 한다. 지극히 관념적인 그의 성향으로 미루어 볼 때 구체적인 육체에의 탐닉은 의외의 일이다.

肉體가 發動 한다
肉體가 狂奔 한다
肉體가 氾濫 한다

〔…중략…〕

11) 이후 고독 문제는 『人間이 그립다』(인간사, 1955), 『孤獨한 反抗者』(인간사, 1958), 『人間的 幻想』(인간사, 1965) 들의 시집에서 심층적으로 다루어진다.

우리는 肉體를 갖어야 한다
우리는 肉體에 살어야 한다

肉體는 우리의 生活이다
肉體는 우리의 實存이다
肉體는 우리의 生命이다

— 제2장 「삶의 風景」 가운데 「肉體」

두루 알려진 대로 육체는 정신의 이율배반이자 동시에 반려이다. 그것은 정신의 일깨움이자 동시에 구체적인 삶의 현현이기 때문이다. 또한 육체는 삶과 죽음의 상반되는 기의를 지닌 이중적인 기표, 그러면서도 결코 분리될 수 없는 하나의 기표이기도 하다. 이러한 육체의 담론은 육체가 우선 현실적인 것이면서 나아가 실존이 그를 둘러싸고 회전하는 축이 됨을 집약하는 것이기도 하다.

영혼과 육체 사이에 유대가 존재하듯이 육체는 그것이 처한 환경과 밀접하게 연결되어 있다. 인용시에서 확인할 수 있듯이 시인의 육체관은 지극히 현실적이고 탐닉적이다. 육체가 "발동" 하고 "광분" 하고 "범람" 하는 것은 "지금 그" 가 "美林에서/날 기달이고 있" 기 때문이다. 그리고 "나는 곧 그를 맞나/東萊溫川으로" 갈 것이다.

그러나 모든 사회에 유효하면서 성(sex)의 모든 구체적인 발현에 한결같이 영향을 미치는 단 하나의 총체적인 전략은 존재하지 않는다.[12] 상황 속에서 기능하는 여러 가지 힘들이 가능하기 때문이다.

인용시에서 드러난 육체는 세련된 은유나 상징의 베일을 두르지 않는다. 또한 은닉되고 해체되는 여러 다양한 효과들에 의해 표상되지도 않는다. 하나의 육체에 깃들인 서로 다른 방향성, 그 벌어진 틈새에서 시인은 문득 "날 기달이고 있"는 타자와 정면으로 마주친다. 타자와의 만남은 근대적 인식의 장벽을 넘는 위반의 행위이자 주체와 타자의 관계를 재정립하는 일과 연계된다. 그러나 이러한 위반과 재정립이 타자의 복원으로, 나아가 타자와 주체의 동시적 탈환으로까지 이어질 수 있을 것인가. 이 물음에 대해서 시인은 구체적인 해답을 주지 않는다. 단지 육체가 "우리의 생활"이고 "우리의 실존"이며 "우리의 생명"이기 때문에 "우리는 육체를 갖어야" 하고 "육체에 살어야" 한다는 논리이다. 시인은 그저 사회병리현상과 개인의 시각을 육체라는 형상을 통해서 말하고 있을 뿐이다.

이러한 태도는 현실부정에서 비롯된 정체성 탐구의 결과이다. 이렇듯 경험세계가 철저하게 파괴되는 상황 속에서 실존의 자각과 이에 따른 정체성의 탐구가 『惡의 노래』를 지배하고 있는 것이다. 그러나 구체적인 삶을 이야기하지 못하는 상황은 시인을 인사이드 아웃사이더의 고뇌로 몰아갈 수밖에 없었고, 끊임없는 딜레마에서 벗어날 수 없게 만들었다. 시인은 고뇌의 뫼비우스 띠를 한국전쟁을 기점으로 처절하게 두르고 있는 듯하다.

돗따 · · ·

---

12) 조셉 브리스토우, 『섹슈얼리티』(한나래, 2000), 235쪽.

돗떼 · · ·

돗떼기 · · ·

돗데기 市場 · · ·

눈짓

못짓으로 수작한다

등으로 밀고

어깨로 비비고

옆으로 새치지 한다

쟘바— 다

시보리 다

바—카 다

나까마로 먹어대라

데도리로 먹어대라

— 팔려가는 사람

女人은 파리한 얼굴로

보따리를 끼고 왔다

女人은 장사치의 지꺼리는 대로

아무런 反應이 없었다

女人의 손에는 若干의 돈이

쥐어졌다
女人의 발거름은 한없이 무거워
P다
女人의 누네는 병들어 누은
男便의 모습과
女人의 귀에는 허정기에 울고
있는 子息의 울음소리가 들리어
올뿐,
女人의 눈과 귀에는 이러한
影像이 보이고 들릴 뿐이었다

— 사러오는 사람

社長집 아주머니가 시퍼런 돈
뭉터기를 한보따리 안고 왔다
장터에서 탐나는 물건을 얼마
든지 사 모았다
社長집 아주머니의 걸음씨는
서슬이 딩딩 하였다
社長집 아주머니의 눈에는 佛
蘭西 人形이 나타나 있었고
社長집 아주머니의 귀는 왈
스의 멜로디—가 들리어 올뿐,

社長집 아주머니의 눈과 귀에는
이러한 幻影이 보이고 들릴
뿐이었다

— 제2장 「市場点景」

"파리한 얼굴로/보따리를 끼고" "팔러가는 사람"과 "시퍼런 돈/뭉터기를 한보따리 안고" "사러오는 사람"과의 대조를 통해 존재자에 대한 실존의 문제를 제기하고 있다. "若干의 돈"과 "시퍼런 돈 뭉터기", "한없이 무거"운 "발거름"과 "서슬이 딩딩"한 "걸음씨", "병들어 누은 男便의 모습"과 "佛蘭西 人形"의 모습, "허정기에 울고 있는 子息의 울음소리"와 "왈스의 멜로디", "影像"과 "幻影" 등이 극심한 실존의 대조 양상을 빚어낸다. 사실적 묘사가 두드러지는 지점에서 시인은 다른 시편들과는 달리 삶의 이야기를 파편적으로나마 만들어내고 있는 것이다.

그러나 인용시에서 알 수 있듯이 서술과 묘사가 적절하게 호응되지는 않는다. 구체적인 삶의 이야기라기보다는 1인칭 관찰자 시점으로 '그저 관찰한' 것에 불과한 상황을 보고하는 데 그치고 있기 때문이다. 더욱이 시인은 피난지의 삶을 구체적으로 살아낸 것이 아니라 한 사람의 구경꾼으로서 한 폭의 또는 몇 폭의 "풍경"으로 피난지 삶들을 바라보고 있을 뿐이다.

이러한 '구경꾼'으로서 시인의 정체성 탐구는 풍자 정신이 가미된 「삶의 풍경」 연작에서 두드러진다.

콩나물 대가리

총뿌리 대가리

욘주가이단 층층게를

오르락 내리락

數많은 生命들이

아우성 댄다

말과 말.

눈과 눈.

呼吸과 呼吸.

그들은 合唱한다

중대머리

더벙머리

상고머리

꼬슬머리

하이카라머리

또는

낭자머리

팔자머리

단발머리

따내린머리

파마넨트머리

대가리와 대가리는
파도를 이르킨다
대가리와 대가리는
돈버리에 狂奔한다

구두닥기 대가리
라이타돌 대가리
딸라장수 대가리
위스키— 대가리
얌생이꾼 대가리
뚜쟁이꾼 대가리

아 許多한 대가리를
이 욘쥬가이단 밑에는
許多한 대가리를 위해서
아침해가 뜨고

저녁해가 진다

— 제2장 「삶」의 풍경 가운데 — 대가리

머리는 한 사람을 대표하는 상징이자 정체성의 상징이다. 머리를

"대가리"라는 속어로 표현한 것은 시인의 존재에 대한 경시 태도에 기인한다. 시인은 "욘주가이단 층층계" 밑에서 수없이 오가는 사람들을 '대가리'라는 하나의 객관화된 사물로서 관찰한다. "욘주가이단 층층계를/오르락 내리락/數많은 生命들이/아우성"대는 "풍경" 속에서 시인은 "許多한 대가리"를 구경한다. "대가리"들은 "파도를 이르"키기도 하고 "돈버리에 狂奔"하기도 하지만 그들은 그저 '하나의' "대가리"로만 존재할 뿐이다. 이렇게 "許多한 대가리를 위해서/아침해가 뜨고 저녁해가" 지는 풍경 속에서 시인 역시 그저 "數많은 生命들" 가운데 놓인 한 '대가리'에 불과하다. 특별한 논평이나 의도를 생략한 채 '보여주기'로써 삶의 의미를 제시하고 있을 뿐이다. 다만 단순한 묘사에 그치고 있지만, 세태를 드러내고 풍자하는 시정신을 살짝 내비치고 있는 점은 눈여겨볼 만하다.

이렇듯 시인은 직접 삶에 뛰어들지 않는다. 적당한 '거리'에서 그저 '관찰'할 뿐이다. 이러한 태도가 시를 현실로부터 분리시키는 주된 원인이 되고 탈현실 지향으로 의식세계를 고정시키는 주범이 된다.

구경꾼으로서 시인이 인식한 세상은 '어둠'으로 제시된다. 어둠의 이미지는 이미 희망을 잃어버린 절망의 현현에서 그 의미를 갖는다.

새까만 파도가
팡, 팡, 물결치는 날 밤
너는 白沙場을 걸어간다

어둠속에 들리는 것은

파도 소리뿐.

어둠속에 보이는 것도

파도 소리뿐.

하늘이 새까맣다

파도가 새까맣다

나는 파도 소리를 딸아간다

나는 너의 마음을 딸아간다

어둠이 달리는 곳

마음이 내닿는 곳

너는 파도의 影像이 었다

너는 어둠의 影像이 었다

— 제3장 「思索의 거리」 가운데 — 松島의 밤

"松島의 '밤'"이라는 제목에서 이미 '밤'은 어둠의 이미지를 담고 있다. 여기서 밤이 단순한 시간적 배경의 제시가 아니라 전쟁기에서 정체성 추구마저 무의미하게 만드는 절망적 상황을 내포하고 있다.

어둠은 살의와 적대감으로 가득 찬 전쟁기 무의식의 지층을 뚫고 나온 지배적 이미지이다. 전쟁의 이미지는 그대로 어둠에 휩싸인 피난지의 폐허 이미지와 겹쳐진다. 이는 자신의 정체성에 "파도의 影像"과 "어둠의 影像"을 씌워서라도 어둠의 이미지로 전쟁기 상황을 형상화하려는 데서 절정을 이룬다. 그가 선택한 어둠 이미지는 그 어떤 절망보다 더 절망스러운 전쟁이 남긴 거대한 상흔이었던 것이다. 그러므로 시인이 시적 공간으로 삼은 '송도'는 굳이 구체적 지명인 '송도'가 아니어도 상관 없다. 당시 피난처란 피난처는 모두 어둠에 휩싸여 있었고 전쟁터는 더 말할 필요도 없다.

그러나 어둠은 특별한 과정 없이 우리를 심리적 공간으로 안내한다. 그래서 시인이 툭툭 던지는 어둠의 이미지는 충격적인 생략의 효과이기보다는 낯익은 푸념으로 읽혀 진부하기까지 하다. 무조건 승리라는 수직적 욕망과 전쟁으로 인한 나락의 말로를 어둠만으로 설명하기에는 '송도의 밤'은 너무 건조하다. 절망에 빠진 어둠의 모든 이미지들이 가져다주는 실존적 품위가 문학적 성찰과 자연스럽게 어우러지지 못하고 있는 셈이다.

그래서 시인은 구체적인 현실과 더욱 멀어지고 관념적 현실 공간에서 자아만의 시·공간을 만들면서 자족하였던 것으로 보인다. 이것은 공허한 선언문이 계몽적으로 허용되는 나태함을 낳기도 한다.

絶望! 차라리 문을 닫아라!
여기 民族의 悲鳴소리 들린다
우리는 이밤을 울면서 새워야
할것인가
우리는 이제 누구를 위하여

이靑春을 바쳐야 할것인가

歷史 여, 奔放하라!
民族이어, 躍動하라!
祖國이어, 勝利하라!

우리에게 民族의 解放을,
우리에게 民族의 自由를,
우리에게 民族의 平和를,

오오,
우리에게 解放의 太陽을 달라.
우리에게 自由의 太陽을 달라.
우리에게 平和의 太陽을 달라.

— 제5장 「絶叫」 가운데 Ⅲ

실재는 현실의 균열과 불완전성, 허위를 증명하는 방식으로 현실의 내부로 끊임없이 귀환한다. 이 귀환을 저지하고 자신을 보호하기 위해 현실은 환상의 경계를 만드는 것이다. 환상의 상징적 경계의 저편, 세계의 외곽이 하나의 거대한 무임을 목도한 시인은 위태로운 귀환의 여정에 오른다. "민족의 悲鳴소리 들"리는 속에서 방향감각을 상실하고 만다. 그래서 그토록 '절규'하는 역사와 민족과 조국의 이름은 지극히 공허하게 울릴 뿐이다. 사람들이 이 세계의 어딘가에 숨겨져 있을 실재를 믿으며, 가상하며 현실에 밀착하는 동안 그는 "이 밤"을 뒤덮고 있는 두터운 어둠의 장막을 헤아리고 있을 뿐이다. 물론 여기서 해방과 자유와 평화를 가져오는 "태양"의 상징성조차 심층적으로 파악되지 않는 것은 역사의식의 부재와 현실인식의 부재에서 비롯된 시인의 관념적인 정체성에 대한 고뇌 때문이다. 이러한 현실과 역사에 대한 인식의 결여는 전쟁기라는 상황의 부정을 가져 왔고, 이러한 현실부정은 향수(鄕愁)로 채색하려는 시인의 심사로 더욱 강화된 셈이다.

3. 탈현실적 공간과 국외자 의식

전쟁기 장시집이자 두 번째 시집인 『惡의 노래』는 특정한 주인공이나 서사구조를 갖지 않는다.[13] 대신 이미지와 정서들을 실존의식의 탐구라는 주제 아래 공간적으로 배열함으로써 시인의 이념을 형상화하고 있다. 따라서 박거영의 장시들은 구체적인 서사의 짜임보다는 공간적 질서에 의존하는 공간적 형식의 장시에 속한다.

시인은 큰 주제 아래 작은 제목들의 시편들을 결합함으로써 연작 구성 원리를 장시의 주요 서사전략으로 채택하고 있다. 이러한 전략의 이면에는 전쟁기에 대응하는 시인의 현실 대응 방식이 내포되어 있다. 박거영은 현실 '안'에서도 현실 '밖'을 꿈꾼 시인이다. 실향민

13) 이러한 경향은 그의 또 다른 장시집 『人間이 그립다』, 『孤獨한 反抗者』에서도 발견된다.

의 비애와 생래적으로 지닌 내향적 성향은 더더욱 그를 현실 '밖'으로 내몰았다. 이른바 인사이드 아웃사이더로서 늘 현실을 부유하며 실존에 골몰하였던 것이다. 경험세계를 파괴시킨 후 실존의식을 내면화하기도 하였지만 정작 그가 관심을 가진 것은 전쟁기 아래 놓인 존재의 정체성 탐구였다.

"하나의 행위"는 항상 하나의 가능한 이야기 속의 일화이다. 그런 점에서 자아는 다분히 이야기적 요소를 띤다. 역사가 단순한 행위들의 연속이 아닌 것처럼, 어떤 역사 속의 성격들은 단순한 인물들의 집합이 아니기 때문이다. 그러므로 자아의 개념은 역사로부터 추상화된 어떤 성격의 개념이다. 자아는 다른 사람에 의해 정당하게 간주될 수 있는 존재로서 탄생부터 죽음까지 진행되는 하나의 이야기를 살아가는 과정 속에 있다. 자아는 다른 어떤 사람의 것이 아닌 스스로의 것이며, 또 나름의 고유한 의미를 갖고 있는 한 역사의 주체이다.[14)]

그러나 아쉽게도 『惡의 노래』에서 이러한 자아의 정체성에 대한 탐구가 충만하게 드러나지는 않는다. 그것은 추상적인 현실인식과 역사의식의 부재 탓이다. 어떤 사람이 자신의 삶이 의미가 없다고 불평할 때, 그는 자신의 삶의 이야기가 스스로 이해할 수 없으며, 자신의 삶은 아무런 목적도 없으며 또 어떤 정점을 향해 가는 운동도 결여하고 있다고 한탄하는 것이다. 따라서 이러한 경우 자아는 삶의 중대한 고비에서 왜 다른 것이 아닌 이것을 행해야 하는가에 대한 목적과 근거가 상실되는 것이다. 결국 『惡의 노래』는 진지하고도 구체적

---

14) Alasdair MacIntyre, 『덕의 상실』(이진우 옮김, 문예출판사, 1997), 319~320쪽.

인 정체성에 대한 탐구를 방기한 채 전쟁기의 참담한 상황이나 가치들을 언어 장난이나 피상적으로 묘사한 데 그친 아쉬움이 있다. 서사의 이중성, 곧 서사의 부재를 서사로써 드러내려 한 시인의 의도만이 짙게 남아 있을 뿐이다.

세계 상실로 인한 자아의 고립감은 시인에게 무엇보다 국외자 의식을 갖게 했다. 상당히 많은 것들은 증명되었다기보다는 단순히 주장되고 있고 이러한 상황은 전쟁기를 바라보는 태도에서도 여실히 드러난다. 이러한 사정은 삶을 예측하기란 불가능하다는 점에서 타당하다.[15)]

이야기 형식을 통한 인간 삶의 서술은 때때로 삶을 왜곡시킨다. 인간의 삶은 어느 곳을 향해서도 가지 않고 또 아무런 질서도 가지고 있지 않은 개별적인 행위들로 구성되어 있다. 그러나 이야기를 말해주는 화자는 인간의 사건들을 회고적으로, 이 사건들이 삶을 통해 실현되는 동안에는 그들이 가지고 있지 않았던 하나의 질서로 정리한다. 이때 우리는 우리의 삶을 개인적인 동시에 다른 사람과의 관계에서, 하나의 가능한 공유된 미래에 관한 특정한 관념들의 맥락에서 살아가기 마련이다. 만약 이러한 사실에 동의하지 않는다면 자연히 국외자가 될 수밖에 없다. 왜냐하면 미래에 대한 관념들의 맥락을 인정하지 않으려는 의식이 '하나의' 질서를 거부하기 때문이다.

박거영은 전쟁기의 상황과 그러한 상황에 뒤이을 미래의 비전을 당대 사람들과 공유하지 못했다. 우선 고향을 잃은 상실감이 컸던 탓

15) Alasdair MacIntyre, 앞의 책, 300~332쪽 참조.

이고, 전쟁이 주는 존재의 위기감을 내향적인 성향으로 감당하기 힘들었던 탓이다. 이러한 국외자 의식은 전쟁기의 구체적 고뇌뿐만 아니라 개인의 정체성마저도 무화시키는 쪽으로 끌었다. 여기서 내남의 구분 없는 공동체와 삶의 일상성을 복원해야 하는 의지를 기대하기란 매우 어려운 일이었을 것이다.

앞에서 살폈듯이 연작장시 『惡의 노래』의 세계는, 인물의 전쟁기 삶과 삶의 양식을 서사화하였다. 『惡의 노래』의 서사세계를 도표로 정리하면 다음과 같다.

〈표1〉 『惡의 노래』와 전쟁기 삶의 대응 방식

구성	주인공과 전쟁기 삶	전쟁기 삶의 의미와 양식	전쟁기 삶의 시간과 공간
序詩	나	전쟁기 피난처의 부조리한 실태	전쟁기 피난처 — 부산항
본시1	사나이, 시인, 길 가는 사람들, 아주머니, 소년, 소녀	경험세계의 파괴	전쟁기 피난처 — 시장터 — 범일동 — 서면로타리
본시2	數없는 사람들	실존 자각 정체성 탐구	전쟁기 피난처 — 역전 — 영도 — 송도 — 해운대
본시3	나, 우리	실존 자각 정체성 탐구 허무의식	전쟁기 피난처
본시4	우리	실존 자각 정체성 탐구 현실 부정	전쟁기 피난처
본시5 (결시)	우리	실존 자각 정체성 탐구	전쟁기 피난처

제6장

김용호 장시의 변방의식과 인식론적 유토피아

1. 양가성과 역사의 서사

김용호는[1] 전쟁기에 존재와 부재라는 양가성(ambivalence)을 토대로 장시를 선택한 시인이다. 이때 양가성은 역사에 대한 연속과 단절의 양가성이기도 하고 갈등구조를 간직한 채 그것을 감추고 있는 조화로움의 양가성이기도 하다. 있는 현실과 있어야 하는 현실 사이의 부단한 거리가 시인에게 양가성을 구가하게 한 셈이다. 반대의 감정이 병립하는 정신 상태를 일컫는 이러한 양가성의 개념은 김용호의 전쟁기 장시를 설명하는 데 매우 유효한 기제가 된다.

김용호가 보이는 양가성은 폐허와 절망과 혼돈의 상황에서 이순신이라는 영웅담론을 채택함으로써 인식론적 유토피아를 꿈꾸는, 이른바 역사적 불협화음 속에 놓인다. 민족의 큰 위기였던 임진왜란 때

나라를 지킨 충무공의 승전보를 그에 못지않은 민족적 수난기인 한국전쟁때 복원하기를 희원하는 의도로 창작된 것이 『南海讚歌』이다. 곧 그에게 임진왜란과 한국전쟁은 민족의 수난기로서 등가의 가치를 지니는 사건이다. 그러므로 김용호의 경우, 그 자체에 양가성이 있다기보다는 '의미되는' 정치 사회적 맥락 속에서 양가성이 성립되는 경우에 해당한다. 여기서 『南海讚歌』가 창작된 1952년은 역사적 전환기로서 기억할 만한 해이다.

一九四五年에서 一九五O年에 이르는동안은 우리들에게있어서 思想史로 보아 남의해였다. 남의思想에 살고 남의思想에 편들고 남의思想에 붙잡히고, 이리하여 上下가 混濁한 和의思想에 뛰어들어 우리들의 生活과 思想이 한가지로 낡은것에 얽매여 있었다. 一九五二年은 우리들에게 希

1) 김용호는 1912년 경남 마산에서 나서 1973년 서울에서 돌아갔다. 아명은 만석이고 호는 학산, 야돈, 추강이다. 도일하여 메이지 대학 법과 졸업(1941) 후 동대학 신문고등연구과를 수료(41)하였다. 귀국 후 서울에 있는 선만경제통신사 기자(1942~1945)를 역임했다. 8 · 15부터 1950년까지 『예술신문』 주간으로 일했고, 남광출판사 주간을 거쳐 한국전쟁 피난지 부산에서 교직에 종사, 부산대학교, 서라벌예대, 단국대, 서울사대 등에 출강하였다. 이후 사망 때까지 단국대학교를 일터로 삼았다. 1956년 시집 『남해찬가』로 아세아 자유문학상을 수상했고, 단국대학에 그의 시비가 세워졌다.

시 「春怨」(『동아일보』 1930.10.14), 「宣言」(『동아일보』 1935.10.14)들을 발표하였고, 이때 노자영이 주재한 『신인문학』에 시 「첫여름밤 귀를 기울이다」(1935)와 「쓸쓸하던 그 날」(1935)을 발표하고 이어 민족의 비분을 노래한 장시 「낙동강」(『사해공론』 1938.9), 단시 「하루」(『사해공론』 1938.10)들을 발표하였다. 1938년 김대봉과 알게 되어 〈맥〉 동인이 되었다. 시집으로는 동경에서 발행한 제1시집 『饗宴』(1941.6)이 있고, 제2시집 『不凍港』을 간행하려 했으나 일제에 압수 당했다. 이어 『해마다 피는 꽃』(시문학사, 1948), 『푸른별』(남광문화사, 1952.3), 서사시집 『南海讚歌』(남광문화사, 1952.12), 『날개』(대문사, 1956.4), 『항가리 悲歌』(이영순과 함께 지음, 한국자유문학가협회, 1956.12), 『衣裳洗禮』(일조각, 1962.12)들을 펴냈다. 이 외에도 『시문학입문』(1949), 『세계명작감상독본』(1953), 『한국애정명시선』(1954) 들을 내 놓았다. 유시집 『混線』이 나온 것은 그의 사후 이듬해인 1974년이고, 시전집 『김용호시전집』(대광문화사)이 나온 것은 그의 10주기가 되던 1983년의 일이었다. 시작 연대를 알 수 없는 유고와 미정리 작품들을 빼고서도 그가 남긴 시력은 일곱 권의 시집에 담겨 있을 정도로 쟁쟁하다.

문덕수, 앞의 책, 295~296쪽; 김영삼 엮어지음, 앞의 책, 393~396쪽; 권영민, 『한국근대문인대사전』(아세아문화사, 1990), 267~271쪽 참조.

望과 決斷과 새로운 時代의 웅찬 音信을 가져올 해로서 비록 우리들이 이 해를 맞어 한층더사나운 砲彈과 煙雨속에서 한층더심한 世界史의 검은 煙氣속에 휩싸이는일이 있다고 하더라도 우리들인 이 義의世界史, 義의 思想史開展에 대할 굳은 信念을 가지고 世界의 先頭에 나서서 最後까지 英勇히 싸워야할 것이다. 二十世紀의 五十年代는 마땅히 새로운 世界史 開展의 紀念할만한 時期가 될것이다. 現代의 多岐 錯亂한 一切의 西洋思想이 死滅되고 전연 새로운 思想이 오래지않이 동녘하늘에 솟아오를것이니, 이새로운 思想의 方向이 다름아닌 우리의 三一精神이요, 그것을 世界史的인 規模에있어서 宛然히 展開시키고 雄渾하게 組織시키는해가 우리들의 世紀의 둘째해인 一九五二年이 될것이다.[2)]

1952년은 정치적 사회적 격변기로서 민족의 정체성과 국가의 정체성이 문제 되었던 중요한 시기이다. 물론 어떤 경우든지 시는 시인의 정신을 반영하기 마련이다. 인간과 세계에 대하여 어떤 사상을 가지고 있었으며 어떤 태도로 시대에 맞섰었던가는 시인인 이상 시와 무관하지 않기 때문이다. 전쟁기 시적 대응으로서 김용호가 시적 전략으로 장시 『南海讚歌』를 선택한 것은 시인의 문학관의 구체적인 표명이다.

나는 그 당시 피란 살이 땐데 하두 국회에서 국회의원들이 自由黨 무슨 당, 무슨당 싸움만 할때 이 《南海讚歌》를 發刊하였다.

그리하여 국회의원 전원에게, 이 시집을 한 권씩 무료배부 해 주었다.

---

2) 김기석, 「一九五二年의 思想史的展望」, 『1952年』(이건호 외 여럿, 평범사, 1952), 133~134쪽.

이 시집을 읽고 국회의원들의 반성이 있기를 바랬던 내 마음은 오늘도 변함이 없다.

인용문은 김용호가 1952년 출판 당시를 회상한 글이다. "큰 애국애족보다도 작은 구국운동이 필요했던 壬亂 때나 6·25 때의 정신적 支柱를 願望한 南海의 詩精神"[3]으로 본 견해는 『南海讚歌』를 긍정적으로 평가한 한 평문이다. 물론 『南海讚歌』의 애국애족 정신은 곧 김용호 자신의 구국적 일념인 동시에 그 당대 민족 전체의 염원이었음은 물론이다. 애국애족의 정신과 민족적 평화와 충실한 시대적 삶을 잘 보여준 『南海讚歌』는 우리 시사에서 역사적 인물을 채택함으로써 장시의 새로운 가능성을 제시한 본보기라 할 만하다.

그러나 김용호가 지닌 시정신은 변방의식에 불과했다. 물론 "큰 애국애족보다는 작은 구국운동"의 중요성을 간과하자는 것이 아니라, 역사의 굴곡과 직접 맞닥뜨리지 못하고 민족의 설움과 혼돈을 소극적으로 그리는 데서 시인의 의식이 머물러 버렸기 때문이다. 출판인으로서 교육자로서 시인이 지닌 엘리트의식은 현실과 직접 싸움으로써 역사적 구체성을 획득해 나가기보다는 아예 '과거'라는 변방 혹은 탈현실이라는 인식론적 유토피아로 도피해 버림으로써 당대의 현실을 외면한 결과를 초래하고 만 것이다. 이러한 시인의 행보는 프란츠 파농이 예견한 두 번째 작가 유형, 곧 상황에 동요됨으로써 과거 기억에 주력하여 회상하는 것에 만족하는 데 해당한다.[4] 옛 전설이나

3) 김해성, 「김용호론」, 『한국현대시연구』(대광문화사, 1995), 778쪽.
4) 프란츠 파농, 앞의 책, 450쪽.

정제된 역사적 사건들을 차용하거나 변용함으로써 당대 현실의 고뇌라든지 불안, 죽음들을 가서 보고자 하는 의도들이 『南海讚歌』의 주된 내용을 이루고 있기 때문이다. "血肉化한 體得의 世界"를 시작의 중요한 자양으로 삼는다는 그의 시적 편력이나[5] "내용이 표현을 결정짓는다는" 그의 문학관을 고려하더라도,[6] 전쟁기 『南海讚歌』의 선택은 지나치게 의도적이거나 훈육적이다.

2. 인식론적 유토피아와 민족주의

1) 영웅과 역사적 방관자의 혼성적 교감

담론과 지시대상과의 부합성, 곧 삶의 목표와 당위에 대한 올바른 인식 문제는 인간의 삶이라는 서사적 맥락의 바탕 위에서만 세워질 수 있다. 담론과 대상 사이에는 인간의 삶의 맥락들이 깔려 있기 때문이다. 일반적으로 진리를 표상하는 으뜸으로 역사를 꼽는다. 역사의 진리 역시 담론과 그 지시대상(인간의 삶) 간의 일치로 이해되어 왔다. 그리고 역사는 원래부터 서사 형식을 지닌 것으로서, 서사 그 자체에서 진리를 찾으려 시도해 왔다. 이러한 정제된 서사 형식의 역사는 체계화된 질서를 구가하는 장시에서 매우 유용한 글감이 아닐 수 없다.

5) 김용호, 「나의 詩的遍歷」, 『시문학』 1971년 10월호, 7쪽.
6) 김용호, 「東問西答」, 『현대문학』 1964년 9월호, 49쪽.

『南海讚歌』는 충무공의 남해대첩 사적을 제재로 한 장시이다. 1942행 194쪽에 달하는 분량의 『南海讚歌』는 서시와 총 17장으로 구성되어 있다. 마지막 17장을 결시로 보면, 이른바 서시와 본시, 결시의 구조로 된, 비교적 짜임새를 갖춘 장시이다. 충무공이 왜적을 무찌르는 서시, 원균 등의 모함에 의해 옥에 갇히고 급기야 백의종군하는 본시, 삼도수군통제사가 되어 죽음 직전까지 왜적을 물리치는데 이바지하는 결시로 그 내용이 이루어져 있다. 이렇듯 한국전쟁 당시 민족애가 고갈된 급박한 현실 상황 속에서 구국의 지도자인 충무공 정신을 시화함으로써 국난타개와 평화를 염원하는 정신적 지주의 근본으로 제시한 작품이다.[7)]

시인은 『南海讚歌』의 창작 동기를 시집 후기에 밝혀 놓고 있다.

至誠!

이 어른의 一生을 通한 一貫된 精神의 基底는 바로 이것이라고 나는 생각합니다. 그러므로 이 어른은 그 當時에 있어서 〈最高의 道德이요 法律〉이었으며 따라서 大人格의 完成者이며 民族理想의 具現者인 것입니다.

아시다싶이 우리 詩壇엔 아직도 이렇다 할 民族的인 敍事詩가 없읍니다. 나는 才能의 不足과 努力의 未及함을 번연히 알면서도 敢히 이 길을 擇해 보았읍니다.

그러나 事實 이 廣大無邊한 人間的, 民族的 大人格을 되려 욕되게 하지

7) 이렇듯 역사의 긍정적 맥락에서 『南海讚歌』를 분석하고 있는 글들로 김해성, 앞의 책; 이헌석, 「韓國 現代 敍事詩의 새 地平」, 『월간문학』 1984년 12월호들이 대표적이다.

않을가 하고 몇번이나 붓을 던지고 스스로 嘆하고 망설거린때가 한 두번이 아닙니다. 그러므로 功過는 讀者의 判斷에 맡길밖에 없읍니다마는 여러가지 意味에 있어서 壬辰倭亂에 못지않은 오늘날의 民族的 受難期에 있어서 聖雄 李舜臣어른께 讚歌를 드르는 동시에 그 精神을 받들어 우리들의 거울로 삼아야 되겠다는 微意에서 나는 조그만 즐거움을 느끼는 바입니다.[8)]

『南海讚歌』의 창작 의도는, "임진왜란에 못지않은 오늘날의 民族的 受難期에 있어서 聖雄 李舜臣 어른께 讚歌를 드리는 동시에 그 精神을 받들어 우리들의 거울로 삼아야 되겠다는 徵意에서 나는 조그만 즐거움을 느끼는 바 입니다"라고 밝힌 바에 따르면, 전쟁과 그 직후라는 현실 수난기에 영웅 담론을 앞세워 민족의 결속력을 집결시키고자 하는 데 놓인다. "至誠!/이, 어른이 一生을 通한 一貫된 其底는 바로 이것이라고 나는 생각합니다. 그러므로 이 어른은 그 當時에 있어서 最高의 道德이요, 法律이었으며 따라서 大人格의 完成者이며 民族理想의 具現者인 것입니다"라고 이순신 장군의 성품을 평가한 것처럼 충무공의 구국정신과 민족정신을 통해 전쟁의 비극 속에서 "임진란의 救國英雄 이순신 장군을 노래함으로써 民族의 불행을 表出하는 동시에 危機에 처한 國難克服의 意志를 形象化한 것으로 理解"[9)] 가능하다. 따라서 이 작품은 민족의식의 소산으로 평가될 만하다.

---

8) 「後記」, 『南海讚歌』(남광문화사, 1952)
9) 김재홍, 앞의 글 「한국 서사시와 역사적 대응력」, 263쪽.

그러나 전쟁기라는 혼란기에서 시인이 채택한 영웅 담론은 구체적인 대응력 없는 지식인이 표명할 수 있는 하나의 안타까운 소극적 갈망에 불과하다. 충무공이 임진왜란 당시 몸소 구체적인 국난책을 펼친 영웅이라면, 시인은 관념만으로 역사의 훌륭한 담론을 활용한 역사적 방관자에 불과하다. 이때 역사적 방관자의 의미는 역사 부재 의식을 드러내는 사람이라기보다 역사에 대해 구체적인 대응력이 결여된 사람이라는 의미가 강하다. 따라서 시인이 선택한 영웅 담론은 물론 당대 혼란상을 타개할 수 있는 혜안을 제시해 줄 수는 있지만, 지나치게 창작 의도를 전경화함으로써 오히려 훈육적인 인상이 짙은 한 편의 위인전이 될 우려가 있는 것이다.

한 인물의 전반적인 삶을 아우르는 하나의 이야기의 주체로서 존재한다는 것은, 이 이야기될 수 있는 삶을 구성하는 행위들과 경험들에 책임을 진다는 것을 의미한다. 곧, 그것은 우리가 행한 것, 우리에게 일어난 것, 또는 질문이 제기되기 이전의 삶에서 우리가 체험한 것에 관해 특정한 설명을 해달라는 요청에 열려 있다는 것을 의미한다.[10] 그러나 시인은 단순히 과거 이순신이라는 영웅 담론을 가져왔을 뿐 성실한 이야기의 주체로서 존재하지 않는다. 단순한 영웅 담론의 차용이 전쟁기 당대의 삶과 제대로 교감하지 않고 있기 때문이다. 과거 영웅과 현재 국난기에 봉착한 한 인물이 폭력적으로 만나는 혼성적 교감에 불과한 인상을 주는 것은 바로 이 때문이다.

두루 알다시피 『南海讚歌』는 성웅 이순신이라는 인물을 전면에

10) Alasdair MacIntyre, 앞의 책, 321쪽.

내세우는 인물 장시로, 서론 부분인 「서시」와, 본론 부분인 이순신 장군의 일대기(1~16장), 그리고 결론 부분인 우리의 다짐(17장)으로 구성되어 있다.

구체적인 서사구조가 드러나는 본론 부분, 곧 이순신 장군의 일대기를 구조화하면 다음과 같다.

제1장 : 조선이 황폐화되는 상황에서 이순신이 남.

제2~4장 : 왜의 침략으로 선조임금이 피난함.

이순신이 옥포, 당포, 한산, 부산 등지에서 대승을 거둠.

제5~6장 : 원균의 모해로 이순신이 옥에 갇힘.

제7~11장 : 이순신이 재등용되어 명량에서 대승을 거둠.

제12~15장 : 아들 면이 죽고, 명나라 진린이 배신함.

제16장 : 노량 대전에서 장렬하게 전사함으로써 나라를 구함.

『南海讚歌』의 구성은 지극히 평면적이어서 단순하기 짝이 없다. 서술자의 시선이 국수주의적 당위성에 지나치게 함몰되어 있는 것이 이유가 되기도 하지만, 보다 근본적인 이유는 문학 제재를 손쉽게 선택한 창작 태도가 된다. 물론 과거 역사를 시적 제재로 채택한 자체가 문제가 되는 것은 아니다. 그러나 두루 알려진 대로 과거 역사는 그저 과거 역사 자체로 존재하는 것이 아니라 현재와 맞물려 있는 일련의 삶의 한 부분이다. 더욱이 과거 역사에 대해 해명을 요구하고 설명을 해 주는 것은 그 자체 이야기를 구성하는 데 있어 중요한 역할을 담당한다. 이러한 사실을 간과했기 때문에 시인은 지극히 평면적이고 단순한 이야기의 전개를 그저 '보여' 주는데 그치고 만 것이다. 충무공의 인품이 나라 사랑하는 만큼 크고 위대하다는 사실에는 이의가 있을 수 없지만, 그저 한 편의 위인전을 그대로 시로 옮겨 놓은 듯한 구성에서 더 이상 역사의 진정성을 발견하기는 어렵다 하겠다.

평면적이고 단순한 구성에도 불구하고『南海讚歌』에서 주목할 만한 부분은 내남 구분 없이 두루 사람 사랑하는 마음과 그 근원이 되는 가족사랑이라는 주제를 만나게 하는 대목이다.

> 가을바람이 바다를 발고
> 섬마다 노오랗게 풀잎이 물드는데
> 이제 바다엔 賊船이 끊어지고
> 나날이 바닷물은 푸르러 가도
> 집잃은 백성 날로 여위고 말라
> 가슴 아픈 순신
>
> 〔…중략…〕
>
> 죽기도 많이 하고
> 노략도 많이 당해
> 창생, 살아남음 별루 없구
> 산 골짜기마다 피난하는 백성만이 가득차고
> 머리땋은 아이들
> 백발된 늙은이들

업고 안고 서로 끌고 울고 부르짖어
싸움에 이겨 그때마다 울리는 勝戰鼓의 기쁨보다도
서름이 앞서는 순신의 마음

— 第四章 「連달아 勝戰鼓는 울리고」 가운데

일년반 자리비운 서울에 와 다시오면
경복궁이란 몰닥 불타버리고
굶주린 백성들 매말라 허릴 못펴고
집집 허물고 무너져 쑥밭 이룬 서울
군데군데 썩는 냄새 처참한 서울

— 第五章 「謀害의 强風 속에서」 가운데

인용시는 이순신을 서술자로 하여 전쟁으로 사람살이의 처참함이 더해 가는 것을 안타까운 마음으로 서술하고 있다. 그의 충정과 백성들에 대한 사랑은 가슴에서 우러나는 연민의 정에서 출발하고 이는 성실하게 살아가는 인간만이 지닐 수 있는 양심과 맞닿아 있다. 이 양심이 국난을 당하여 조국을 지키는 천성으로 이후 민족정신과 애국의 신념으로 발전하게 되는 것이다.

이러한 사람살이에 대한 연민의 정은 충무공의 인간적인 면모를 부각시키고, 가정적으로는 어머니에 대한 효도와 자식에 대한 사랑으로 연결된다.

오! 風樹의 설움이여!

徹天의 恨됨이여!

나라에 忠誠을 다 하고도
죄가 이미 이르렀고
어버이께 효도를 다하려 하였으되
어버이 또한 버리고 가셨으니

— 第八章 「草溪땅 白衣는 잠 못 이루고」 가운데

어딘가, 말타고 언덕 위아 올라가다 곱디디어 앗! 하는 순간 개천에 떨어질 듯한 舜臣

바로 이때 아버지를 붙들어 안으려고
서언이 나타난 끝에 아들 葂

깜짝 놀라 깨어보면
꿈이 달빛에 걸려 너울거릴뿐
(이 무슨 징조의 꿈이련가 葂아!)

〔…중략…〕

천지가 캄캄하고
백일이 빛을 잃는구나
슬프다 내 아들아

날두고 어디로 돌아간고

영기가 남보다 뛰어 났더니
하늘이 세상에 두시지 않았는가
내 지은 죄가 네 몸에 미쳤는가

이제 내 이 세상이 있은들
장차 누구에게 의지하랴
통곡할뿐, 한밤을 지내기
한 해 같고나

— 第十二章「바다는 다시 푸르건만」가운데

민족 수난의 현실 앞에서 한 사람의 장군으로서 막중대사를 짊어져야 하지만, 몸소 돌볼 수 없는 부모와 자식에 대한 안타까운 사랑을 나타낸 대목에 이르면, 영웅의 견고함에서 친숙하고 따뜻한 인간의 모습까지 동시에 볼 수 있다. 더구나 우리 민족의 전통적 윤리관인 효를 바탕으로 개인과 국가 간의 통일성을 꾀하는 조화로운 모습에서 충무공의 완벽한 인간성을 보게 된다.

그러나 예술적 상상력이 결여된 이런 표면적인 표현은 장시가 가지는 과거와 현재의 충돌에서 오는 비장감이라든지 이상과 현실의 힘겨운 조화에서 오는 해소감을 제공하지 못한다. 그리하여 이순신의 애국정신은 역사적 사실과 역사적 인물을 통해 확인하는 단계에 머무르고 말 뿐 역사를 재창조하여 민족적 시련을 극복하는 민족공동의 집단적 행동과의 연결까지는 나아가지 못한다. 그리하여 과거의 역사가 지니는 가치 이상의 것을 확보하지 못할 뿐만 아니라 현실 상황과 관련지은 초역사적 이상세계를 제시하지 못하는 한계를 드러내는 것이다. 이러한 한계는 충무공과 원균을 비교·대조하는 대목에서도 뚜렷이 드러난다.

이순신과 원균은 인간적인 면뿐만 아니라 우국충정이나 군지위관으로서의 자질 등에서 커다란 차이를 보인다. 이순신 장군은 44세에 지방 말단행정 책임자인 정읍현감으로 있다가 유성룡의 추천으로 7품이 뛰어 정 2품의 전라좌수수군절도사가 되었다. 이에 비해 원균은 종 삼품의 부사에서 일계품 승진하여 수사가 되었다.[11] 이것이 이순신을 모략하는 원인이 되기도 하였으며 그의 인간성 또한 민망스럽다. 자신의 실력에 비해 출세욕과 권세욕이 강하고 전쟁중에도 싸움은 하지 않고 자신의 출세와 이순신을 모함하는 데 전력을 다한다. 원균은 이순신의 죄를 확대 강조하여 고행의 길로 들어서게 했으며 이후 나라의 위기와 백성의 고난과는 무관하게 술과 놀음으로 세월을 보낸다.

이처럼 『南海讚歌』의 인물구조는 철저하게 이순신과 원균의 대립구조에 바탕을 둔다. 앞에서 지적한 대로 이러한 극단적인 대립을 통해 이순신 장군의 영웅적 모습을 부각시키려 한 시인의 의도는 짐작되지만, 이는 고대소설의 인물구조에 나타나는 단순성을 벗어나지 못하는 단순성을 보인다.[12] 이순신의 고매한 인품을 나타내기 위해

11) 최석남, 『한국 수군 활동사』(평양사, 1964), 234~240쪽 참조.

서라면 선악의 대립보다는 오히려 선악의 갈등 양상에 초점을 두고 역사적 사건을 풀어 나갔더라면 훨씬 더 설득력이 있지 않을까 싶다. 시인 자신의 원균에 대한 증오심이 하늘의 응징을 기대한다는 표현에 이르면, 지나친 감정의 드러냄이 오히려 정제되지 못한 인상마저 주며, 원균이라는 한 개인의 수치스러움이 민족의 부끄러움으로 확대될 위험마저 갖게 한다. 그리고 임진왜란의 근본적인 원인이 원균이라는 한 개인에 지나치게 집중되어 있는 점도 역사의 왜곡을 가져올 우려마저 있다. 이러한 편파적이고 단순한 구성원리는 명량해전에 대한 묘사에서도 드러난다.

『南海讚歌』 제11장의 전반부는 백의종군하던 이순신이 다시 삼도수군통제사로 기용되어 12척의 병선과 수군으로 133척의 병선을 맞아 승리한 명량해전에 대한 묘사이다. 그러나 후반부에 이르면 시인은 명량해전을 하늘의 뜻으로 파악하면서 역사의 절대절명의 위기를 구원한 사실을 기적으로 보지 않고 하나의 어긋남 없는 이순신의 힘으로 보았다.

> 가슴조려 땀밴 손 불끈 쥐고
> 싸움 멀리서 바라보다 기뻐서 기뻐서
> 되려 만백성 미칠듯 동동 발을 구르고 통곡하는 이 勝利
>
> 만약

12) 충무공과 원균의 이런 극단적인 성격 묘사는 고대소설의 인물 구성에나 나타날 법한 논리의 단순성을 벗어나지 못하고 있다. 충무공과 원균에 대한 고정 관념에서 출발한 성격 묘사 또한 작품의 긴장감을 떨어뜨리고 있다.

그렇다 만약
舜臣이 원하게도 獄에서 죽고
이 싸움에 이기지 못했던들……

아질 아질한 絶壁
歷史의 갈래길이여

千古無比의 이 싸움
空前絶後의 이 싸움

千隻인들 어찌라 — 한 舜臣

쇠창살 쓰림 속에
白衣길손 괴롬 속에
母喪의 통곡 속에
신병의 아픔 속에
閑山大敗의 놀램 속에
잠못자고 못먹어
몸고 맘 지칠대로 지쳐

百八의 열갑절
千八百의 갖가지 煩惱속에서도
三百三十隻을 무찌른 舜臣

우리 — 〈奇蹟〉이란 말일랑 아예 하지 말자

千隻인들 어찌랴 …… 하였거니
하나의 어긋남이 없는 舜臣이거니
賊의 마지막 단 한 隻마저 후려 갈길
奇蹟이난 〈그 힘〉을 굳굳이 믿을밖에
또다른 무슨 밝힘이 있어야 할 것이냐

— 第十二章 「바다는 다시 푸르건만」 가운데

여기서 좀더 시인의 분별 있는 판단과 역사의식이 아쉽다. 명량해전 승리의 원인은 두루 알려진 대로 "순신이 十二隻의 戰船에다 大砲를 싣고 알맞은 潮流를 타고 賊을 쳤기 때문에 적이 敗走하였다. 즉 만조시의 潮流를 타고 順順히 명량까지 내습하였으나 적은 甚히 不利한 潮流 조건에 놓이게 되고 우리 水軍은 좋은 기회를 얻게 된 데 있다."[13] 물론 해전을 승리로 충무공의 지도자적 면모도 큰 몫을 했음은 분명하다. 그러나 이 부분에 초점을 두더라도 충무공의 전략가적 지혜와 엄청난 수의 賊 두려워하지 않는 진정한 용기, 필승의 신념들은 표현되지 않고 일반적인 전투의 모습만을 서술해 버림으로써 시적 상상력에도 한계점을 노출시킨다. 따라서 역사에 대한 객관화의 과정을 거치지 못한 역사적 사실의 생경한 노출은 과거 사실을

13) 최석남, 앞의 책, 258~266쪽.

운율에 맞춘 재료 상태의 나열이라는 비판을 면하기 어렵다.

"영웅의 일생이라는 문학구조와 영웅적 감명, 영웅정신에 의한 당대성을 정신구조로 통합하고자 한『南海讚歌』는 그 구성에서 교과서적 역사의 이해방식을 보여줄 뿐 역사적 재해석의 사유를 보여주지 않는다"[14]는 견해는 매우 타당하다. 이것은 인물구조에서 특히 두드러지는 미비점으로 앞서 살핀 충무공과 원균에 대한 묘사가 선과 악의 극단적인 대립을 통해 이루어지고 있는 부분에서도 확인되었다. 또한 사건을 전개해 가는 방법에서도 인과관계에 따라 긴밀하게 구조화했다기보다는 단순한 역사적 사실들의 나열에 불과하며 현실감각에 사로잡혀 서술의 객관성마저 잃어버리고 있다.

김용호의『南海讚歌』가 역사적 사유의 결과라는 점에서 의미가 있다고 할 때, 바로 이러한 점이『南海讚歌』가 지닌 가장 큰 미비점이라 하겠다. 결국 시인이 보여준 민족주의는 스스로 민족의 한 일원임을 확인해 나가는 과정을 생략한 채 국난을 극복하려는 성급함이 손쉽게 과거 영웅을 채택하는 결과를 부르게 된 경우이다. 그러므로 과거 이순신 장군이라는 영웅담론의 채택은 실질적인 국난 타개의 장이 아닌, 인식론에 머물고 만 유토피아의 제시에 불과하다. 그러므로 '남해'는 국난기를 몸으로 헤쳐나간 이순신이라는 영웅과 역사의식이 부재한 채 관념적으로 민족주의를 고수한 역사의 방관자가 어설프게 만나는 역사의 터가 되어 버렸다. 일치감과 조화의 관계가 아닌, 영웅과 역사적 방관자가 부조화스러운 관계로 맞닥뜨리는 혼성

14) 민병욱,「김용호의 서사체계와 서사갈래」,『현대시학』 1984년 12월호, 140쪽.

적 만남이 매우 아쉽다.

2) 상상적 동화(同化)로서의 민족주의

『南海讚歌』가 지어진 1952년은 사회적·정치적인 상황으로 보더라도 혼란기였음에 틀림없다. 전쟁 이후 민족의 생활은 황폐화되고 전쟁을 계기로 한국은 동서 냉전체제의 전진기지가 되었으며 한국의 미국에 대한 의존성은 심화되었다. 또한 정치적 시련에 직면하여 피난지 임시수도 부산에서는 정치 파동이 일어나 발췌개헌안을 통과시키고 사사오입개헌과 이사파동 등 부정과 불법 자행으로 국회 내분은 극도에 다달았다. 이러한 시대적 배경이 『南海讚歌』에서 임진년의 혼란상으로 재구성된 것이다.

1950년대 전쟁기와 마찬가지로 임진년 전란중에도 지배층의 당쟁은 계속되었다. 이때 곤궁과 위기에 빠진 백성들의 삶은 피폐할 대로 피폐해져 있었다. 이러한 암울하고 불행한 시대에 희망의 상징으로 충무공은 자리잡는다. 애국애민 정신을 기저로 한 구국일념은 분명이 땅 지도자의 근본이 될 만했다. 그래서 김용호는 전쟁기 당시 어지러운 상황에 내보내는 메시지로 장시 『南海讚歌』를 채택했고, 이를 통하여 국회와 국민의 각성을 촉구하고자 하였던 것이다.

여기
오오랜 역사, 태양함께 있어
어질고 착한 백성 터전 잡은 곳

靑磁 그릇마다 아로 새겨진
영영, 푸른 하늘을 이고
綿綿, 잇고 연달아 기리
세월과 더불어 얽힌 한 얼

〔…중략…〕

아름다움이여!
깨끗함이여
보다 영롱한 저어 아침
동해의 햇빛이여!
그 맑디 맑은 마음씨여!

가난한 날에도
맘 아픈 날에도
갖가지 못참을 슬픈 날에도
오로지
한 얼, 한 길에 뭉쳐 살았거니
골고루 이루우리다 맹세코
내 사랑하는 강산이여!

거침없는 빛 한칭 퍼져가라

이 푸른 하늘 아래로

—「序詩」 가운데

남해의 역사는 오래 전부터 민족의 얼이 서려 있는 곳이다. 신라시대의 장보고의 해상왕국으로부터 삼별초의 대몽항쟁, 충무공의 임란에 이르기까지 기쁨과 시련을 함께 했다. 고려시대에는 진도를 대몽항쟁의 근거지로 하여 최후까지 원나라에 대항하였고 조선시대 충무공은 남해 전 해역에서 왜적을 격파시킨 바, 남해는 한민족의 대외항쟁을 통해 우리 민족의 자주적인 저항의식을 부족함 없이 보여준 소중한 역사의 현장이다.

인용한 「序詩」에서는 태양이 치솟는 영롱한 아침의 터전에서, 맑은 마음씨와 이 백성으로 태어난 보람을 가꾸며, 고난을 이겨낸 민족의 슬기를 영탄법으로 노래함으로써 시인의 이 땅에 대한 영원한 사랑을 예견하고 있다. 이러한 「序詩」는 영웅 담론을 여는 장으로 진부하기는 하지만 별 손색이 없다. 그러나 사대주의를 비판하고 당쟁문제를 강조하여 현재 상황을 타개하고자 하는 대목에서는 시인이 지닌 역사의식마저 의심나게 한다.

용비어천가의 자랑은 시들고 줄어

나랄 사랑하기보담 내 한몸이 귀엽고

나랄 위하기보담 내 黨派를 앞세워 호령한 權勢와

살잡는 執權을 에싸고

날로 익고 달로 터지는

집안싸움

— 第一章 「混亂의 구름을 뚫고」 가운데

이래도 나라망친 동야 서야 다시할까
義州 동헌
왕의 이 통곡 버얼써 잊었는가
공당이요, 공론이요
여전 당파싸움에만 악을 써
곪안 서울 덧곪는 서울

— 第五章 「謀害의 强風 속에서」 가운데

당파의 상황은 이외에도 제6장, 7장, 9장, 10장, 13장들에 걸쳐 나타난다. 시인은 당쟁을 제시함으로써 충무공의 구국의지를 부각시키고 나아가 전쟁기 상황을 자각시키는 민족의 자성적 태도를 마련하자는 데 중점을 둔 것으로 보인다. 그러나 지나친 당파의 강조는 민족성 결함으로 오해될 소지가 다분하다. 물론 당파가 임란의 위기를 가져왔고 전쟁을 치르는 와중에도 심각했던 것은 두루 알려진 사실이다. 그러나 당파는 조선 왕조의 정치체제가 중앙집권 체제였기 때문에 불가피했고 문치주의와 유교사회의 명분주의가 오히려 더 중요한 원인이라는 또 다른 역사적 시각도 가능하다. 사화와 정쟁이 격렬했던 것은 사회 변동이 컸던 탓이며 당파의 부정적 인식은 사회 경제 발전으로 인해 조선 왕조의 통치 기반이 와해되어 혼란과 모순이 쌓인 데다 왜란, 호란 등의 외침이 닥쳐 그 무력함이 역사상으로 비친

데 연유한다고 보는 시각도 가능하다.

그러나 일제는 그들의 식민통치를 정당화하기 위해 한민족을 강한 당파적 민족으로 내몰았고 자주적 능력이 없음을 일관되게 강조해 왔다. 나아가 이러한 사실을 위해 사적 입증까지 마다하지 않았다. 이런 식민지사관의 예인 당파를 시인이 지나치게 강조하는 것은 식민사관에 매몰된 결과가 아닐 수 없다. 이러한 식민사관은 민족의 단결력을 부정하고 정치적 능력을 무력화시키는 결과를 초래하여 급기야는 우리 민족의 자성력마저 의심하게 한다. 이러한 시인의 당파에 대한 인식부족과 지나친 감정 노출은 특히 역사를 시적 제재로 삼을 때 요구되는 객관성을 결여한 결과로, 본래 시인이 『南海讚歌』를 통해 의도했던 전쟁기 민족성의 회복과 단결이라는 주제를 무마시키는 결과를 낳기에 충분하다.

1952년 난국을 타개하기 위해 과거 역사적 전범을 내세운 김용호의 현실인식은 타당했다. 그러나 충무공이라는 완벽한 영웅을 중심으로 유토피아를 설정한 뒤 그 속으로 도피한 작가의식은 지나치게 소극적이었다. 그가 주창한 민족주의는 현실에 대한 구체적인 고뇌의 과정을 거친 후 배태된 민족주의가 아니라 과거 영웅 담론을 손쉽게 채용함으로써 발현된 상상에 의한 동화(同化)에 불과하기 때문이다. 물론 시인이 상상적 동화(同化)의 민족주의로써 유토피아를 설정한 사실이 전쟁기에 취할 수 있는 소극적이나마 하나의 저항이 될 수 있는 사실을 무시할 수만은 없는 일이다.

3. 과거지향적 공간과 지식인의 변방의식

김용호가 장시의 주요 전략으로 도입한 영웅 서사의 선택 문제는 우선 역경에 처한 현실의 극복 의지를 띤다. 역사적 사건과 상상적 사건을 통합함으로써 시인은 소통의 효용성뿐만 아니라 계몽적이고도 교양적인 효용성까지 가늠한 것이다.

서사 또는 이야기는 단순히 전승되는 삶의 가치를 전달하고 주입하는 것이라기보다는 자신의 현재 지평에서 텍스트의 의미를 탐색하는 소중한 작업이다. 그러므로 이야기는 일차적으로 행동과 그 시간적 가치의 영역에서 수행되는 재현적 기능을 갖지만, 무엇보다 전승의 의미를 현재의 지평에서 이해하려는 태도가 전제되어야 한다. 시간은 서술적 양식으로 엮임에 따라 인간의 시간이 되며, 이야기는 그것이 시간적 존재의 조건이 될 때 그 충만한 의미에 이르기[15] 때문이다.

그러나 시인이 선택한 영웅 서사는 철저하게 과거 지향적 공간에서 그 진가를 발휘한다. 현실태와의 비교나 대조 없는 단순한 과거 역사의 나열이 적극적인 현실대결의식을 삭제했기 때문이다. 이러한 사실은 과거 공간으로의 도피라는 혐의를 벗기 어렵고 나아가 역사의식의 미명화라는 우려마저 낳을 수 있다.

김용호의 이순신 담론은 유토피아 설정의 문제와 맞물려 있다. 시인이 유토피아와 국수주의 또는 민족주의를 상상적 동화(同化)로써 일치시키고 있기 때문이다. 전쟁기라는 참담한 상황에서 제시할 수

---

15) Paul Ricœur, 『시간과 이야기』1(김한식 · 이경래 옮김, 문학과지성사, 1999), 288~291 참조.

있는 역사적 전망은 구체적이고 현실적이어야 한다. 그러나 시인이 채택한 영웅 담론은 단순한 과거 역사의 내보임이어서 하나의 전망으로 자리잡기에는 현실과의 유기성이 부족하다. 역사적 전망이 유토피아일 수는 없다. 역사와 마찬가지로 문학에서도, 특히 역사적 사실을 문학적 담론으로 채용한 경우, 당대 상황을 하나의 특수한 사회적 정체성의 담지자로서 파악한다는 것은 무엇보다 중요하다.

역사적 사건을 시적 제재로 채택한 시도에도 불구하고 『南海讚歌』는 한 편의 이순신 위인전을 시로 읽는 데 그치게 하는 한계점을 노정하고 있다. 치열한 현실인식과 역사인식이 부족한 까닭이다. 그저 '길게' 쓰는 것이 장시가 아니라 삶의 서사라는 구체성을 담는 것이 장시의 미덕이다. 이러한 과거 지향적 성향은 시인이 지닌 지식인으로서의 변방의식과 무관하지 않다. 지식인이되 그 역할을 충분히 할 수 없었던 당대 상황에서 그나마 소임을 발휘하고자 한 소극적 의지가 계몽담론을 구축하게 했던 것이다. 그러므로 적극적인 현실대결의지보다는 역사와 현실로부터 거리를 둔 이른바 변방의식이 영웅담론을 이끌게 한 것이다.

앞에서 살폈듯이 장시 『南海讚歌』의 세계는, 전쟁기 삶과 삶의 양식을 중심으로 서사화를 꾀했지만, 뚜렷한 현실대결의지가 미약한 채 과거의 유토피아의 공간으로 도피해 버리는 나약한 의식의 소산이 되고 말았다. 전쟁기 상황의 일그러짐을 염두에 두더라도 이러한 평면적이고 단순한 서사 구조는 일상성의 회복은 물론이고 나아가 민족의 정체성을 구축하는 데까지 크게 못 미치는 결과를 낳고 만 것이다. 『南海讚歌』의 서사세계를 정리하면 다음과 같다.

〈표1〉『南海讚歌』와 전쟁기 삶의 대응 방식

구성	주인공과 전쟁기 삶	전쟁기 삶의 의미와 양식	전쟁기 삶의 시간과 공간
序詩	선조	조국과 선조 찬미	우리 강산
본시1	이순신	조선의 황폐화 이순신의 탄생	과거—조선시대
본시2	왜군 선조	왜군의 침략 선조 피천	과거—조선시대 부산성 동래성
본시3	이순신	이순신의 출진	과거—조선시대 전라 좌수영
본시4	이순신	이순신의 대승전 —옥포·당포·한산·부산대승전	과거—조선시대 옥포·당포·한산·부산
본시5	원균 이순신	원균과 남·북인의 이순신 모함	과거—조선시대 서울
본시6	이순신	이순신 감옥에 갇힘	과거—조선시대 한산섬
본시7	이순신	이순신의 백의종군	과거—조선시대
본시8	이순신 원균	이순신의 조국충정 원균의 학정민폐	과거—조선시대 한산도
본시9	이순신	이순신의 복수삼도 수군통제사와 전비 전열	과거—조선시대 남강
본시10	이순신	이순신의 배륙의 진	명량해협 우수영 앞바다
본시11	이순신	이순신의 명량 대승전	과거—조선시대 명량 앞바다
본시12	면 이순신	이순신 아들 면의 죽음 이순신의 조국충정	과거—조선시대 고금도
본시13	진린	명원군 진린 횡포	과거—조선시대 고금도

구성	주인공과 전쟁기 삶	전쟁기 삶의 의미와 양식	전쟁기 삶의 시간과 공간
본시14	진린 이순신 왜군	진린의 배신 왜군의 노량 진입	과거—조선시대 노량 앞바다
본시15	이순신	이순신의 대의 충정	과거—조선시대 노량 앞바다
본시16	이순신	이순신의 노량 대승 이순신의 전사	과거—조선시대 노량 바다
본시17	이순신	영웅 이순신 추모	현재 남해 바다

제7장

전쟁기 장시와 현대 장시의 전망

1950년대 전쟁기 장시는 사회 역사적 상황에서 자유로울 수 없는 제약에서 출발한다. 한국전쟁은 민족내분이라는, 적 아닌 적과의 싸움이라는 모순을 처음부터 껴안고 시작되었다. 전쟁기 3년간의 참혹한 전쟁은 1950년대 한국사회의 상황이었고 또한 절대조건이었다. 전쟁은 일상을 비롯한 모든 삶의 질서를 무너뜨렸고, 당대 사람들은 그 폐허 위에서 절망하고 또 그 절망을 극복하고자 처음부터 애써야만 했다. 이러한 모순된 상황에서 전쟁기 장시는 전쟁으로 야기된 상흔들을 감각과 순간성을 존중하는 서정시로는 담기 어려웠던 장르 사회적 맥락에서, 그리고 전쟁으로 빚어진 사회의 혼란상들을 거침없는 긴 호흡으로 읽어낼 수밖에 없었던 역사적 혼란기라는 시대 상황의 맥락에서 창작된 문학 양식이다.

전쟁기 장시의 문학사적 자리는 전쟁기 단시, 그리고 전쟁기를 포함한 1950년대 장시와의 비교 대조를 통해서 비로소 고유한 그 자리가 마련될 것이다. 전쟁기 장시의 의의 도출을 위해서 작품과 당대 사회와의 관련성 문제, 형상화 방법, 주제들을 염두에 둔다.

우선 전쟁기 장시는 전쟁기 단시와 그 궤를 달리한다. 일상성마저 허락하지 않았던 전쟁기에 호흡이 긴 장시와 짧은 단시가 양립하였다. 그러나 전쟁기 장시와 전쟁기 단시는 두 가지 공통점을 지닌다. 장시와 단시가 모두 전쟁시의 양태를 취한다는 점과, 전쟁기라는 시기를 공통분모로 안고 있는 만큼 주제의 형상화 또한 비슷하다는 사실이 그것이다.

전쟁기 장시와 단시의 뚜렷한 차이는 길이라는 형식의 문제이다. 삶의 의미화 체계가 붕괴된 전쟁 상황에서 서사적이거나 극적인 요인의 도입을 통한 의식적인 질서화 노력이 시의 장형화에 기여했을 것이다. 또한 시의 장형화는 전쟁이라는 제재와 전쟁기라는 시대적 특성에 의해서 유발되기도 하였을 것이다. 전쟁기의 바람은 전쟁의 종식과 평화의 구가로 요약 가능하다. 이러한 간결한 바람을 효과적으로 드러내는 데는 장시보다는 아무래도 단시가 효과적이다. 그러나 격동기를 극복하려는 의지와 저력, 사회 역사적 삶에 뿌리를 둔 개인과 민족의 정체성 문제, 전쟁으로 일그러진 사회 역사적 삶을 총체적으로 파악하고 재고하려는 통찰력 등은 그 호흡에 걸맞는 적절한 길이를 요구하였을 것이다. 그러므로 전쟁기 장시는 단시에 비해 구체적으로 고민하고 응전해야 할 상황에서 채택할 수 있는 매우 유용한 시형식이라 할 만하다.

다음으로 전쟁기 장시는 분명 1950년대 장시의 한 자리를 차지한다. 그러나 전쟁기 장시는 이후 1950년대 장시와 주제의 형상화 측면에서 뚜렷한 차이를 보인다. 전쟁기 장시는 적극적이든 소극적이든 전쟁으로부터 자유로울 수 없다. 그러나 전쟁기 이후 장시들은 훨씬 주제가 자유로워졌다. 전쟁을 포함한 사회 역사적 문제에서부터 개인의 성정을 담은 서정성의 문제나 변화하는 사회나 그 의식의 흐름에 이르기까지 50년대 장시의 화두는 다양해지고 복잡해졌다.

무엇보다 1950년대 전쟁기에 장시를 선택한 시인들은 적극적인 저항과 소극적인 저항을 시도하고 있어 무엇보다 한국 시사의 뚜렷한 흐름을 형성한다. 특히 적극적인 저항의 경우 앞 시기의 의병문학과 광복전쟁기 작품과의 연관성을 상정할 수 있다. 나아가 이러한 1950년대 전쟁기 장시 연구는 50년대 시사에서 부진했던 장시 연구의 활성화와, 문단 주류적 시각에서 제외되었던 시인들을 문학사에서 새롭게 다룸으로써 문학사의 영역을 확대하는 계기를 마련하는데 그 의의가 놓인다.

그러나 전쟁기 장시는 이상의 의의에도 불구하고 한계점을 지닌다. 장시라는 특성을 전쟁기 장시가 최대화시키지 못했다는 점이 그것이다. 장시는 이야기적 요소로 인해 단시에 비해 깊이 있고 통찰력 있는 사회 역사적 성찰이 훨씬 더 가능하다. 그러나 전쟁기 장시를 시집으로 출간한 네 시인들 가운데 이러한 장시의 효용성을 제대로 이해한 시인은 이영순에 그친다. 전쟁기가 주는 암울함과 참담함, 그리고 정신적 물질적 황폐화는 분명 걸림돌이었을 것이다. 더군다나 민족간의 갈등이라는 한국전쟁 속에서 주체적이고 논리적인 사고 자체가 불가능했을 수도 있다. 그러나 시의 장형화가 꾀하는 효과, 곧 역사와 현실을 적극적으로 재창조하면서 다양한 성과를 거두는 데까지 충분히 나아가지 못한 점은 전쟁기가 주는 특수한 상황을 아무리 감안하더라도 아쉬움으로 남는다.

이러한 전쟁기 장시는 이후 사회 역사의 흐름과 함께 다양하게 변주되었다. 1960년대에는 김영삼의 『North Korea(1960), 『雅蘭의 불』(1963), 민재식의 『贖罪羊』(1960), 송욱의 『何如之鄕』(1961), 이추림의 『歷史에의 敵意』(1962), 김소민의 『世紀의 風雲』(1963), 이재금의 『不連續線』(1966), 신동엽의 『錦江』(1967), 김해성의 『榮山江』(1969)들이 창작되었고, 1970년대에는 김지하의 『五賊』(1970), 김봉룡의 『靈曲』(1973), 모윤숙의 『論介』(1974), 김소영의 『祖國』(1974), 김달진의 『큰 蓮꽃 한 송이 피기까지』(1974), 김영삼의 『大洞江이 아즐가』(1976), 김해성의 『稚岳山』(1977), 김구용의 『九曲』(1978), 정상구의 『잃어버린 靈歌』(1979), 김성영의 『白衣從軍』(1979)들이 지어 졌다. 특히 『민족문학대계』의 6, 12, 18권의 많은 시들이 이른바 '서사시'라는 이름으로 전략적으로 대거 창작된 점이 특기할 만하다. 1980년대에는 정상구의 『불타는 靈歌』(1980), 『새벽의 靈歌』(1982), 문충성의 『자청비』(1980), 신경림의 『남한강』(1981), 김구용의 『頌 百八』(1982), 김지하의 대설 『남』(1982), 장효준의 『敍事詩 全琫準』(1982), 김해성의 『榮山江』(1984), 문병란의 『동소산의 머슴새』(1984), 박용수의 『바람소리』(1984), 이추림의 『불의 弔辭』(1984), 김정환의 『회복기』(1985), 최두석의 『임진강』(1985), 정동주의 『논개』(1985), 신세훈의 『뿌리들의 하늘』(1985), 김영삼의 『아란의 戀歌』(1986), 양왕용의 『여름밤의 꿈』(1986), 박몽구의 『십자가의 꿈』(1986) 고은의 『백두산』(1987), 김태수의 『베트남 내가 두고 온 나라』(1987) 이기형의 『지리산』(1988), 랑승만의 『억새풀의 땅』(1988), 서근석의 『오천년 언덕에서 울었다』(1989), 김계덕의 『불의 한강』(1989)들이 있고, 1990년대에는 정공채의 『美8軍의 車』(1990), 이기철의 『시민일기』(1991), 김명식의 『한락산』(1992), 성권영의 『들판과 소』(1993), 고형렬의 『리틀보이』(1995), 배달순의 『성 김대건 신부』(1996), 정상구의 『하늘 길』(1996), 『조국의 통곡』(1999)들이 대표적이다. 최근에 와서 최형의 『다시 푸른 겨울』(2000), 김구용의 『九居』(2000), 박정선의 『독도는 말한다』(2001) 정도가 창작되고 있다.

분명 장시는 미시 서사이거나 거시 서사이거나 간에 짧은 길이의 단시보다 훨씬 더 인간 삶의 자리를 총체적으로 점검할 수 있는 형식이다. 내밀하게 코드화된 지극히 개인적인 삶의 양태에서부터 분열되려는 사회 체계를 끊임없이 통합시키려는 사회 역사적 삶의 양태에 이르기까지 두루 아우를 수 있는 의미화 체계 과정이기 때문이다. 그러므로 유용한 소통구조로서 삶의 이야기를 풀어나가는 적절한 시 형식인 장시는 하나의 문학적 가치이고 나아가 소중한 전망임에 틀림없다.

8장

마무리

이 글은 이영순, 김종문, 박거영, 김용호의 전쟁기 장시 작품들을 중심으로, 1950년대 전쟁기에 장시가 창작되었던 문학적 현실과, 전쟁기 장시의 성격과 원리의 도출을 통한 작품의 분석과 통합을 통해서 그 문학사적 자리를 마련하고자 하였다.

이러한 연구 목적을 위해 1950년대 전쟁기에 장시가 지속적으로 창작된 기반과 그 특징들을 살펴보았고, 전쟁기에 장시를 발표한 네 시인들인 이영순, 김종문, 박거영, 김용호들을 연구 대상으로 검토해 보았다. 1950년대 전쟁기 장시를 연구하는 것은 한국전쟁에 의해 배태된 사회의 모순과 그에 대한 문학적 응전 양태를 밝히는 작업이며, 나아가 분단이라는 현실 앞에 놓인 개인의 정체성과 민족의 정체성을 탐색하는 작업으로 의의를 가진다. 이 글에서 논의한 바를 요약하여 마무리로 삼는다.

1. 이 글은 1950년대 전쟁기 장시를 해명하기 전에 먼저 장시의 개념을 확정하는 일에서 출발하였다.

장시의 개념과 유형을 정리하면 다음과 같다.

먼저, 장시는 시인의 문학관과 서사정신의 반영으로 길이가 길어진 시이다. 그러므로 장시는 서술체 문학의 성격이 우세하다. 이 논문은 장시를 시 형식에 따른 명칭으로 본다. 행이 시의 길이를 결정짓는 단위가 되며 장시는 행의 수가 크게 늘어난 시형식이다. 장시에서 그 길이는 소재나 구성방식에 따라 자연스럽게 결정되기 때문에 시행의 구체적인 제한은 별 의미가 없다

연작장시 형태로 쓰여진 작품들 가운데 하나의 주제 아래 포괄될 수 있는 연작시를 장시의 개념 아래 두었다. 시인이 지닌 문학관을 '말하는 방법'으로서 다양성과 지속성이 시에서 연작이라는 형태를 이끌어 내었을 것이기 때문에 연작시를 장시에서 제외한 기존의 논의는 수정되어야 한다. 작은 제목을 단 개개의 작품들이 그야말로 완결된 독립성을 지닌다면 굳이 '연작'이라는 명칭을 달 필요가 없기 때문이다.

둘째, 메시지가 형식을 어떻게 유도하느냐에 따라 시간 질서에 의존하는 시간 형식의 장시와 공간 질서에 의존하는 공간 형식의 장시로 유형화한다. 시간 형식의 장시는 시간 질서에 유의함으로써 논리적이고 이성적인 서사 요건을 갖춘다. 장형화된 서술시와 두루 통용되는 서사시는 시간 형식의 장시 개념으로 분류 가능하다. 공간 형식의 장시는 뚜렷한 사건의 전개 과정 없이 이질적인 이미지들과 정서

들이 일관된 주제의식 아래 공간적으로 배열된다. 이때 공간 형식의 장시의 주요한 특징은 이질적인 이미지나 정서들이 공간을 달리하여 배열되는 방식을 취한다는 점이다. 이른바 모더니즘 계열 장시들이 이 범주에 포함된다.

장시는 서사적 요소는 물론이고 서정적 요소와 극적 요소를 모두 포괄하는 시형식으로, 서사적 장시와 극적 장시는 '시간 형식의 장시'로, 서정적 장시는 '공간 형식의 장시'로 분류 가능하다.

그리고 장시의 구성은 대부분 삽화적 구성(Episode plot)이다. 순차적인 시간과 공간의 질서에 따른 에피소드의 나열이든, 논리적이거나 이성적인 질서를 해체한 에피소드의 복합적 나열이든 문제되지 않는다.

셋째, 장시의 주제는 현학적인 호기심부터 구체적인 사회현실인식에 이르기까지 단시보다 훨씬 다양하고 복합적인 주제를 아우른다. 사회역사에 대한 인식과 그 기능을 다룰 때는 시간 형식의 장시 유형이 되며, 형이상학적 가치의 세계라든지 보편적이고도 특수한 가치를 다룰 때는 공간 형식의 장시일 경우가 많다.

다음으로 1950년대 장시의 특징과 창작 기반을 살펴 보았다. 장시는 1920년대에 등장하여 1930년대에 확산되고 1940년대에 전반 소멸하는 제1차 전개과정을 거친다. 다시 1945년을 기준으로 1940년대 후반에 재등장하고 1950년대에 와서 장시는 확산된다. 이렇듯 1950년대는 장시의 2차 확산기로서 현대 시사의 커다란 의미망을 획득한다. 그럼에도 1950년대 시사를 정리해 온 기존의 연구사는 편협했고 장시 영역을 두루 살피지 못했다. 그러므로 1950년대 장시들을 개관하는 일은 1950년대 전쟁기 장시의 성격을 규명하기 위한 작업이다.

2. 연구 대상은 이영순과 김종문, 박거영과 김용호의 장시들이다. 이 글은 전쟁기에 장시를 썼던 네 시인들의 작품들의 해석에서부터 전쟁기 장시의 의의를 도출해내고자 했다. 형식주의적 방법과 문학사회학적 방법을 주된 연구 방법으로 삼았다.

3. 3장에서는 '군인정신과 반전의식'의 맥락에서 이영순의 작품을 살펴 보았다. 『延禧高地』와 『地靈』 시집들을 중심으로, 시인이 지닌 군인의식을 중심으로 그의 전방 체험의 서사를 밝혔다. 그리고 한국전쟁과 애국의 논리에 바탕을 둔 작품들을 분석함으로써 시인이 지닌 현실 대응 방식을 규명하고자 하였다.

이영순의 장시들은 전쟁기의 체험을 그 누구보다도 리얼리티를 살려 서사화한 데 의의가 놓인다. 전쟁 체험을 바탕으로 기록과 증언 형식을 띤 점이 무엇보다 시의 리얼리티를 효과적으로 구가하였다. 구체적인 사건의 나열을 중심으로 시간 형식의 장시를 채택한 이영순은 한국전쟁 체험을 바탕으로 개인적이고도 사회적인 정체성을 동시에 묻고 있었다. 그러나 그의 작품은 관변성을 벗어나지 못하는 한계에 머물고 만다.

4. 4장에서는 '가면의식과 현실극복의지'의 틀에서 김종문의 작품

을 고찰하였다. 『불안한 土曜日』은 무엇보다 전쟁으로 인한 허무의식에 짙게 함몰되어 있었다. 생존과 죽음의 변증법은 지극히 관념적이기는 하나 허무의지에 사로잡힌 시인이 보여 준 현실 대응 방식이었다.

김종문의 장시는 탈현실적 공간과 실존 탐색을 통해서 인사이드 아웃사이더로서 의식을 드러내었다. 그러나 그의 작품은 공간 형식의 장시로서, 탈현실적 공간에서 역사의식의 무화라는 한계를 드러내는 아쉬움을 남긴다. 김종문은 종군작가단에 소속된 장군이었음에도 불구하고 생생한 전쟁체험을 구현하지 않았다. 오히려 전쟁기라는 상황을 객관화하려는 거리감이 시인을 실존주의로 쉽게 내 몬 결과를 낳은 셈이다.

5. 5장에서는 박거영 장시의 주제는 '피난민의식과 소외의 변주'로 집약된다. 『惡의 노래』 시집이 텍스트로 채택되었다. 우선 시인이 지닌 고향 상실감을 바탕으로 후방 체험의 서사를 밝혀내고 정체성 옹호와 실존의식의 내면화를 통해서 현실부정과 비판의식의 내면화를 서사 지향성으로 해명하였다. 이는 현실부정을 바탕으로 한 실존의식의 자각과 정체성 탐구로써 시인이 지닌 현실 대응 방식을 규명해 내고자 한 의도였다.

박거영은 탈현실적 공간과 유희정신으로 현실 대응 의식을 관념적으로 드러내었다. 그의 장시는 공간 형식의 장시로서, 구체적인 사건 중심의 서사보다는 이미지와 정서 중심으로 개인적·사회적 정체성을 묻고 있었다. '몽따쥬'기법으로 장시의 영역을 확대한 점은 박거영 장시의 의의이다. 그러나 그의 후방 체험이 문학적인 방황에 머물고 마는 것은 지나친 관념 강박증을 불러오는 한계를 노정한다.

6. 6장에서는 '변방의식과 인식론적 유토피아'의 맥락으로 김용호의 『南海讚歌』를 살펴보았다. 민족의식을 중심으로 시인의 서사 지향성을 밝혀내었고 현실과 역사인식에 따른 장시의 선택 문제를 중심으로 시인이 지닌 현실 대응 방식을 규명해내었다.

김용호의 장시는 시간 형식의 장시로, 과거지향적 공간과 유토피아 정신으로 현실 대응 의식을 구체적으로 드러냈다. 그러나 이순신이라는 영웅 담론을 선택한 시인의 의도는 전쟁기의 혼란상을 현실이 아닌 과거의 이상향에서 찾고자 한 의도여서 한계점으로 지적 가능한 대목이다. 역사와 현실의 연속성이 부재하는 데서 시인의 양가성이 드러났고, 이러한 양가성은 시인을 과거 영웅담론이라는 유토피아로 내몰아 상상적 동화로서 민족주의를 재단하게 하는 결과를 초래하였다고 본 것이다. 이러한 문학사적 방황은 그 시인의 후방 체험과 역사에 대한 치밀한 인식의 부족 탓이다.

7. 이상의 고찰을 바탕으로 1950년대 전쟁기 장시의 문학사적 의의와 한계를 규명하였다. 1950년대 전쟁기에 장시를 선택한 시인들은 결국 전쟁을 바라보는 태도 해명에 주안점을 두었다. 전쟁기 시인들의 체험 형태는 전방 체험과 후방 체험으로 나뉘고, 구체적인 역사적 시간에의 관심 여부가 그들의 전쟁기 장시 성격을 결정하였다.

이러한 1950년대 전쟁기 장시 연구는 50년대 시사에서 부진했던 장시 연구의 활성화와, 문단 주류적 시각에서 제외되었던 시인들을 문학사에서 새롭게 다룸으로써 문학사의 영역을 확대하는 계기를 마련하고자 한 데 의의를 둔다. 아울러 시의 저변 확대라는 갈래의 복합적인 성격 규명도 한 부분이다.

그러나 전쟁기 장시는 단시와는 달리 보다 깊이 있고 통찰력 있는 사회 역사적 성찰이 가능한 데도 그 효용성을 제대로 살리지 못한 아쉬움을 남긴다. 시의 장형화가 꾀하는 효과, 곧 역사와 현실을 적극적으로 재창조함으로써 삶을 구체적으로 보는 시각의 확보까지 전쟁기 장시는 나아가지 못했다. 사회 역사적 현실을 구가하는 목소리도 단시보다 장시가 훨씬 유리함에도 불구하고 전쟁기 단시보다 오히려 약하다. 이러한 한계는 전쟁기가 주는 특수한 상황을 감안하더라도 아쉬움으로 남는다. 그러나 전쟁의 상황을 직간접적으로 서사화한 1950년대 전쟁기 장시는 나라 잃은 시기 장시와 그 뒷시기 장시의 맥을 이어 주는 디딤돌 역할을 하는 중요한 문학사적 궤적임에는 틀림없다.

제2부

1950년대 전쟁기 시의 다른 얼굴

제1장

1950년대 전쟁기 시의 저항의식

—함석헌의 『水平線 너머』를 대상으로

1. 들머리

함석헌[1]은 '전문적인' 시인은 아니다. 오히려 그는 우리나라의 독립운동과 민주화, 그리고 인권운동에 공헌한 문필가이자 시민운동가, 종교 사상가이다. 그러나 1950년대 전쟁기를 시로써 재단한 한 시인으로 봐도 손색이 없다. 1953년에 펴낸 시집 『水平線 너머』가

1) 함석헌은 1901년에 나서 1989년에 돌아갔다. 문필가이기도 하고 종교인이기도 하다. 토오쿄오 고등사범을 졸업했다(1928). 광복 전, 오산고보 교원을 지냈다. 광복 후 월남하여 종교, 사상, 저술 방면에 활약하면서 한때 중앙신학교 강사로 활동했다. 미국무성 초청으로 미국으로 건너갔으며(1962), 1971년에는 2차 해외 여행을 떠났다. 기독교 장로교의 집안에서 성장했지만, 일본 유학 당시 우치무라(內村鑑三)의 성서연구회에 가담, 그 문하에서 3년간 수업을 받았고, 그후 무교회주의 종교인으로서 부조리한 정치와 사상들에 신랄한 비평을 가했다. 잡지 『씨올의 소리』를 1970년 6월부터 1989년 돌아갈 때까지 주재했다. 저서에 시집으로 『水平線 너머』(삼협문화사, 1953/일우사, 1961/생각사, 1980) 『기러기』(대전성서연구회, 1953), 『씨알의 노래 : 咸錫憲 詩選』(사상사, 1971), 에세이집 · 논설집으로 『聖書的 立場에서 본 朝鮮歷史』(성광문화사, 1950/성광문화사, 1954/신생관, 1961), 『뜻으로 본 韓國歷史』(삼중당, 1950/연구사, 1959/일우사, 1962/숭의사, 1963/일우사, 1966/삼중당, 1966/삼중당, 1972/제일출판사, 1975/제일출판사, 1979), 『말씀』(성좌사, 1956), 『말씀, 1』(성좌사,

전쟁기 삶과 그 삶을 넘어 당대 현실의 전망에 전적으로 바쳐져 있기 때문이다. 아래 인용문 『수평선 너머』 머릿글에서 보이듯이 일찌감치 함석헌은 시의 형식을 삶을 이해하고 해석하는 한 태도로 간파하고 있었다.

> 그 내가 敢히 詩를 쓰다니, 몰려서 된 일이지 自信 있어 한것이 아니다. 苦難의 歷史를 조금 내다보는 눈에, 解放이 하늘에서 떨어져 왔다기로, 일이 그저 되지 않는 줄을 아니, 덮어놓고 날뛰는 感激은 아니 왔다 하더라도, 그래도 기뻤고 企待가 있었는데, 사람들의 생각 우리 맘 같지 않아, 밝던 날 도로 점점 어두워 가니 맘이 아니 傷할 수 없었다. 게다가 所謂 新義州 學生事件이 일어나, 政權에 미친 놈들 單純한 젊은 가슴의 義憤에 銃칼로써 對答하고, 그怨通한 피 모두 내 머리에 돌려, 나를 잡아 獄속에 던지니, 解放의 소식을 밭고랑에서 거름 통 멘 채 들으며 「오, 그 날이 오기는 왔나부다.」하고 들을 뿐이리만큼 鈍感한 내 가슴에서도 울음 밖에 나올 것이 없었다. 그때 눈물 사이 사이에 나오는 생각을 看守兵의 눈을 피해 가며 不自由한 紙筆로 적자니 不得已 詩歌의 形을 取하게 되었다. 이것이 난 후 처음 詩란 것을 쓴 것이다. 五十日 갇혀 있는 동안, 나오려니 생각은 하지도 않으면서, 짬짬이 面會온 친구에게 주어 보낸 것

1955), 『말씀, 4』(1956), 『말씀, 5』(성좌사, 1957), 『말씀, 6』(성좌사, 1957), 『咸錫憲 先生의 편지』(해군병상군인기술교회소, 1954), 『한국역사』(신생관, 1959), 『한국역사』(신생관, 1959), 『새 時代의 展望』(백죽문학사, 1959/백죽문학사, 1962/서광사, 1964), 『人間革命』(일우사, 1961/제일출판사, 1979), 『韓國革命의 方向』(중앙공론사, 1961) 『永遠히 찾는 者의 소리』(문학사, 1962/문학사, 1964), 『生活哲學』(일우사, 1962/ 서광사, 1966), 『죽을 때까지 이 걸음으로』(삼중당, 1963/삼중당 1964/삼중당, 1978), 『歷史와 民族』(제일출판사, 1964/제일출판사, 1973), 『씨알은 외롭지 않다』(휘문출판사, 1972), 『새벽을 기다리는 마음』(동광출판사, 1979), 『생각하는 백성이라야 오래 산다』(생각사, 1979), 『바보새』(동광출판사, 1982) 들이 있다. 문덕수 엮음, 『세계문예대사전』(성문각, 1975), 2288쪽/함석헌기념사업회 자료실 자료 참조.

이 모이니 三百餘首여서, 나온 후 그 것을 한데 엮어 『쉰날』이라 이름했었는데 그것은 一九四七年 봄 三八線을 넘을 때 거의 다 잃어 버렸다(1953, 1~2쪽).[2]

"五十日 갇혀 있는 동안"은 1945년 11월 23일 신의주학생사건 때 그 사건의 배후자로 체포되어 옥고를 치르던 때이다. 용암포 군 위원장으로 있던 이용흡의 횡포에 대항한 용암포 사건이 도화선이 되어 반소·반공의거인 신의주학생사건으로 확산되었던 것이다. 그 당시 함석헌은 신의주 교육담당으로 있었다. 이미 해방 전에 그 자신이 스스로 "인생대학"이라 불렀던 감옥생활을 다섯 번이나 경험했던 터라 소련군 사령부에 체포되어 오십 일간 구금되었던 경험은 오히려 그에게 보다 구체적인 역사적 차원에로 이끈 계기가 된 셈이다.

오십 일 동안 갇혀 있으면서 쓴 작품 수가 삼백여 편인 것은 예사롭지 않다. 함석헌은 해방의 기쁨은 온데간데없고 "울음밖에 나올 것이 없었"던 상황에서 "눈물 사이 사이에 나오는 생각을 看守兵의 눈을 피해 가며 不自由한 紙筆로 적자니 不得已 詩歌의 形을 取하게 되었다"고 회고하고 있다. "난 후 처음 詩란 것을" 썼다고 했는데, 하루에 여섯 편 정도의 창작은 전문적인 시인도 결코 쉬운 일이 아니다. 그러므로 그가 택한 울분의 시는 "不自由한 紙筆로 적자니 不得已 詩歌의 形을 取"한 것이라기보다는 역사의 질곡 속에서 선택할 수밖에 없었던 운명의 형식이었던 셈이다.

2) 『水平線 너머』는 1953년, 1961년 1980년에 걸쳐 세 번 나왔다. 이후 시집 표기는 연도와 쪽수로 밝힐 것이다.

『쉰날』이라 이름한 삼백여 편의 작품을 월남하면서 잃어버린 안타까움은 곧이어 나온 『水平線 너머』에서 위로받는다. 이 글은 시인보다는 사상가요, 종교인으로 널리 알려진 함석헌의 시집 『水平線 너머』를 중심으로, 1950년대 전쟁기 한 지성인의 문학적 삶보다는 삶의 문학적 궤적을 따라가고자 한다. 그래서 『水平線 너머』의 미학적인 특징들의 규명보다는 오히려 전쟁기 삶과 그 삶의 전망들을 살피는 데 역점을 두었다. 문학 사회학적 함의로서 『水平線 너머』를 살피고자 한 것이다. 이러한 작업들을 통해 1950년대 전쟁기 장시의 한 유형을 더하는 시사적 의의를 꾀할 수 있을 것이다.

2. 역사적 좌표의 서사적 형상화

두루 알려진 대로 함석헌은 험난한 민족사 속에서 지성과 양심을 곧게 지키며 깊고 독창적인 사상을 널리 전파한 민족의 큰 사상가이다. 이러한 그의 정신적 기반은 다름 아닌 오산학교였다.

함석헌은 1916년에 관립 평양고등보통학교에 입학하지만, 1921년 함석규 목사의 권유로 오산학교 3학년에 편입한다. 평양고보 재학시절 일본인 교사들에게 하댓말과 욕지거리 등 차별대우를 받던 함석헌은 3·1운동 참가 후 학교를 그만두고 오산학교에 편입하였던 것이다. 이때, 면담을 하던 교장서리 김이열이 존댓말로 학생을 대하는 데 감격하여 "거적 깔린 교실 바닥에서 책상도 없이 공부하고 있는 오산학교야말로 학생을 사람답게 키우는 곳이구나"하고 입학을 결심하였다 한다.

오산학교가 터를 잡았던 관서 지방은 오랫동안 지역적 차별 대우에 시달려 온 서북민들이 사는 곳으로, 구한말에는 청일전쟁 중에 피해가 그 어느 곳보다 많았던 지역이기도 하다. 또한 우리 민족의 대륙 진출을 위한 발판으로서 선진문화가 한반도로 들어오는 통로이기도 하고, 서구 근대 문명과 기독 문화가 어느 지방보다도 먼저 들어와 있던 곳이기도 하다. 이 같은 시대의 조류를 바로 깨달아 독립의 여건을 마련하기 위해서는 국민의 힘을 시급히 길러야 하고, 이를 위해서는 새로운 교육이 필요하다고 생각한 도산 안창호와 남강 이승훈의 만남으로 오산학교는 평안북도 정주군 갈산면 익성동에 세워졌다. 이러한 애국계몽운동의 중심체이자 항일 역사를 굳건히 세운 오산학교의 정신은 사상가 함석헌의 민족주의와 민주주의의 심오한 뿌리인 셈이다.

오산학교는 역경에 처할수록 힘을 내는 학교로 알려져 있다. 오산학교는 학교 설립자인 이승훈이 신흥 무관학교 사건, 105인 사건, 3·1운동으로 인해 한 번의 유배와 세 번의 옥살이로 전후 9년의 옥고를 겪는 아픔에도 굴하지 않고, 1919년 3월의 강제 폐교와 두 번의 화재에도 좌절하지 않고 다시 일어난 은근과 끈기의 상징적 학교라 할 수 있다. 교사진은 1918년 무오독립 선언의 주인공이며 민족을 위하여 온몸을 불사른 정열적인 민족애의 소유자 시당 여준, 과학적 두뇌의 소유자이며 씨알사상과 독실한 기독 신앙심을 퍼뜨리고 사상가 함석헌을 길러낸 다석 유영모, 교가, 창립기념가, 졸업식가, 동문회가, 오산경가(五山景歌) 등을 짓고 초창기의 학교 교무 행정의 체계를 세운 춘원 이광수, 대한매일신보의 주필이자 민족 사학자 인 단재 신채호, 소설가 염상섭 등으로 이루어져 있었다. 이들은 용솟음치는 온갖 정성을 쏟아 학생들을 가르쳐 민족의 힘을 키우는 구국 인재를 양성하는 데 진력하였다.[3)]

이후 1923년 오산학교를 졸업한 함석헌은 동경고등사범학교 문과 일부에 입학한 후 김교신, 송두용, 정상훈, 양인성, 류석동과 함께 개신교 신학자인 우치무라 간조(內村鑑三, 1861~1930)의 제자가 되어 무교회주의에 동참한다.[4)] 그들은 우치무라 간조에게 직접 성경과 신앙을 배우고 귀국해 『성서조선』이라는 월간 신앙잡지를 함께 발간한 후 1925년 '조선성서연구회'를 결성한다.

---

3) 나라와 겨레를 위해 일생을 바친 창립기 오산의 졸업생으로는 3·1운동 때 48인 중의 한 사람으로 활약한 독립 운동가 김도태(1회)와 김지환(2회), 도쿄 2·8 독립 선언의 주역인 언론인 서춘(3회), 독립운동에 일생을 바치고 독립 선언서를 영어로 옮겨 세계에 알린 신우철(4회), 천재 시인 소월을 기른 단역문학의 비조 안서 김억(4회), 초창기 서양 의학계의 태두로서 백병원을 설립한 백인제(6회), 신사 참배에 대한 항거에 앞장서 순교한 한국 기독교의 양심 주기철(7회), 남강 사후 오산의 기둥이자 재건 오산의 주역 동광 주기용(7회), 독립운동가로서 한국 의용군 사령관, 군인으로서 육사 교장, 정치인으로서 신민당 당수를 역임한 김홍일(9회), 한국 기독교의 기둥으로서 영락교회를 창설한 한경직(10회), 조선일보 주필과 회장을 역임하고 등산을 스포츠화한 언론인 홍종인(11회), 우리 나라의 대표적 시인인 소월 김정식(12회), 현대의 대표적 사상가이자 민주, 민권 운동의 대표적 양심 함석헌(13회), 토속 서정 시인 백석(18회) 등이 있다.
이어 오산의 예술로 승화시킨 '소'의 화가 이중섭(25회), 일제 학도병에서 탈출하여 광복군 제3지대 공작 책임자로 일본군 점령 지역에 잠입 활동하다가 체포되어 일본 법정에서 일본어의 사용을 끝까지 거부하며 순국한 한성수(28회), 학도병을 탈출하여 조선 의용군과 광복군, 황포군관학교를 거쳐 국군 기병대 대장으로서 6·25 전쟁에 참전 중부전선에서 산화한 일명 장철부로 알려진 김병원(30회), 1944년 졸업 이후 일본어를 단 한마디도 사용하지 않고, 중국으로 망명하여 최연소 광복군으로 활약하다가 광복 이후 육군대학 총장을 역임한 현 광복군 동지회 회장 김영일(33회) 등의 졸업생이 오산 정신을 빛냈다.
4) 우치무라 간조는 "기독교는 종교가 아니다"고 말한다. 일반 종교에서는 사람쪽에서 신(神)을 탐구하지만 기독교에서는 하나님쪽에서 사람을 찾는다. 그러므로 이것은 종교가 아니라 계시요 복음이라고 우치무라는 말한다. 그는 생존시 '무교회주의자'로 불리며 따돌림을 받거나 지탄의 대상이 됐다. 우치무라의 무교회주의는 당시 군국주의 권력에 머리를 숙이는 일본 교회와 세속화 경향을 보이는 서구 기독교의 회개를 촉구한 데서 비롯됐다. 천황에게 머리를 숙이는 것은 우상숭배라며 단호히 거부한 그의 생애는 바로 복음의 순수성을 지키려는 몸부림이었다.
김유곤 옮김, 『우치무라 간조 전집』 1~10권(크리스찬서적, 2001) 참조.

함석헌은 일본에 유학한 뒤 귀국하여 1928년 오산학교에서 역사와 수신을 가르쳤다. 일제의 황국신민화교육이 기세를 떨친 시기에도 오산의 민족 교육은 전통의 맥을 잇고 있었다. 일생 동안 한복만을 입고 조선어 사랑을 학생들에게 심어 준 철저한 민족주의자 이탁과 이근칠, 남강을 새롭게 인식시킨 전기 『남강 이승훈』을 저술한 김기석, 대향 이중섭을 키운 미술 교사 임용련 등과 함께, 중일전쟁의 와중에서 역사의 전환과 광복의 여명을 예언적으로 가르치고 성자다운 몸가짐과 곧은 지조로 함석헌은 학생들의 존경을 한몸에 받았다. 1936년에 함석헌이 일본사 대신 조선사를 수업한 일은 유명한 일화이다. 그들이야말로 오산학교를 일제가 말하는 불령선인(不逞鮮人)의 집단, 즉 겨레 사랑에 헌신하는 민족 학교로 만든 것이다. 이후 1939년에 그는 오산학교를 사직한다.

오산학교 교사를 거쳐 월남하기 전 그의 삶이 종교적 신앙적 차원에 깊이 연루되어 있었던 데 반해, 1947년 2월 26일 월남 후 그의 삶은 보다 정치적이고 현실·역사적 차원으로 수렴되었다. 끝까지 무교회주의 정신에 입각해 신앙을 지킨 김교신, 송두용과는 달리 함석헌은 역사의 늪지대에 기꺼이 몸을 내맡기며 구체적인 현실에로 시선을 준다. 이렇듯 민족 고난의 현장에 동참하는 과정을 통해 민중에 대한 보다 철저한 이해와 무교회 신앙을 서서히 벗어나 신앙의 실천적 이해를 넓히는 전환기에, 실패와 좌절의 연속 속에서 고난을 경험하는 시기에 『水平線 너머』가 빛을 보게 된 것이다. 이후 그의 신앙적 실천은 '씨올의 소리'로 구현되면서 이 땅의 민주화와 민족주의를 구체화시킨다.

시인보다는 "싸우는 평화주의자"[5]라는 이름이 더 친숙한 함석헌이지만, 그를 두고 "직관적인 시인"[6]이라 칭한 것은 『水平線 너머』를 염두에 둔 예찬이 아닐 수 없다. 1950년대 전쟁기 장시의 목록에 추가할 수 있는 『水平線 너머』는 세 번에 걸쳐 나왔다.

첫번째 『水平線 너머』는 1953년 3월 18일 부산 삼협문화사에 나왔다. 491면으로 값은 250환이다. 글쓴이의 머리말을 시작으로 1부 〈맘〉에는 「맘」을 비롯하여 「영원한 찰나」 「별과 꽃」 「산」 「영원의 使者」 「싸우는 生」 「그대는 웃으려나」 「살림」 「아름다운 돌」 「나는 바다의 아들」 「그대는 한 송이 꽃」 「그대」 「내 사랑아」 「人生은 갈대」 「絶壁의 장미」 「일이 없더라」 「둘국에 부치는 노래」 「길가 꽃」 「나도 人生이야」 「애원」 「벗이여 나를 보셔」 「가을 비」 「썩어지는 큰 나무」 등 23편이 실려 있고, 2부 〈水平線너머〉에는 「豫感」을 비롯하여 「님이오신다」 「그대는 골방을 가졌는가」 「얼굴」 「眞理」 「잔고기한쌍」 「水平線너머」 「임의가신길」 「도라가자」 「未完成」 「일허진樂園」 「그대는 나의方舟」 「부러진 빨간연필」 「내집은 좁아요」 「삶, 죽음」 「생선」 「샘터」 「불이붙어지이다」 「人生아」 등 20편이 담겨져 있으며, 3부 〈기러기〉에는 「기러기」를 비롯하여 「새날」 「뉘우침」 「가을하늘」 「할미꽃」 「돈」 「길가에가는學生을보고」 「함박꽃」 「南岡」 「들국」 「잃어진진주」 「도라가신 金教臣兄집을 찾고」 「내낮」 「그사람을가졌는가」 「이 肺病쟁이들아」 「대접」 「참배꽃」 「錦沙夢」 「결혼에비는말씀」 「참」 「산에올라」 등 21편이 실려 있고, 4부 〈장작불〉에는 「장작불」을

5) 전대열, 『싸우는 평화주의자』(동광출판사, 1982)의 책 이름.
6) 안병욱 교수는 그를 평하여 직관적인 시인, 민족혼에 뿌리박은 역사가, 그리고 종교인, 야인(野人)이라고 하였다. 안병욱, 강연 〈사상적 측면에서 본 함석헌〉, 1971. 12. 2.

비롯하여 「帝釋山엣기도터에서」 「임께바처지이다」 「내마음 다팔었고나」 「새는날」 「主를위해미치자」 「임이여 나는 적은 둥불이외다」 「빛으로 타자」 「손」 「宣傳」 「흩어지자」 「빈무덤」 「금가마귀」 「영원의 뱃길」 「내마음이급해」 「내맘에 오시는 임」 「구하라 찾으라 문을 두다리라」 「羊·山羊」 「지독한 아버지」 「원수」 「힌손」 등 21편이 실려 있다. 모두 85편을 싣고 있다. 「詩·信」이라는 제목으로 후기가 덧붙여져 있다.

두 번째 판 『水平線 너머』는 1961년 12월 10일에 서울 일우사에서 나왔다. 4·6판 고급 양장본으로 꾸며졌다. 첫번째 판이 1단으로 구성되어 있는 데 반해 두 번째 판은 2단으로 짜여져 있고, 255면이다. 값은 1500환이다. 지은이의 머리말과 발문을 포함하여 5부로 이루어져 있다. 첫번째 판에 비해 한 부가 더해진 셈이다. 1부 〈맘〉에는 「맘」을 비롯하여 21편이 실려 있는데, 첫번째 판의 「별과 꽃」 「絶壁의 장미」 「임이 없더라」 「가을 비」가 삭제되어 있고 「마음에 부치는 노래」 「나는 빈들에 외치는 소리」가 새로 지어졌다. 그리고 「영원한 찰나」가 「영원의 刹那」로, 「영원의 使者」가 「영원의 심부름꾼」으로 제목이 바뀌었다. 「그대는 웃으려나」와 「아름다운 돌」 사이에 놓였던 「살림」이 「人生은 갈대」와 「마음에 부치는 노래」 사이로 자리를 옮겼다. 『水平線 너머』에서 소제목이 내용상의 서사구조를 보다 구체화하는 연작 장시임을 감안하면 소제목의 변동이 내용상의 변화를 이끌고 있음을 눈치챌 수 있다. 이러한 사정은 이어지는 시편들에서도 마찬가지다.

2부 〈수평선 너머〉에는 「豫感」을 비롯하여 23편이 실려 있다. 「두

꺼비」「戀主臺」「으뜸」이 새로 지어져 보태져 있다. 첫번째 판의「임의가신길」과「임이그리워」가「님의 가신 길」「님이 그리워」로 표기법이 바뀌어 있고,「도라가자」가「돌아가자」로,「일허진樂園」이「잃어진 樂園」으로 표기법이 바뀌어져 있다. 표기법의 변화를 살펴볼 수 있는 대목이다.

3부 〈기러기〉에는「기러기」를 비롯하여 22편의 작품이 모아져 있다.「님 찾아가는 길」「참외를 사는 계집」「참배꽃」「초막의 낙엽」「바빌론 낙엽」이 새로 지어졌다. 첫번째 판의「한박꽃」이「한밝꽃」으로,「도라가신 金敎臣兄집을 찾고」가「돌아간 金敎臣형 집을 찾고」로 바뀌었으며,「錦沙夢」은「錦沙吟」으로 제목이 달라졌다. 그리고 첫번째 판의「가을하늘」「길가에가는學生을보고」들이 두 번째 판에는 보이지 않는다.

4부 〈장작불〉은「떠남」「장작불」을 비롯하여 24편으로 이루어져 있다. 첫 번째 판에서 제5부가 첨가되면서 제일 심한 변동을 보인 것이 4부 〈장작불〉이다.「떠남」「하나님」「하나님을 믿으니 또 나를 믿으라」「주님 찾아」「영원 님」「먼 눈」「걸림」「나라」「붉은 산」「산과 물」「梨花一枝帶春雨」「별과 꽃」「가을」「들국이 그리워」「이삭 줌」「다시 감옥에 들어가서」「거지」「길 잃은 기러기」「失望」「도끼」「울뚜목 가는 길」「자라서」「大宣言」들이 새로 씌어졌다. 첫번째 판과 비교했을 때 4부는「장작불」한 편을 빼고 거의 전부 새로 구성되어 있다. 첫번째 판의 대부분의 작품들은 5부 〈에밀레〉로 돌려졌다.

5부 〈에밀레〉는「내 맘」을 비롯한 22편을 싣고 있다. 새로 씌어진 작품은「내 맘」과「에밀레」이고, 첫번째 판 3부 〈기러기〉에 있던「結

婚에 비는 말씀」이 5부로 옮겨졌고, 4부에 있던 「帝釋山 옛 기도터에서」 「님께 바쳐지이다」 「님을 위해 미치자」 「님이여 나는 작은 등불이외다」 「내 마음 다 팔았고나」 「새는 날」 「손」 「宣戰」 「흩어지자」 「빈 무덤」 「금가마귀」 「영원의 뱃길」 「내 마음에 오시는 님」 「구하라 찾으라 문을 두다리라」 「겨울의 말씀」 「羊·山羊」 「지독한 아버지」 「원수」 「흰 손」 들이 5부 〈에밀레〉의 내용을 이루고 있다. 두 번째 나온 『水平線 너머』는 모두 112편의 작품들을 담고 있다.

세 번째 판 『水平線 너머』는 1980년 8월 15일 서울 생각사에서 나왔다. 250면으로 값은 2000원이다. 판본에는 "1961년 12월 10일 初版發行"으로 되어 있고 "1980년 8월 15일 再版發行"으로 되어 있다. 두 번째 나온 『水平線 너머』의 재판이라는 기록에서 짐작하듯이 세 번째 나온 『水平線 너머』는 두 번째 판과 내용이 거의 다를 바 없다. 다만, 4부 〈장작불〉의 「다시 감옥에 들어가서」가 삭제되어 있을 뿐이다.

三八線을 넘은 때 내 맘도 分明 한線을 넘었고, 와서는 한편 스승님을 모시고 저윽히 생각을 파 가는 동안에 어둔 맘에도 얼마쯤 뚫린 것이 있었다. 세상은 저 갈 대로 가는 동안 나는 歷史를 고쳐 바라고, 人生을 고쳐 씹고, 聖經을 고쳐 읽게 되었다.

그리하여 이날껏 天地사이에 俯仰하면서 風波사이에 浮沈하면서, 너나사이에 주고 받으면서, 맘은 끝없는 것을 그리고, 몸은 苟且한 生의 보따리를 지고, 산에, 물에, 下水道에, 轉轉하는동안 世上 형편, 敎會 모양, 또 내 꼬락서니를 들여다보며 때로 느껴진 것을 적은 것이 지금 내놓는 이 글이다.

本來 나 홀로나 하는 소리요, 小數의 흠 없는 벗에나 알려 주잔 것이지, 公開하잔 생각이 아니었다. 그 一部分 部分이 年前 開城에서 「영원의 젊은이」라 하여, 公州에서 「장작불」이라 하여, 大田에서 「기러기」라 하여 프린트로 나왔던 일이 있고 또 高永春兄이 濟州에 避難해 있는 동안에 이것을 親故間에 나눠주겠다하여 刊行을 시작하다 만 일이 있었을 뿐이다. 이것은 내 병신 자식이다. 이제 이것을 세상에 내보내게 되니 부끄럽고 슬픈 맘이 많다.

〔…중략…〕

詩라 할 터면 하고 말 터면 말고, 그것은 내게 問題가 아니다. 나는 내 맘에다 칼질을 했을 뿐이다. 그것을 임 앞에다 바칠 뿐이다.

—「머릿말」, 1~3쪽(1953)

후기에서 함석헌은 "시는 (하나님의) 아들이요, 아들은 시다. 사랑에서 시가 나오고, 시에서 사랑을 안다. 시 없는 생활은 참참한 들판이 아니냐?"라고 말하고 있다. 이러한 그의 시관은 시가 곧 사랑의 구현이라는 시정신에 다름 아니다. 『水平線 너머』 대부분이 종교를 통한 사회 교화에 목적을 둔 작품인 듯하지만, 무엇보다 사랑이 그 출발점임은 시집 후기에서뿐만 아니라 그의 『水平線 너머』 전편들에서 충분히 확인할 수 있는 바다.

1) 〈맘〉 : 분노와 눈물의 고통스런 화해

『水平線 너머』는 장시집이다. 시에서 형식의 문제는 시인의 시정신과 직결된다. 사물의 순간적 파악이나 시인 자신의 순간적 사상이나 감정을 표현한 서정시는 원천적으로 그 길이가 짧을 수밖에 없다. 서정시란 연속적이고 역사적인 또는 서사적인 시간에 항상 관심이 적은 것이 그 본질이기 때문이다. 이와는 대조적으로 장시는 역사적인 시간이나 서사적인 시간에 매우 많은 관심을 보인다. 인물과 사건을 재현하는 모방적 양식인 이야기를 채택하기도 하고, 화자나 대상, 곧 사건 사이의 거리 확립이라는 객관성을 그 본질로 지니기도 한다. 그러므로 장시는 정서나 감정의 순간 파악이라는 짧은 서정시에 비해 훨씬 더 사회 역사적 현실에 근접하는 형식이 되는 것이다. 산문정신 또는 서사정신은 인물과 사건을 이야기하려는 정신이고, 이러한 서사정신이 시에 수용되는 경우는 역사적 상황에 따른 인간 성격의 표출이다.[7] 그러므로 이러한 서사정신 또는 산문정신은 현실참여정신의 다른 말이다. 산문정신의 강화 현상이 빚어낸 장시는 무엇보다 변화를 수반하는 1950년대 시사의 뚜렷한 한 흐름으로 주목할 만한 시형식이다.

함석헌의 『水平線 너머』의 경우 장시의 분석틀을 염두에 두면 현실 대응 방식은 전쟁기라는 역사적 공간이고, 메시지가 형식성을 끌고 가는 방식은 공간 형식의 장시이다.[8]

'긴' 시를 고찰하는 데 가장 큰 문제점은 작품 현실과 기존 이론의

7) 김윤식, 『한국근대문학양식논고』(아세아문화사, 1978), 59쪽.

갈등이다. 그러므로 기존의 지배담론에 좌우되기보다, 문학사적 사실을 세심하게 검토하는 작업이 무엇보다 요구된다. 나아가 실제비평의 폐쇄성을 뛰어넘는 시도 또한 요구된다.

장시는 장시를 시의 길이를 문제삼았을 때 단시에 대응하는 시로서, 시형식에 따른 명칭이 된다. 시의 길이는 행을 단위로 하며 장시는 행의 수가 크게 늘어난 시형식을 가리킨다.[9] 장시는 곧 시인의 문학관과 서사정신의 반영으로 길이가 길어진 시이다. 시인의 서사정신이 당대 사회 역사적 현실과 밀접한 관련을 맺고 있음은 물론이다. 그러므로 장시는 서술체 문학의 성격이 우세하다.

그리고 연작장시 형태로 쓰여진 작품들 가운데 하나의 주제 아래 포괄될 수 있는 연작시를 장시의 개념 아래 둘 수 있다. 이제까지 연작시가 장시의 범주 안에 포함될 수 없었던 이유는, 이를 구성하는 개개의 작품이 그 나름의 완결성과 독립성을 지니고 있어서 총체를 이루는 부분으로서의 기능을 제대로 발휘하지 못했다고 본 데서 비

8) 이는 장시의 개념과 유형, 구성과 주제라는 네 측면에서 장시의 틀거리를 살핀 글에서 장시의 유형에 해당한다.
시인이 메시지를 끌고 나가는 방법에 따라 시간적 형식과 공간적 형식의 장시로 나눌 수 있다. 시간 형식의 장시는 시간 질서에 유의함으로써 인물, 사건, 배경이라는 비교적 틀이 잡힌 서사적 요건을 갖춘다. 시간 형식의 장시가 소설만큼의 정교한 플롯 구성은 아니더라도 구체적인 정황의 전개 방식을 구비하는 것이다. 여기서 서사시와 장형화된 서술시의 문제는 해결된다. 한편, 공간 형식의 장시는 뚜렷한 사건의 전개 과정 없이 이질적인 이미지들과 정서들이 일관된 주제의식 아래 공간적으로 배열된다. 이때 공간 형식의 장시가 지니는 주요한 특징은 구체적인 사건의 전개과정이나 결과는 숨고 이질적인 이미지나 정서들이 공간을 달리하여 배열되는 방식을 취한다는 점이다. 이러한 이질적인 이미지들과 정서들은 시인의 이념을 형상화시키는 데 기여하여야 한다. 이른바 모더니즘 계열 장시들이 이 범주에 포함될 수 있다. 문선영, 「1950년대 전쟁기 장시 연구」(부산대학교 대학원 박사학위 논문, 2002년 8월), 7~18쪽.

9) 시의 장형화는 무엇보다 전체적으로 시의 길이가 길어졌다는 것을 뜻한다. 따라서 장시의 조건으로 길이를 우선시한다. 여기서 길이는 단순히 길다라는 의미가 아니라 주제의 구상화를 뜻하는 것이며 역사적 성격을 띤 인간과 시간상의 '동위수(同位數)의 설정'을 뜻한다는 견해는 장시의 개념을 해명하는 데 아주 유용하다. 신봉승, 「長詩와 散文情神의 溶解」, 『현대문학』, 1963년 3월호 299쪽.

롯된다.[10] 그러나 연작시는 하나의 큰 주제 아래 작은 주제들이 모이는 시들의 모임인 경우가 대부분이므로, 각 작은 제목 아래 작품들이 그 나름의 독립성을 지니고 있더라도 큰 주제와의 연관성을 무시하기는 힘들다. 만약 작은 제목을 단 개개의 작품들이 그야말로 완결된 독립성을 지닌다면 굳이 '연작'이라는 명칭을 달 필요가 없을 것이다. 시인이 지닌 문학관을 '말하는 방법'으로서 다양성과 지속성이 시에서 연작이라는 형태를 이끌어 내었을 것이기 때문이다. 함석헌의 『水平線 너머』도 이에 해당한다.

『水平線 너머』는 '맘', '수평선 너머', '기러기', '장작불' 그리고 '에밀레'(제3판에서 첨가됨)라는 연결고리로 이루어져 있다. 시집 머리말에서도 밝혔듯이 "세상은 저 갈 대로 가는 동안" "歷史를 고쳐 바라고, 人生을 고쳐 씹고, 聖經을 고쳐 읽게 되었다." 그리하여 이 날껏 天地 사이에 俯仰하면서 風波 사이에 浮沈하면서, 너나 사이에 주고받으면서, 맘은 끝없는 것을 그리고, 몸은 苟且한 生의 보따리를 지고, 산에, 물에, 下水道에, 轉轉하는 동안 世上 형편, 教會 모양, 또 내 꼬락서니를 들여다보며 때로 느껴진 것을 적은 것이 『水平線 너머』이다. 굴곡의 역사 속에서 끝없는 것을 바라는 마음으로, 수평선 너머 바라는 마음으로, 자유를 갈구하는 기러기의 마음으로, 니것네것 구분 않고 온 세상 품어 주는 장작불의 마음으로, 세상의 평화와 안녕을 기원하는 에밀레의 마음으로 모은 것이 『水平線 너머』인 셈이다.

10) 오세영, 「長詩의 다양성과 가능성」, 『현대시학』 1988년 8월호, 53쪽.

제1부 〈맘〉은 역사적 질곡 속에 놓인 분노를 눈물로써 승화시키며 세상과의 화해를 시도한다. 이때 중요한 시인의 화두는 마음이다. 이 마음은 시인의 주요 정신인 평화의 정신과 맞닿아 있고,[11] 평화의 정신은 곧 사람살이의 뿌리와 운명적으로 얽혀 있다.[12] 뿌리가 사실(事實)의 대지(大地)를 터 삼아 그곳에 자리잡고 서는 것과 양분을 빨아 올리는 두 가지 임무를 수행해야 하고, 이 뿌리는 곧 삶의 바탕이 되는 평화의 정신이 있어야만 가능하기 때문이다. 제1부 〈맘〉에서 현실과의 갈등이나 투쟁보다는 온건한 화해와 사랑의 정신이 우선하는 것도 바로 시인이 지닌 평화의 정신 덕분이다. 세상 죄악을 이기는 참 반항이 평화 정신으로만 비폭력으로만 된다고 믿는 "된 대로"의 그의 삶의 태도 덕분이다. 제1부 〈맘〉이 별이나 꽃, 산, 영원, 그대, 살림, 아름다운 돌, 바다, 꽃, 사랑, 갈대, 들국, 애원, 벗, 가을 비, 나무 등 자연 친화적인 대상들이 주요 제재로 채택되고 있는 점이 그 단적인 실례다.

맘은 꽃
골짜기 피는 란
썩어진 흙을 먹고 자라
맑은 향을 토해

11) "참은 반항한다. 걸러낸다. 반항할 줄 모르는 백성은 망한다. [⋯중략⋯] 그러나 내가 반항을 좋아한다면 또 그만큼 못지 않게 순종, 온건, 평화도 좋아한다. 반항은 나의 후천적으로, 의식적으로, 뜻으로, 사상으로 하는 것인지 몰라도 평화는 내 선천적으로, 바탕으로, 버릇으로 감정으로 된 대로 하는 것이다." 함석헌, 『죽을 때까지 이 걸음으로』(삼중당, 1964), 20쪽.
12) 함석헌, 『뜻으로 본 韓國歷史』(일우사, 1962), 18~20쪽.

맘은 시내
흐느적이는 바람에 부서지는 냇
환난이 흔들면 흔들수록
웃음으로 노래해

맘은 구름
푸른 하늘에 흘러가는 구름
한 때 한 곳 못 쉬건만
늘 평안한 자유를 얻어

맘은 높은 봉
구름으로 눈물 닦는 빼난 바위
늘 이기건만 늘 부족한듯
언제나 애타는 얼굴을 해

맘은 호수
고요한 산 속에 잠자는 가슴
새벽 안개 보드러운 속에
헤아릴 수 없는 환상을 길러

맘은 별
은하 건너 반짝이는 빛

한없이 먼 얼굴을 하면서
또 한없이 은근한 속삭임을 주어

맘은 바람
오고감 볼 수 없는 하늘 숨
닿는대로 만물을 붙잡아
억만 가락 청의 소리를 내

맘은 씨알
꽃이 떨어져 여무는 씨의 여무진 알
모든 자람의 끝이면서
또 온갖 형상의 어머니

맘은 차라리 처녀
수집으면서 당돌하면서
죽도록 지키면서 아낌없이 바치자면서
누구를 기다리어 행복 속에 눈물을 지어

—「맘」

함석헌은 역사 질곡의 맨 앞에 서서 외친다. 너무 부드럽게 외치므로 당장은 강렬하게 들리지 않는다. 그러나 그침 없이 계속되는 그의 외침을 경청할 수밖에 없다. 왜냐하면 그는 팔다리가 들려서도 계속 온화하게 외치기 때문이다. 웃으며 무언가를 계속 외치고, 외치면서 웃는 그의 온화함은 전적으로 자발적이다.

인용시 「맘」은 꽃, 시내, 구름, 봉, 호수, 별, 바람의 은유들로 서정성 짙게 서술된다. 『水平線 너머』 전편에 걸쳐 나타나는, 갈등구조를 결코 전경화하지 않는 그의 시적 전략은 무엇보다 죄악을 이기는 참 반항이 평화의 정신으로만, 비폭력으로만 된다고 믿는 그의 평화정신의 구현이다. 이러한 자연물, 화해와 사랑을 닮은 맘의 실체들은 씨알과 처녀로 보다 구체화된다. 함석헌에게 "모든 자람의 끝이면서/또 온갖 형상의 어머니"인 '씨앗'과 "수집으면서 당돌"한, "죽도록 지키면서 아낌없이 바치"는 이중성 속에 놓인 '처녀'는 세상살이를 움직이는 하나의 이치다.

이러한 근원적인 삶의 '맘'은 "영원한 찰나의 향"이나 "영원한 찰나의 노래"나 "영원한 찰나의 율동"이기도 하고(「영원한 찰나」), 세상의 질투에서 너와 나를 구하는 "고요한 밤 장막 안 지성소"이기도 하다(「별과 꽃」). 또한 "크신 그대"이거나 "높으신 그대", "무거운 그대" 이거나 "은근한 그대"이기도 하다(「산」).

건너 마을에서 희미하게 들려 오는
첫 닭의 울음 소리를
五萬年 지난 날의 洞窟 속에서
홰 치고 긴 목 느려 힘 있게 웨쳐
털 깊은 그 가슴을 흔들러 깨우던
그 소리인듯이 듣고 앉는 봄 새벽

헐떡이며 추어 올라 간 재 위에
땀 흐른 네 활개를 큰 大字로 펴고
이름 모를 풀 꽃의 보내는 향기를
취하는듯 마시고 누어 있으면서
반만큼 감기는 눈에 비취는대로
흐르는 구름을 올려다 보는 여름 낮배

잘 새의 찬송이 끝난 산골에
낙엽 밑에 시내의 낮은 기도가 시작될 때
황금 차일의 한 복판을 향해
고요히 오르는 草막의 가는 연기를
그 속에 사는 겸손한 맘의 향로에서 피어오르는
하소연인듯 合掌하고 듣고 섰는 가을 저녁

새 발자구 쥐 발자구 사이에 오르나리며
헤매어 피곤한 눈을 쉬이자
무거운 고개 들어
펄럭거리는 등잔을 무심히 보노라면
지나간 옛 날의 그림자들이
어물 어물 나타나는 깊은 겨울 밤

〔…중략…〕

그 때 영원의 어둠에서 나와
하늘 가에 영광의 횃불 잠간 올리고
또 다시 영원의 어둠 속에 사라저버리는
흐르는 별의 광채와 같이
어디선지 모르게 心琴 위에
문뜻 나타나는 思想의 閃光

스르릉 그 줄 다쳐 한 소리 울리고
어디론지 모르게 다라나 버리는
그 가벼운 빛 날개의 빠른 짓을
붙잡으려 말라, 가두려 말라
그들은 찰나 속에만 찾아 다니는
永遠의 나라의 使者들이니라

—「永遠의 使者」 가운데서

"시골 정거장 플랱홈에서/단 둘밖에 없는 소끼리 서로 말도 없이/오려는 차를 기다리며/저 세상에나 가려는 듯이 線路 끝을 내다볼 때", "또 혹은 내 무슨 일로 여기 왔던고/새삼스러이 서서 의심하면서/들레는 네거리의 한 모퉁이에서/밀려 들고 나는 사람의 떼를/거친 바다 밀물 위에 일고 꺼지는/거품인 듯 茫然히 건너다보고 있을 때" '영원의 사자'는 온다. 이 영원의 사자는 "기쁨 속에 잠기는 暗礁 같은 크나큰 한숨/사나온 물결 미치는 바다 같은 이 세상에 노질하다가"(「싸우는 生」) 만나게 되는 "내 사랑" '그대'이거나 '임'이거나 '벗'이다. 또한 그는 "아시아의 꽃동산을 지키는 처녀"이기도 하고(「내 사랑아」), "하늘에서 내려 오는 불꽃 같은 장미"이기도 하고(「絶壁의 장미」), "밝고 알뜰한 맘의 벗"이기도 하다(「벗이여 나를 보셔」).

이러한 사랑의 존재는 함석헌에게 "만가"를 부르게 하고 "예언의 나팔을 불"게 한다. "겨울이 만일 온다면 봄이 어찌 멀었으리요"라는 희망을 품게 한다. 아래 인용시 「썩어지는 큰나무」는 제1부 〈맘〉의 마음자리를 한껏 다독이고 있어 여간 주목되지 않는다.

1

樵夫牧童의 발자취는 이르지도 못하는 깊은 山골에 큰 나무 한 그루가 자라고 있었다. 뿌리는 萬歲磐石의 가슴을 뚫고 들어가 꽉 막혀 땅속의 깊은 精氣 빨아 올리고, 키는 三百 尺이 넘어 검푸른 얼굴을 구름 위에 내밀고, 하늘의 영원한 바람을 받아 마셨다.

굵은 가지는 사방으로 퍼져 푸른 차일 구름 같이 벌리고, 우뚝하고 버쳐서는 몸집은 틀지고도 억세어 일곱 장부가 둘러서도 헤아릴 수 없었다.

나이 몇살인지 일러줄 사람도 없고, 온 몸에는 춘풍 추우에 찢기고 상한 자취로 산 역사의 기록이 가득 하였는데, 퍼렇게 이끼조차 성하여 한층 더 거룩한 빛을 더하고 있었다.

2

아무도 아는 이 없는 그 깊은 산골에, 낮이면 구름을 바라고, 밤이면 별을 바라면서 그는 말 없이 자라났다.

발 밑에는 토끼가 와서 춤을 추어도 좋고, 호랑이 승냥이가 와서 싸움을 해도 좋고, 독사가 와서 서리거나, 좀스러운 들쥐가 와서 장난을 하거나, 관계가 없었다.

가지 위에는 어떤 때는 꾀꼬리가 와서 노래를 부르는가 하면, 어떤 때는 올빼미가 와서 졸기도 하고, 부엉이의 夫妻가 앉아 흉계를 꾸미고 있는 그 가지 꼭대기에는 또 검독수리가 둥지를 틀고 새끼를 치기도 했다.

모든 것을 다 좋다는 듯이 그는 커다란 가슴을 벌리고 좋고 언짢고를 가리지 않고 서 있었다.

3

봄이 와서 새싹이 파랗게 돋는 때면 검푸른 그 얼굴에도 溫慈의 빛이 넘쳐 자라나는 어린 나무들을 굽어 보고 있는 모양이 뭇 아들을 쓰다듬고 노는 늙은 아버지인 듯하고,

여름이 와서 늙은 가지에 녹음이 퍼지는 때면 왕성한 원기에 창창한 나무바다에 우뚝 서는 그 모양이 마치 百戰老將이 戰陣에 앞서서 三軍을 호령하는 듯도 하였다.

가을이 오면 잎이 다 나려 가지 사이로 푸른 하늘이 거침없이 뵈는데 늘어진 송낙은 수염 같아 백발의 豫言者가 장차 올 환난을 치고 섰는 듯도 하고,

겨울이면 滿目蕭條한 가지 가운데 풍설을 무릅쓰고 섰는 모양이 어지러운 세상풍파 다 겪고난 聖者가 거룩하게 파리한 손을 들어 믿음 가르치고 섰는 듯도 하였다.

4

그렇듯 그는 서있어 눈이 어지럽게 돌아가는 세상을 풍편에 그 소식을 들을망정 눈으로 가 보려는 생각은 하지도 않는 그 머리 위에 뜨는 해 지는 달을 맞고 보내면서 천명을 기다리는 哲人 같이 한 해 또 한해를 보내고 있었다.

그러는 그의 위에 한 때가 왔다.

5

푸른 물결 높은 綠陰의 바다 위에 여름도 다 지나가고 가을이 장차 깊어 가려는 하룻날, 온 종일의 격전을 이기고 돌아가는 개선장군 같이 넘어가는 해빛에 그가 온 몸에 영광을 입고 사는 저녁, 어둠의 장막이 채 나리기전 一陣狂風이 그 골짜기를 엄습하였다.

平和의 마을에는 갑자기 수심의 빛이 돌고 老丈夫의 얼굴에는 새로이 긴장의 기색이 나타났다.

바람은 구름을 부르고 구름은 비를 몰고 地平線에서 히미하게 번쩍이든 번개는 어느듯 洞口에 들어서 비는 총알처럼 퍼 붓고 바위 사이에 고함치는 시냇물 소리는 은은히 들리는 우뢰 소리에 응하여 온 골안은 그대로 砲火를 서로 사피는 전장인 듯하여졌다.

6

캄캄한 어둠 가운데서 폭격을 받는 어린 나무 젊은 가지는 정신을 못차리어 뒀다 일고 머루넉지 다래넝쿨 얽흐러져 있는 것들은 몸을 지탱하지 못하고 미쳐 돌아가는데 老丈夫는 여전히 버치고 서 있어서 무엇을 미리 느껴 안 듯하였다.

악전고투하여온 그 생애에, 믿어오고 견디어오고 순종해 온 그의 생애에, 어떤 운명의 시간이 옴을 느껴 얻은 듯 하였다.

7

밤이 갈수록 놀은 더 일고 陷落 하려는 외로운 성에 향하여 비 바람을 묶어 박았다.

바람은 더욱 사납고 雷聲 벽녁은 더욱 노하고 인간에서라면 닭이 거의 울게 되는 때에 마지막 순간은 점점 가까와 무슨 일이 나고애 말듯한 切迫感이 골안을 꽉 눌렀다.

老丈夫는 전신을 떨고 부르짖음을 발하였다. 무서워서가 아니라 드디어 臨하는 큰 사명의 계시를 받으려는 순간의 긴장에서 나오는 진동이요 부르짖음이었다.

그 소리라야 무서움도 아니요, 怒함도 아니요, 憤도 아니요, 원망도 아니다. 슬픈 노래라 할 수도 없고, 기쁜 웨침이라 할 수도없고, 고민의 소린듯 하면서도 아니요, 싸움의 喊聲도 같으면서도 아니다.

형용 할 수없는, 그대로 가만이 있어 듣고 있을 수 없는 소리가 바윗 속에서 울어나오는 듯 地心에서 솟아 나오는 듯 터져나오고 밀려나오는 듯 소리였다.

우우, 으으, 와아, 으흐흐흐, 우허어, 어허어.

呼訴하는 듯, 歎願하는 듯, 絶叫하는 듯, 全身의 細胞가 떠는 소리였다.

〔…중략…〕

13

天來의 啓示를 가져 오는듯 봉우리로부터 휙 하고 불어 나려오는 一陣 淸風을 따라 어린 가지는 팔을 들어 저기를 보라 가리킨다. 그 가리키는 손을 따라 저 山발아레를 내려다 보면 퍼지는 수풀의 바다에 생명의 물결은 일고 꺼지는 은근한 곡조를 아뢰고 있고, 자리하고 앉은 그 썩어지는 나무통 밑으로서 흐르기 시작한 시내는 무수한 曲折을 지으며 그 수풀 사이사이를 흘러 저 地平線 끝에 닿기까지 가는 곳마다 푸른 가지를 기르고 있다.

그것은 죽음의 흐름인가? 생명의 흐름인가? 역사의 큰 길인가?

14

썩자!

棟梁의 材木으로 뽑혀 王宮과 聖殿의 보짱이 되고 기둥이 되기보다는 썩자!

거기서 간사하고 더러운 무리들의 눈꼴 틀리는 꼴을 보고 속을 썩이기보다는 이시원한 생명의 殿堂에서 한가히 누워 썩는 것이 좋다.

거기서 겉에는 아름다운 丹靑을 칠하여도 속으로는 좀이 먹고 좀스러운 쥐무리의 밤낮으로 갉아내는데, 속 아픈 일을 당하다가 하룻밤 어리석은 아이들의 싸움 끝에 이는 불길에 타 연기로 사라지기보다는 이 골짜기에서 썩어져 저 어린것들을 살지우자!

거름으로 되자!

풀어지자!

생명의 바다로 돌아가자!

썩자, 동냥의 材木아!

썩자, 위대한 혼아!

썩자, 가만이 누워 썩자, 풀속에서 땅밑에서 겸손하게 용감하게 썩자!

썩어 사라지자, 남모르게 살아지자!

—「썩어지는 큰 나무」 가운데서

「썩어지는 큰 나무」는 14개의 소제목으로 이루어진 장시이다. 『수평선 너머』 시편에서 흔히 볼 수 있듯이 이 작품 역시 삶의 근원에 대한, '뿌리'에 대한 고뇌의 흔적이다. 사람의 살림도 위로 올라가려면 우선 자리잡고 서서 없음 속에서 빨아올려 있음을 만들어내는 뿌리가 있어야 한다. 뿌리가 깊을수록 나무키가 높이 올라갈 수 있고, 넓게 퍼질수록 많은 잎과 꽃을 피울 수 있다. 그는 이러한 뿌리를 명상, 곧 생각함이라고 말한다.[13)]

인용시는 사계절의 순환논리에 따라 "平和 마을"의 삶의 생사고락을 주된 서사구조로 삼는다. "평화 마을"에 살고 있는 "三百尺의 커다란 몸둥이"를 지닌 큰 나무 "老丈夫"가 의인화되어 서사구조를 주도하고 있다. "樵夫牧童의 발자취는 이르지도 못하는 깊은 山골에 큰 나무 한 그루가 자라고 있었다. 뿌리는 萬歲磐石의 가슴을 뚫고 들어가 꽉 막혀 땅속의 깊은 精氣 빨아 올리고, 키는 三百 尺이

13) 함석헌, 앞의 책, 『뜻으로 본 韓國歷史』, 20쪽.

넘어 검푸른 얼굴을 구름 위에 내밀고, 하늘의 영원한 바람을 받아 마셨다." "불평도 없고 불만도 없고 급해도 않고 지리해도 않고 남이 본다면 한없이 강한 듯하면서, 자기로선 아무 자랑도 없으면서, 무엇을 인해 사는 것도 없고, 무엇을 위해 사는 것도 없고, 그저 사는대로 살고, 자라는대로 자라, 하늘을 우러러고 서 있었다." 이렇듯 자연의 순리에 몸 맡기며 사는 그는 "거룩하게 파리한 손을 들어 믿음 가르치고 섰는" '聖者'와 "천명을 기다리는" '哲人'의 뜻을 이으려 한다. 그러나 "一陣狂風" "雷雨一過" 후 영웅인 노장부의 "偉大한 魂"은 사라지고 "거룩한 빛"은 꺼져 버린다. 그의 존재를 알 리 없는 무심한 세상 속에서 그 나무는 아무도 모르게 그저 썩어 가고 있는 것이다.

그러나 그 "빈산에 썩는 巨木"은 "생명의 신비"와 "썩음 의 거룩함"인 "千萬古의 비밀"을 전한다. 썩어서 흙으로 돌아가는 것이 결코 종말이 아니라 새 생명을 틔워 올리는 소중한 자연의 순환이치임을 마음 깊이 전한다. 죽음의 흐름과 생명의 흐름이 어우러지는 것이 곧 "역사의 큰 길"이라고 본 것이다. 그래서 그는 기꺼이 '썩음'에 몸을 내맡기는 것이다. 이러한 겸허한 서사정신은 화해와 사랑이라는 서정성과 만남으로써 보다 그 설득력을 얻고 있다.

2) 〈수평선 너머〉 : 상생과 상극의 투명한 교류

제2부 〈水平線 너머〉에서는 삶에 대한 성찰이 보다 구체적으로 서사화된다. '골방'이나 '잃어버린 낙원' '좁은 집' 등의 은유가 험난

하고 고된 삶의 자리를 더욱 실감나게 환기시킨다. 수평선이 경계로 놓이는, 유토피아와 디스토피아의 영역이 뚜렷한 2부는 시인의 고뇌가 상생과 상극의 투명한 교류로 이어지고 있어 오히려 담백하고 경쾌하다.

그대는 골방을 가졌는가?
이 세상의 소리가 들리지 않는
이 세상의 냄새가 들어오지 않는
은밀한 골방을 그대는 가졌는가?

그대는 임 맞으려 어디 갔던가?
네거리에 던가?
임은 티끌을 싫어해
네거리로는 아니 오시네.

그대는 임 어디다 영접하려나?
華麗한 應接室 엔가?
임은 손 노릇을 좋아 않아
응접실에는 아니 오시네.

임은 부끄럼이 많으신 임,
남이 보는 줄 아시면
얼굴을 붉히고 고개를 숙여

말씀을 아니 하신다네.

임은 시앗이 강하신 임,
다른 친구 또 있는 줄 아시면
애를 태우고 눈물 흘려
노여워 도망을 하신다네.

임은 은밀한 곳에만 오시는 지극한 임,
사람 안 보는 그윽한 곳에서
귀에다 입을 대고 있는 말을 다 하시며
목을 그러 안고 입을 맞추자 하신다네.

그대는 임이 좋아 하시는 골방 어디다 차리려나?
깊은 江엔가 거친 들엔가?
껌껌한 지붕 밑엔가?
또 그렇지 않으면 地下室엔가?

임이 좋아 하시는 골방
깊은 山도 아니오 거친 들도 아니오,
지붕 밑도 地下室도 다 아니오,
오직 그대 맘 은밀한 속에 있네.

그대 맘의 네 문 밀밀히 닫고

세상 소리와 냄새 다 끊어 버린 후

맑은 등잔 하나 가만이 밝혀만 놓면

극진하신 임의 꿈 같은 속사김 늘 들을 수 있네.

—「그대는 골방을 가졌는가?」

"죽음은 생명을 삼켰던 일이 없고,/쌓았다 무너진 塔이 있담도 거짓이오,/피었다 떨어진 꽃을 본담도 惑이오,/있는 것은 오직 變할 줄 없이/永遠에서 永遠으로 흐르는 사랑 뿐"임을 믿으며, "「모든 것을 肯定하라」"는 좌우명을 지닌 시인은(「豫感」) 희망 담론을 결코 놓는 법이 없다. 이때 그의 희망 담론의 실체는 '임' 또는 '그대'이다. 이러한 임의 존재는 『水平線 너머』 전편에 걸쳐 나타난다..

그러나 그의 '임' 또는 '그대'는 위엄을 부리거나 군림하려는 권위의식을 지닌 존재와는 거리가 멀다. 이는 "높은 것 낮추고/우무러진 것 돋우고/굽은 길을 곧게하고/지저분한 것을 다 치워/임이 바로 오시도록 하자"는(「임이 오신다」) 시인의 발언에서도 짐작된다. 겸허하거나 소박하여서 내 삶의 정갈한 자리와 함께 하는 님인 셈이다. 그래서 이러한 님을 만나기 위해서는 "華麗한 應接室"이나 고급스러운 형이상학적 공간보다는 '골방'이 더 절실했는지도 모른다.

"티끌을 싫어"하는 님이 오시는 골방은 곧 "깊은 山도 아니오 거친 들도 아니오,/지붕 밑도 地下室도 아"닌, "오직 그대 맘 은밀한 속"의 비유적 공간이다. 긴 동면을 일깨우는 희망 담론의 발원지가 곧 '골방'인 셈이다. "손 노릇을 좋아"하는 세속적인 태도와는 거리가 먼, 은밀하고도 신실한 골방 속의 님은 전쟁기 험난한 시절 우리가 공유해야 할 희망 담론인 셈이다. “아침 바람처럼 맑은 얼굴”, “저녁 하늘처럼 영광스러운 얼굴”, “지심에서 하늘에까지 닿는 巨木같이 싱싱한,/굳게 찡그린 바위의 가슴을 터지고 웃는 꽃 같은,/그 얼굴”이(「얼굴」) 골방 속에서 만날 수 있는 님의 얼굴인 셈이다.

洛東江 가 가을 깊어
마른 갈잎 우수수 한숨 쉬는 날
그 江 가에 오르 나리는 漁夫,
漁夫 아닌 漁夫,
모래 쟁변 읊조려 다니다가
고기 한쌍 얻었네.

크기는 한치,
온 몸의 비늘 半이나 떨어지고
할락할락 팔딱팔딱
적은 꼬리 들어 자주자주
大地를 치건만
命은 시각에 달린
이름도 모를
고기 잡이꾼의 바리고 간 잔고기.

낙동강 七百里 안방으로 삼고
망망 南海 앞뜰로 삼아

밀물 썰물 따르며 거스르며
맘대로 놀며 자라는 고기,
그 크기 버들잎만도 못 해도
그 뜻의 넓이 저 바다를 웃지 않았을까?

〔…중략…〕
넓고 깊은 自然 속에 뜨고 잠길 때
하늘에 사는 靈인 듯
그는 自由요 神秘였더라.

〔…중략…〕

겨울은 기어 가고 찬 바람 불어
낙동강 물낯에도 살 얼음이 갈 때
가난한 어부의 초막 주위를 막을 수 없고
항아리에는 자주자주 아름 젓건만
손 잡고 도는 두 생명의 걸음
約束의 성 얻으려 도는 여호수아의 軍隊 같이
더딜줄을 몰랐더라.

小寒 大寒이 다 지나가고
봄이 선다는 날,
몇번 죽다가 살아난 애처런 생명도

인젠 걱정이 없다
안심의 잠을 자려는 밤,
가던 겨울 무슨 심사로 맹렬한 逆襲을 해
천지는 또 다시 벌벌 떨었네.

누데기 속에 꾸부리던 漁夫
밝은 아침 일어나
황겁한 눈으로 항아리 속 드려다 보았을 때
얼음은 돌처럼 배잦아
十方으로 두루 막히고
억만길 될 듯 깊어 뵈는 저 깊은 속에
조고만 자유의 나라 길어 있어
두 적은 勇士 몸에 번쩍이는 銀甲 떨치고
변함 없는 날쌘 걸음으로
그 속에 쉬지 않고 순행하고 있음
희미하게 보였네.

〔…중략…〕

고기 ixous,
IXOUS(예수, 그리스도, 하나님아들, 救主) 고기,
그것은 거룩한 이름의 명함이던가?
그는 모든 이름의 主人이던가?

죽어서 이 휘장을 터진
죽어서 이 나를 태우고 끝 없는 바다로 떠나간
영원히 산 고기였던가?

너와 나도 한쌍 잔 고기,
자유, 속박,
지혜, 어리석음,
사랑, 욕심,
기쁨, 영광, 또 두려움의
거퍼 거퍼 닥쳐오는 물결의 波山 波谷에
떴다 까라앉았다,
밀리다 타고 넘다,
끊고 끊어 한 줄기 믿음을 타고
마침내 영원한 생명의 바다에 가고야 마는
너와 나도 한쌍 잔고기더냐?

낙동강 가 봄 돌아와
마른 갈잎 우수수 새 노래 부르는 날
그 강 가에 늙은 漁夫,
漁夫 아닌 漁夫,
모래 쟁변 읊조려 다니다가
고기 한 쌍 얻었네.

—「잔고기 한 쌍」 가운데서

인용한 「잔고기 한 쌍」은 그 어느 작품보다 시인의 종교적 색채가 강하게 드러난 작품이다. 종교적 상징으로서 물고기의 상징이 그 대표적인 경우이다. 그리고 여느 작품보다 서사구조가 두드러진다.

시인이 주된 관심을 보인 잔고기 한 쌍은 몇 가지 측면에서 우리의 눈길을 끈다. 우선, 고기 가운데 '잔'고기라는 대상 선정 문제이다. "크기는 한치,/온 몸의 비늘 半이나 떨어지고/할락할락 팔딱팔딱/적은 꼬리 들어 자주자주/大地를 치"는 잔고기다. 그 "命은 시각에 달린/이름도 모를/고기 잡이꾼의 바리고 간 잔고기"다. 이름 있고 값나가는 귀한 물고기가 아니라 눈길 쉬 주기 어려운 보잘것 없는 물고기다. 그러나 세상에 드러나도록 두드러지지는 않지만 "넓고 깊은 自然 속에 뜨고 잠길 때/하늘에 사는 靈인 듯/그는 自由요 神秘"다. "낙동강 七百里 안방으로 삼고/망망 南海 앞뜰로 삼아/밀물 썰물 따르며 거스르며/맘대로 놀며 자라는 고기"이다. "그 크기 버들잎만도 못 해도/그 뜻의 넓이 저 바다" 못지않는 물고기다. 소외된 사물들에 눈길 주는 시인의 따스한 마음자리를 읽을 수 있는 대목이다. 주종관계의 전통적인 이분법적 이데올로기를 파기한 소중한 산물이라 할 만하다.

다음에 잔고기 '한 쌍'이라는 대목이다. 아무리 거대하고 힘 있어도 혼자 있음의 고립의식은 세상살이의 이치가 아니다. 하찮고 보잘것 없는 잔고기지만 한 마리가 아닌 두 마리가 함께 함으로써 얻을 수 있는 소중한 사랑의 힘을 강조한 것이다. 혼탁한 상황을 극복할 수 있는 것이 사람살이의 소중한 덕목인 함께 하는 사랑임을 강조한 것이다.

다음으로, 고기의 종교적 상징이다. 기독교에서 고기는 하나님의 아들, 또는 구주(救主)의 현현으로서 영원한 삶의 상징이자 거룩함의 상징이다. 이러한 성서적 상징의 고기가 잔고기 한 쌍으로 형상화된다. 잔고기 한 쌍은 당대 영원의 진리를 갈구하는 모든 목숨들의 상징이기도 하다. "거퍼 거퍼 닥쳐오는 물결의 波山 波谷에/떴다 까라앉았다,/밀리다 타고 넘다,/끊고 끊어 한 줄기 믿음을 타고/마침내 영원한 생명의 바다에 가고야 마는/너와 나도 한쌍 잔고기"인 셈이다.

그리고 이러한 잔고기 한 쌍을 얻은 사람이 "늙은 漁夫,/漁夫 아닌 漁夫"라는 사실도 눈길을 끈다. 어부가 아니어도 쉽게 잡을 수 있는 잔고기다. 힘 센 젊은 사람이 아니라 '늙은' 노인이어도 쉽게 잡을 수 있는 잔고기다. 이러한 잔고기는 삶의 진리가 멀리 있는 파랑새가 아니라 일상의 삶 속에 언제나 내재해 있다는 시인의 믿음 표명에 다름 아니다.

이러한 고기의 상상력은 바다에 대한 모색으로 나아간다.

바다,
넓이 끝 없이 까만
깊이 한 없이 아득한
바다 또 바다
저 바다 넘어는 또 무엇이 있나?

〔…중략…〕

밤 낮으로 쉴 새 없이 우는 바다,
밤 낮으로 건잡을 수 없이 흔드는 바다,
밤과 낮으로 눈 코 뜰 겨를 없이 들이치는 물결,
밤 낮을 아우성을 치는 물결,
너는 무엇이 분하니 무엇이 노여우니?

이 짝엔 일고 꺼지는 有의 물결,
아득 아득한 水平線,
저 짝엔 죽은 듯 막막한 無의 모래밭,
뽀얀 뽀얀, 地平線,
水平線 地平線을 내다보는 그 가운데 天平線.

〔…중략…〕

끝없는 바다 끝없는 모래 밭,
끈칠 줄 모르는 떨리는 交響樂,
수평선 지평선 넘겨다 보며,
그 서품에 천평선 기대고 서서,
어부는 영원히 영원을 내다 보더라.

—「水平線 너머」 가운데서

인용시 「水平線 너머」도 시인의 종교적 상상력이 바탕이 된 작품이다. 낯익지만, 어부는 진리의 탐구자이고 바다는 진리 모색 공간이라는 원형적 상징이다. 노하고 싸우고 울음 터뜨리는 혼돈으로 얼룩진 역사적 공간이 바다인 셈이다. 특기할 만한 사실은 수평선뿐만 아니라 지평선과 천평선까지 고뇌의 대상이 된 점이다. 고뇌와 사유의 경계라는 측면에서 수평선과 지평선의 구분은 별 의미가 없다. 그 서품에 기대 선 천평선이 길잡이 역할을 하고 있는 것이다.

「水平線 너머」 작품은 시집의 표제시에 해당한다. 앞서 밝혔듯이 시집 『水平線 너머』는 연작 장시집이다. '수평선'이라는 상징적 경계를 축으로 시인의 시적 사유가 화해와 사랑, 평화라는 주제 속으로 서사화되어 있다. 물론 이야기 구조의 치밀함이나 극적인 사건 전개는 찾아보기 힘들지만, 그 서사정신은 시집 전편에 일관되게 흐르고 있는 것이다.

구원의 대상으로서 '아버지' 설정은 물론 시인의 종교적 사유에서 발원된 것이다.

> 돌아가자!
> 아버지께로 돌아가자!
> 이 거친 들에 헤맴 이게 웬일이냐?
> 어서 돌아가자.
>
> 〔…중략…〕
>
> 아버지 알으소서,

맘이나 알으소서,
버린 자식 더러운 몸 길 위에 쓰러져도
돌아선 맘 아버지께 도루 바친 줄.

아이구 아버지,
여길 벌써 오셨네,
천지 간에 용납 못할 이 버린 자식
나는 열번 죽어 마땅한 죄인입니다.

—「돌아가자」 가운데서

"주리고 떨려/염치 차릴 겨를도 없"는 시적 화자는 "천지의 죄인"이다. 작품에서 왜 시적 화자가 죄인으로 설정되어 있는 지는 드러나지 않지만, 기독교적 원죄의식을 적용하면 별 다른 설명은 요구되지 않는다. 그가 지닌 '크리스챤 氣魄'의 발현에 다름 아니다. 그는 온갖 어려움이 있어도 인류의 멸망에 대한 비관이나 의심은 쓸데없다고 본다. 절대 멸망 없을 것을 믿는 그 믿음이 곧 이김에 대한 보증이요, 이김 자체라고 본다. 이것을 종교적인 말로 하면 "하나님이 자기 이름 때문에 우리를 구원하실 것이라"는 것이다.[14]

14) 함석헌, 『人間革命』(일우사, 1961), 196~197쪽.

3. 마무리

함석헌의 『수평선 너머』를 대상으로 이 글은 전쟁기 시에 나타난 저항의식의 한 유형을 살피고자 하였다. 이때 저항의 방식이 문제가 되고, 『수평선 너머』의 저항 방식은 여느 전쟁기 시집과는 달리 '사랑'이 저항의 무기로 채택되었다. 간접적인 저항 방식과 직접적인 저항 방식의 우열을 뒤로 하더라도, 그 저항의 의도와 목표는 동일하다. 특히 한국전쟁의 국·내외적 문맥에서 보더라도 그 사랑은 충분히 가늠된다.

함석헌 『수평선 너머』의 주목할 만한 특징은 무엇보다 자극적인 사건이나 갈등구조가 숨어 있는 대신 대체로 롱테이크가 많다는 것이다. 이러한 달콤한 롱테이크의 시간은 멀쩡한 정신으로 동참한 사람에게만 온다. 이것은 어쩌면 고통일는지도 모른다. 그의 자연 친화적이고 서정어린 사랑과 화해의 구현 때문이다. 그러나 그 멀쩡한 말투 속에 피로와 안간힘이 느껴진다. 역사의 수난기 속에서 간접적인 저항 방식이 갖는 소극성 때문이다.

어떤 신념도 확증할 수 없을 것이다. 신념을 지킴으로써 언젠가 그것이 예기치 않았던 불행을 세상에 초래하는 데 기여한다 해도, 오늘 그 신념을 지키는 것 외엔 다른 길은 없을 것이다. 무엇보다 함석헌은 자연물들의 무한한 친밀감을 믿었다. 가슴 한가운데로 무한한 스산한 바람이 스쳐갔지만, 그는 온화함으로 화답했다.

고통으로 정제된 정련된 언어로, 혹은 생활에서 길어 올린 따뜻하고 생생한 말들로 『수평선 너머』는 이루어져 있다. 시인은 권위에 기댄 장황한 인용보다는 체화된 한 줄의 개념에 더 가치를 두었다.

『수평선 너머』를 쓴 함석헌의 마음은 온화했겠지만, 읽는 입장은 많이 불편했다. 정중동이랄까, 일어나지 말아야 할 일이 더러 일어나는 현실 가운데서 쓰여진 시편이어서 더더욱 그러했을 것이다.

『수평선 너머』는 적어도 한 가지 사실을 정확하게 말하고 있다. 시인이니 소설가니 하는 갖가지 이름을 앞에 붙이지 않더라도 그의 몸이 시를 원하는 사람이다. 적어도 『수평선 너머』를 쓴 시기는.

전쟁기 시대적 죽음의 행렬은 그 냄새와 함께 우리 곁을 지나갔다. 이러한 전쟁기 삶은 마치 나쁜 화질의 영화를 본 기분이지만, 그러나 그러한 삶과 그 삶 속에 놓인 목숨들은 깊이 사랑할 수밖에 없다. 그리고 그 사랑의 기억은 분석과 평가의 영역 너머에서, 어쩔 수 없는 원체험으로 남아 있다. 아마 함석헌도 그랬을 것이다. 『수평선 너머』가 예술적이고도 미학적으로 잘 짜여지지 않은, 이른바 고급 시편이 아니어서 문학사 자리에 당당하게 놓이는 것이 힘들 수는 있겠지만, 그 사랑의 고백에는 시비 걸 수 없다. 왜냐하면 그것은 뜨끔한 고백이기 때문이다. 우리의 소망에 자아와 세상의 매개가 분명히 존재하기 때문이다. 그러므로 함석헌이 전업 시인이 아니기 때문에 『수평선 너머』가 온전한 시집이 아니라고 말하는 것은 틀렸다. 그의 사랑과 화해, 평화 정신의 구현은 오히려 호방하고 대담함마저 가져다 준다.

제2장

1950년대 전쟁기 시의 내면의식 연구

— 모윤숙의 『風浪』을 대상으로

1. 역사의식의 내면화

1950년대 시는 전쟁 체험의 형상화 방식에서 다양하게 변주된다. 특히 1951년에 상재된 모윤숙의 『風浪』은 다양한 형상화 가운데 전쟁 체험을 정서적인 문맥 속에 용해하고 있는 경우여서 매우 주목되는 시집이다. 이 글은 모윤숙의 『風浪』을 중심으로 전쟁기 시적 형상화의 방식을 살피고자 한다. 무엇보다 『風浪』이 시인의 내면의식을 바탕으로 전쟁기 체험을 형상화하고 있어 작가의 세계관에 그 궁극적 근원을 가지는 셈이다.

내면의식은 정신에 가치를 두고 있는 인격적 인생이나 정신의 존재방식을 가리킨다. 그러므로 내면의식은 자기의 의식이나 주관성을 대상화하여 주제로서 의식하는 것을 뜻하기도 한다.[1] 내면의식 또는 사유를 전제할 때 우선 문제삼아야 할 것은 출발점의 문제이다. 출발점의 선택은 논의의 성격 자체를 좌우하기 때문이다. 사유가 해야 할 가장 기본적인 작업은 자신이 준거틀로 삼아야 할 장이 어떤 장인가, 곧 자신이 어떤 현실이나 시대를 상관자로 하고 있는가를 분명하게 인식하는 일이다. 사유는 현실이라는 장 속에서 눈뜬다.

형이상학적 판단을 유보한 채 현실을 직시할 경우, 우리의 삶은 대부분 우발적이다. 사유는 이 우발성을 비켜갈 수 없다. 사유는 이 우발성에서 출발해 그 안에 접혀 있는 필연성을 최대한 펼쳐내고자 한다. 사유는 삶의 근원적 불투명성에 이성의 빛을 던진다. 시대의 불투명성은 사유에게 타자로서 다가온다. 사유가 진정한 자기 이해에 도달하기 위해서는 이 타자를 가로질러야 한다. 타자와 자신의 얽힘을 한 겹씩 풀어 냄으로써 자기 이해가 비로소 가능하기 때문이다. 타자로서 주어진 현실과 시대를 이해하는 것은 자기 이해를 위한 필수 조건이다. 이때 우리 자신을 이해하기 위해서는 현실이나 시대의 파악을 빠뜨릴 수 없다. 1950년대 전쟁기 상황도 마찬가지이다.

우선, 모윤숙의 『風浪』이 타자인 1950년대 전쟁기 현실과 시대를 어떻게 이해하고 있는지 살필 것이다. 나아가 전쟁기가 보이는 분열증의 증세를 시인이 어떻게 갈무리하고 있는지 살필 것이다. 이러한 작업들은 전쟁기 당시 주도 담론으로서 사유와 지배 담론으로서 사유가 타자를 어떻게 가로지르고 있는지 가늠할 수 있는 좋은 기회가 될 것이다.

---

1) 『文藝大辭典』(학원사, 1962), 147쪽.

2. 전쟁 체험의 의미화 방식

전쟁은 문명의 소산이기도 하고 인간의 본성에서 비롯된 행위이기도 하다. 전쟁은 합의를 도출할 방법이 없을 때 중재자 역할을 하기도 한다. 그러나 전쟁이 내린 판결은 정의보다 힘에 기초한 것이어서,[2] 전쟁은 인간 역사에서 진보를 역행시키는 부정적인 요소이며 소모적인 행위로 여겨지는 것이 일반적이다. 무엇보다 전쟁은 역사이다. 전쟁과 일상성의 부딪힘 속에서 일상은 무너져 버린다. 전쟁으로 대부분의 사람들은 생활의 익숙한 리듬에서 끝장나는 것이다.[3] 이러한 사정은 1950년대 한국전쟁에서도 마찬가지이다.

문학이 한 시대의 삶과 정신적 궤적을 반영하는 주요한 산물임에 주목할 때 1950년대 한국시가 한국전쟁의 체험을 시 속에 수용하는 것은 당연한 일이다. 그리고 이후의 문학인들에게 실질적인 문학적 상상력의 원천으로 작용하는 것 또한 자연스러운 일이다. 그만큼 전쟁체험은 1950년대의 두드러진 시적 경향이자 동시에 전후 한국시의 본질을 이해하는 매우 본질적인 단서가 된다.

전쟁이 대체로 글쓰기의 조건을 최악으로 만들어 버렸음은 두말할 나위가 없다. 흔히 작가의 일상적 공간이 문학적 상상력의 출발점으로 여겨지는데, 전쟁으로 인한 일상성의 파괴가 글쓰기 지형을 송두리째 뽑아버린 것이다. 오래 지속되던 일상적 삶은 파괴되고 기존의 상징적 질서조차 분열되어 버린 탓이다. 그러나 이렇듯 글쓰기 토양

2) Bernard Law Montgomery, 『전쟁의 역사 I』(승영조 옮김, 책세상, 2001/개정 1판 2쇄), 22쪽.
3) Karel Kosik, 『구체성의 변증법』(박정호 옮김, 거름, 1985), 68쪽.

자체가 척박했던 전쟁기임에도 불구하고 상당수의 작품들이 양산되었다.[4] 이때 전쟁과 문학의 상관성은 시의 경우 시인이 전쟁을 바라보는 태도의 문제이다.

전쟁기의 문학 양상은 대부분 전쟁으로 인한 상실감과 평화를 열망하는 정조가 지배적이다. 전시라는 상황하에서도 꽤 상당수의 작품들이 창작되었다. 승리와 패배라는 이원론에 입각해서 전쟁 상황을 고찰하거나,[5] 동포애와 인간애를 표출했으며[6] 인간 실존 문제에 골몰한 작품들이 양산되었다.[7] 뒷날 국방부 정훈국에서 『戰時韓國文學選－詩篇』(1955)이라는 제목으로 책 한 권 분량의 내용을 낼 만큼 전쟁기에 시창작이 의외로 활발했음을 살필 수 있다.

전후 한국시는 전후 폐허의 상황에서 무엇보다 전통의 파괴라든지 전통의 부재 상황을 경험한 만큼 전통주의적 경향을 의식적으로 내보였으며(서정주, 박재삼의 경우가 대표적이다), 〈후반기〉 동인을 주축

---

4) 이 시기를 '전쟁 · 애국시대'로 보고 '전쟁의 현장 그 자체를 다룬 현장시', '반공 애국시', '전쟁의 어두운 현실을 다룬 작품'들로 나누어 그 특징을 살핀 글이 있다. 오양호, 「戰後 35년의 韓國詩 · 1」, 『시문학』 통권 172호(시문학사, 1985). 박태일은 이 시기를 전쟁 수행기로 보고 국가의 신격화와 복종, 헌신과 진혼을 노래한 '애국심의 수직 위상'을 다룬 시, 전우애와 전상자 · 전재민 가족을 다룬 '동포애와 내집단에 대한 관용'을 살핀 시, 외부의 적대세력과 내부의 적대세력에 주목한 '선악 이원론과 비관용'을 다룬 시로 전쟁기 작품을 개괄하고 있다. 박태일, 「1950년대 한국 전쟁시 연구」, 『경남어문논집』 제5집(경남대 국문학과, 1992. 12). 한편, 한형구는 북한의 전투적 호소와 절절한 투쟁적 목소리에 찬 전쟁시에 비하면 남한에는 전쟁시의 개념이 없다고 본다. 곧, 전쟁의 무상성이나 반전성, 평화와 인간성 옹호로서의 휴머니즘 강조들의 내용들은 엄밀한 의미에서 전쟁시 개념이 될 수 없다고 보는 것이다. 남한 시사에서 엄밀한 의미에서 전쟁시 개념이 부재하였음과 동시에 50년대 시를 통칭하는 개념으로 '전후시' 개념이 통용됨으로써 남한 문학사의 의식 속에는 어떤 점에서 한국전쟁을 다룬 전쟁시 자체가 부재하는 양상을 드러내게 된 것으로 보는 견해이다. 한형구, 「1950년대 한국시」, 『1950년대 문학 연구』(문학사와 비평연구회 엮음, 예하, 1991).

5) 이영순의 「世紀의 悲劇」, 이호우의 「旗발」, 김순기의 「二等兵」, 「勇士의 무덤」, 윤영춘의 「우리는 祖國을 지키는 勇士」, 조지훈의 「다부원에서」, 모윤숙의 「국군은 죽어서 말한다」, 조영암의 「屍山을 넘고 血海를 건너」 들이 있다.

6) 김순기의 「어린 斥候兵」, 설창수의 「戰傷者」, 모윤숙의 「당신의 신부로」, 김영삼의 「祖國이여! 이 넋부터 거두시라」가 대표적이다.

7) 박거영의 「악의 노래」, 김종문의 「불안한 토요일」을 들 수 있다.

으로 전시와 전후라는 상황 속에서 전통 부정의 예술적 분위기를 넘나들면서 모더니즘 경향이 전개되기도 하였다. 그리고 이러한 전통과 모더니즘의 구도뿐만 아니라 전영경, 민재식, 송욱 등을 위시한 전후 한국사회에 대한 통렬한 비판을 내장한 풍자시도 여럿 양산되었다. 이러한 전통시와 모더니즘시, 풍자시의 구도는 뒤이은 1960년대의 참여시와 순수시의 개념 재편으로 그 명맥이 이어진다. 이른바 전쟁 장시가 다수 창작된 점도 주목된다.[8)]

1950년대 전쟁기 장시는 사회 역사적 상황에서 자유로울 수 없는 제약에서 출발한다. 한국전쟁은 민족 내분이라는, 적 아닌 적과의 싸움이라는 모순을 처음부터 껴안고 시작되었다. 전쟁기 3년간의 참혹한 전쟁은 1950년대 한국사회의 상황이었고 또한 절대조건이었다. 전쟁은 일상을 비롯한 모든 삶의 질서를 무너뜨렸고, 당대 사람들은 그 폐허 위에서 절망하고 또 그 절망을 극복하고자 처음부터 애써야만 했다. 이러한 모순된 상황에서 전쟁기 장시는 전쟁으로 야기된 상흔들을 감각과 순간성을 존중하는 서정시로는 담기 어려웠던 장르 사회적 맥락에서, 그리고 전쟁으로 빚어진 사회의 혼란상들을 거침없는 긴 호흡으로 읽어낼 수밖에 없었던 역사적 혼란기라는 시대 상황의 맥락에서 창작된 문학 양식이다.

시에서 형식의 문제는 시인의 시정신과 직결된다. 사물의 순간적 파악이나 시인 자신의 순간적 사상이나 감정을 표현한 서정시는 원천적으로 그 길이가 짧을 수밖에 없다. 서정시란 연속적이고 역사적

---

8) 문선영, 「1950년대 전쟁기 장시 연구」(부산대 국문학과 대학원 박사학위 논문, 2002. 8) 참조.

인 또는 서사적인 시간에 항상 관심이 적은 것이 그 본질이기 때문이다. 이와는 대조적으로 장시는 역사적인 시간이나 서사적인 시간에 매우 많은 관심을 보인다. 인물과 사건을 재현하는 모방적 양식인 이야기를 채택하기도 하고, 화자와 대상, 곧 사건 사이의 거리 확립이라는 객관성을 그 본질로 지니기도 한다. 그러므로 장시는 정서나 감정의 순간 파악이라는 짧은 서정시에 비해 훨씬 더 사회역사적 현실에 근접하는 형식인 셈이다. 산문정신 또는 서사정신은 곧 인물과 사건을 이야기하려는 정신이고, 이러한 서사정신이 시에 수용되는 경우는 역사적 상황에 따른 인간 성격의 표출이다.[9] 그러므로 이러한 서사정신 또는 산문정신은 현실 참여정신의 다른 말이다. 산문정신의 강화 현상이 빚어낸 장시는 무엇보다 변화를 수반하는 1950년대 시사의 뚜렷한 한 흐름으로 주목할 만한 시형식이다. 전쟁기에 장시를 시집으로 묶어낸 시인들은 이영순, 김종문, 박거영, 김용호들이다.

직접 전장으로 종군했거나 후방에서 전쟁의 폭력성과 상처를 갈무리하였든지간에 한국전쟁은 그 자체로 당대 시인들에게 쉬이 극복할 수 없는 부채의식을 남겼음이 분명하다. 따라서 시인들이 짧은 길이의 서정시 대신 지배적으로 장시를 선택한 까닭도 이러한 상황에 대한 응전이라고 보아야 하겠다.[10]

---

9) 김윤식, 『한국근대문학양식논고』(아세아문화사, 1978), 59쪽.
10) 역사 체험에서 결코 자유로울 수 없었던 상황에 견주어 역사의 시간과 사건의 운명을 담고자 한 시인의 의식이 시 형식의 장형화를 불가피하게 초래하였기 때문이다. 따라서 1950년대 전쟁기 장시를 연구하는 일은 한국전쟁으로 말미암은 사람살이의 모습과 그에 대한 문학적 응전 양태를 밝히는 작업이며, 나아가 분단이라는 현실 앞에 놓인 개인의 정체성과 민족의 정체성을 탐색하는 작업이 된다.

3. 비극적 전쟁 체험과 내면의식

모윤숙의 『風浪』은 1951년 4월 30일 대구 문성당에서 나왔다. "이 冊을 삼가 祖國을 爲해 犧牲된 愛國者와 國軍將兵의 靈前에 삼가 바치나이다……"라는 헌사가 맨 앞에 실려 있고, "釜山松島 病床에서" 쓴 「序錄」이라 이름한 글쓴이의 서문과 조연현이 쓴 「跋文」이 시집 뒤에 실려 있다. 제1부의 〈愛國篇〉은 한국전쟁 중 적치 구십일간의 수난 속에서 쓰여진 것이며 제2부의 〈戰爭篇〉은 한국전쟁을 계기로 하여 발생된 시인의 애국시편들이다. 제3부의 〈抒情篇〉은 해방 이후 틈틈이 쓰여진 시인의 아름다운 서정시초로 엮어졌다.

전쟁기에 나온 40여 권의 시집 가운데 모윤숙의 『風浪』이 각별한 이유는 전쟁기 체험을 다양한 방식으로 형상화한 데 있다. 많은 전쟁 체험시들이 생경한 장면 묘사나 적과 동지가 분명한 이분법적 사고에 기인한 반공사상에 골몰한 반면, 모윤숙의 『風浪』은 전쟁의 상황을 구체화하기도 하지만, 무엇보다 시적 화자의 서정적 어조로써 전쟁을 내면화하는 데 바쳐져 있다. 곧, 서사와 서정이 적절하게 어우러지면서 전쟁의 체험을 시적으로 형상화하고 있는 것이 『風浪』인 셈이다.

두루 알려진 대로 모윤숙은 전쟁기에 〈문총구국대〉에 몸 담으면서 전쟁의 체험을 시화했다. 전쟁 발발 다음날 26일 〈전국문화단체총연합회〉, 이른바 〈문총〉 간부들은 문예사 사무실에 모여 비상사태에 대한 대책을 논의하고, 27일에는 〈비상국민선전대〉를 조직하였다.[11) 이후 많은 문인들이 대구로 피난했다가 전세가 불리해지자 8월에 대부분 문인들이 다시 부산으로 피난하였다. 9월에 전세가 역전되자 문총구국대원들은 진격하는 국군을 따라 북으로 종군하였다.[12] 서울이 수복되자 〈문총〉은 10월 9일 〈打共文化人 蹶起大會〉를 국립극장에서 개최하고 문화인의 단결과 '타공사상'을 고양하는 동시에 "평화의 사도 UN의 화신 우리를 대신해 죽은 용사에게 명복을 빌자"라는 영문과 국문으로 된 포스터를 발간하였다.[13] 그리고 〈문총구국대〉를 강화하기 위하여 서울신문사에서 〈문총〉 간부회의를 개최하고 임원을 선출하였는데, 대장에 고희동, 부대장에 이하윤, 모윤숙, 사무국장에 박목월, 차장에 최인욱들이 선출되었다.[14] 문인으로서의 애국심이나 공산주의에 대한 적개심들이 난무한 가운데 모윤숙은 『風浪』을 난산한 것이다.

> 여기 大部分 모여진 나의 글들은 기술적으로 完成된 詩라기보다 내가 직접 보고 當한 人間으로서의 感情을 솔직히 記錄한 隨想感들이다. 〔…중략…〕 나는 숨으며 굶주리며 학대받으며 떨며 孤獨했다. 祖國, 民族, 이러한 形象들도 周圍와 環境이 變한 곳에서는 生角해낼 수 없으리만치 人間이란 적고 약한 存在인 것을 발견했다. 反面에 제나라의 날개 밑에

11) 김윤성, 「6·25와 문단」, 한국문인협회 편, 『해방문학20년』(정음사, 1966), 78쪽.
12) 『臨時首都天日』(부산일보사, 1985), 738~740쪽.
13) 국방부 정훈국 엮음, 『정훈대계 Ⅰ』(국방부, 1956), B232쪽.
14) 전국문화단체총연합회, 『문총창립과 문화운동10년소관』(선광, 1957), 26쪽. 중공군의 참전으로 전세가 다시 역전되자, 대부분의 문인들은 남쪽으로 후퇴하게 된다. 이때 부산으로 후퇴한 〈문총〉은 "민족정신을 고취"하고자 1951년 3월 1일 부산극장에서 〈3·1절경축기념예술대회〉를 개최하였는데, 대구에서 피난하고 있던 문인들은 1951년 3월 9일 공군의 지원하에 공군 종군문인단 〈창공구락부〉를 조직하였다. 이후 이를 계기로 육군, 해군에서도 종군작가단이 결성되고, 문인들의 종군활동은 군의 지원하에 보다 체계적으로 이루어지게 된다. 위의 책, 26, 319쪽 참조.

서만 人間은 저의 本性과 長成을 約束할 수 있다는 眞理를 또한 알았다. 큰 힘을 가진듯한 愛國者들도 敵의 앞에선 나라보다 自己를 다리고 다라나는것을 보았다. 敵은 愛國心보다 强한 偉力을 所有했는지도 모른다. 나는 나라나 政治나 主義를 論하고 싶지 않다. 다만 하나의 미미한 人間으로 태어난 내가 人間으로 듣고 느낀것을 적은 글로 表現해본것 뿐이다.

「序錄」의 일부분이다. 『風浪』이 전쟁의 참상을 사실적으로 형상화하는 데서 출발한 것은 사실이다. 그러나 "人間으로 듣고 느낀 것을 적은 글로 表現해 본" 『風浪』이 시인의 창조적 자아가 사회적 자아와 만나면서 충분히 그 서정과 내면을 드러내고 있는 점은 놓칠 수 없다. 이때 『風浪』은 대부분의 전쟁기 시가 보이는 선악의 인간 윤리의 문제나 전쟁의 비참함, 인간 존엄성의 문제나 참상의 고발과 같은 단순한 계몽주의적 담론으로 떨어지지 않는다. 여기서 우리는 시인의 적극적 자기 동일성을 만난다.

전쟁 상황 속의 인간은 하나의 오염된 존재다. 그가 아무리 자아의 고결성을 고집하고 이를 지키려고 발버둥치더라도 이런 상황과 교섭하면서 살고 있는 한 그의 실존은 오염되어 있다. 더구나 현대시가 제시하는 인간상은 과거와 같이 고결한 자아, 이상적 인간이 아니라 오염된 존재로서 고통 속에 번뇌하는 인간, 아니 평범한 인간상이다. 오염된 실존의 고뇌가 지속됨으로써 개인적 자기동일성을 형성하는 인간에게 우리는 더욱 공감하고 있다. 여기서의 시적 화자는 복잡하면서도 적극적인 자아 형성의 양상을 보인다.

친구도 사랑도 다—간 나라에
수수나무 너는 안 가고
내몸을 이처럼 가리워 주니?
어머니같이 정겨운 수수깡 냄새야
사람이 오거든
너와 나의 이야기를 알려 주지말아.

네품에 死刑囚가 숨었단 말을
행여 아무에게도 눈짓 하지말아.

수수잎사귀야!
나를 아무도 모르게 안아다오.
네 잎사귀로 내 숨결을 덮어다오.

—「수수밭에서」

"1950년 8월 10일 밤 서울 郊外서" 쓴 작품이다. 상황이 전쟁중이므로 화자도 전쟁 속에 놓인 비극적 인간일 수밖에 없다. 이것은 당시 시인이 벗어날 수 없는 운명이다. 그가 회상하는 과거 수수깡은 "어머니같이 정겨운" 냄새를 지녔다. 그는 전시 상황으로부터 소외되면서 수수나무에 몸을 숨기면서 연명하고 있다. 그러나 비록 이런 소외가 완성된 인격체나 적어도 하나의 개성을 형성하지 못하고 자기 동일성의 혼란을 가져왔지만 그는 도전적으로 "사람이 오거든/너와 나의 이야기를 알려 주지 말"라고 경고한다. "나를 아무도 모르게 안아" 달라고도 하고 "네 잎사귀로 내 숨결을 덮어"달라고도 한다. "네 품에 死刑囚가 숨었단 말을/행여 아무에게도 눈짓 하지 말아"달라고 애원하기도 한다. 전시 상황에서 목숨을 부지하기 위한 나약한 인간상을 그대로 드러낸다. 이때 시인은 자아의 고결성과는 너무나 먼 거리에 있다. "친구도 사랑도 다—간 나라에" 몸을 숨기고 있는 오염된 자아의 파편들로 오히려 그의 전시 상황하 삶은 자아의 지속감을 보다 리얼하게 드러내고 있는 것이다.

제1부 〈受難篇〉은 한국전쟁 중 적치 구십 일 간의 수난 속에서 쓰여진 것이다. 그래서 「모스크바에서 온 사람들」 「깨여진 서울」 「무덤에서 나리는 소낙비」 「국회원 방송」 「끌려간 사람들」 「기다리던 그날」 들에서 알 수 있듯이 전쟁 와중과 피난길에서 만나는 좌절감과 절망감의 정조가 대부분이다.

어둠이 옵니다. 때아닌 어둠이 옵니다.
하늘빛은 흐려져가고 山 그늘은 흔들립니다.
해는 비뚜러지 山谷에서 사라진 후
언덕은 부서져 바다로 흘러가고
새들은 죽지를 다쳐 날지 못합니다.

지는 어둠속에 비가 나립니다.
어느 山에선가 몰리는 바람소리
하늘이여 드르시나이까?
저 뫼 우에 쓸어지는 生命의 통곡소리.

山에도 江에도 숨을곳 못 찾는
쫓기는 이 겨레 슬픈 行列을
이는 누가 보낸 절망입니까?
누가 보낸 혼란입니까?
아아! 내나라 날 버리고 어디로 갔나?

—「깨여진 서울」 부분

"六二五 사변 당시 서울 강나루 山 속에서" 씌여진 작품이다. 전쟁이 시작된 상황에서 실존의 문제와 민족의 문제는 복수화된 실재들과 혼란스러운 관계를 맺으면서 떠돌고 있다. 전쟁이라는 상황은 유동적이고 상대적인 기표들의 장이 되어 삶과 죽음의 이분법적 구도가 그 어느 때보다도 극성을 부리는 토양을 제공해 주었다. "山도 골짝이도 안보이는 작은 길에/환히 터진 하늘이 싫고/맑게 들리는 새 소리도 조심스러/안 갈 수도 없는 외오리 十里길"(「논드렁길」)을 헤매는 자아는 전쟁이라는 폭력 앞에서 철저히 내면화될 수밖에 없다. 이때 시인은 "그대로 앉아 해를 지울까?/해가 지거든 다시 걸을까?/어제 자던 무덤 옆이라도 찾아 가자"고 결심한다. 들려오는 포격성을 "南에서 오는 기별"로 보고, 도리어 "나를 쏘아다고 나를 쏘아다고"라며 절규한다. 이는 곧 폭력적인 역사에 대한 역설적 저항이다. 이때 시인은 객관적 선험을 상징계가 아니라 현실로 잡았다. 이 대목이 우리의 눈길을 끈다. 곧 주체와 세계를 넘어서서 이들의 일정한 관계맺음을 가능케 하는 차원이 다름 아닌 우리가 현실이라고 부르는 차원인 셈이다.

그러나 전시에서 만나는 좌절감과 절망감의 서사를 시인의 서정적 어조로 감싸는 데 『風浪』의 장점이 있다.

자비로운 天國이다.

짚 북덕이 요를 삼아
나는 소와 함께 꿈길을 간다.
사람이 이처럼 삼가지는 땅에
소야 너는 의젓이 우정에 충실코나.
네 누은 忍耐의 王國
먼 슬픔들이 소라한 밤엔
연못처럼 깊은 네 마음 벽에
무척 기대고 싶어진다.

친구야! 네 주인은 오늘밤쯤
레닌의 나라로 추방을 갔을게다.
죄가 꽃처럼 번화한
人民共和國으로 갔을게다.

눈을 감어 쉬자.
오늘밤 네 눈물은 내가 마서주마.

—「오양간의 하루밤」

인용시는 "1950년 8월 10일 광주 근방에서" 쓰여진 작품이다. "사람이 이처럼 삼가지는 땅에"서 소와 더불어 위안을 나누는 시적 화자는 '인내'라는 자기 인식에서 통시적 자기 동일성을 갖고 있다. 언제까지나 모든 상황이 "자비로운 天國"이기를 희원하는 것이 그의 인생 태도이며 "짚 북덕이 요를 삼아/소와 함께 꿈길을" 가는 것이 그의 시작 태도이다. 그의 전쟁 체험들인 이런 태도 속에 통일되고 그래서 그것은 그의 개인적 동일성을 형성하는 요소가 된다. 그리고 이 개인적 동일성, 곧 그의 인격이 통시적 동일성으로 지속되는 것이다.

제2부 〈戰爭篇〉은 한국전쟁을 계기로 하여 발생된 시인의 애국시편들이다. 1부나 3부에 비해서 다소 전쟁의 참혹한 실상이 리얼하게 드러나고 반공사상을 무장한 자유주의 고취라는 시적 의도가 생경하게 드러난다. 「비밀전쟁」, 「수용소의 밤」, 「先鋒慈」, 「국군은 죽어서 말한다」 들의 작품들이 대표적이다.

눈은 환하게 틔인 湖水요.
볼은 少年처럼 타오르는 모습이
湖水같이 맑은 나라에
모란같이 고운 날에 살아야할 분인가 보오.

그런 나라가 임해지기 위해
무척 애쓰시는 보람에
그대 血管에 도는 피가 그처럼 빠르게

一線兵士에게 輸血이 되지않습니까?

千年 신라를 다스리던 화랑인들
그대의 쓴잔을 달다 마시오리까?
한나라 코리아를 위해서보다
세계를 질머진 오늘의 화랑이라면,

인류의 혼은 磁石처럼 연해 사는것,
한 집단이 이러나면 또 한 잡단이
한 나라가 숨지면 또 한 나라가
幸福도 不幸도 一直線의 운명.

그대는 코리아의 自由를 위해서뿐이라까?
필립핀, 뉴질랜드, 미국, 영국, 불란서,
아니 왼 세계의 自由를 위해서도 나선
偉大한 自由戰의 先鋒者!

山脈과 山脈에서
江과 江 사이에서
모여드는 兵士들을
그 우람찬 팔 안에 포옹하고
적의 요란한 고함이 들리면
내다라 쳐부시는 용감한 기운에

自由는 壓迫에서 해방 되고

祖國은 그대 발 앞에 千萬里 뻗어 가리니

이러나 파도에도, 狂風에도 마다 말고

끓는 피의 勇士로 祖國을 빼앗아 오소.

나라와 나라들이 모여와도

그대 앞서서 祖國을 도라오게 하소서.

—「先鋒者(정일권 중장에게)」

다른 작품에 비해서 시적 주제가 노출되어 있는 작품이다. 직접적인 전쟁의 참상 고발과 함께 자유주의의 승리라는 시적 주제를 고취하고자 하고 있다. 그러나 이 작품을 단순한 계몽주의적 담론으로 떨어지지 않게 하는 장치는 편지라는 형식이다. 두루 알려진 대로 편지는 자아와 세계의 소통구조를 전제로 한다. 여기서 시인은 편지라는 교감의 형식을 통하여 내면의 서정성을 배경화하고 있는 것이다. 서정 형식이 자아와 세계와의 교감을 전제하지 않는다면 감상적 낭만주의의 아류로 전락해 버리고 만다. 시인은 자아와 세계와의 소통구조를 열어 둠으로써 시적 세계를 창출해내는 것이다. 여기서도 시인은 적극적인 자기 동일성의 맥락에서 서정성을 놓지 않은 셈이다.

고운 사람들이 살던

옛나라 길엔 꿈이 그대로 이슬에 핀다.

화랑이 넘나들던 山과 들이며

동백꽃 저고리, 산호빛 나삼에
우리 女王 노을 안고 거니시던
그 王宮뜰도
여기 歲月을 덮고 이끼속에 누었다.
재앙의 땅을 피해 오고 가는 사람들
람루한 옷자락엔 석양은 다정히
그 맘에 비인 자리를 고이 만져주느니
옛 서울 꽃등노리에 홍 겹던 밤이
다시 한번 찬란해지는 이 길은 福되여라.

—「경주ㅅ길」

인간과 대상 간의 비억압적인 교감이 가능했던 때는 존재론적·인식론적 유토피아였다. “고운 사람들이 살”고 “꿈이 그대로 이슬에” 피던 시대는 공동체적 화합 상태였다. 그러나 유토피아는 늘상 잃어버린 과거로만 존재하거나 인식된다. 공동체적 화합 상태는 부단히 위협받고 위기에 처해 있는 것이다. 그리고 그처럼 원환적인 화합이 위협받음에 따라, 그것을 극복하려는 유토피아적 추동력에 의해 시적 상상력이 작동하기 시작한다. 공동체적 유대의 자기 확인으로서의 진리가 시에서는 자기 동일성을 통해서 표상되는 것은 그 때문이다. “歲月을 덮고 이끼속에 누었”지만, “재앙의 땅을 피해 오고 가는 사람들”의 무리 속에서 시인은 경주 땅 석양의 다정한 손길을 간청한다. 과거 평화롭고 흥겨웠던 시절의 부활을 부단히 기원한다. 그리하여 “다시 한번 찬란해지는 이 길”이 복되기를 역사의 질곡 속에서 부단히 기원하는 것이다. 이러한 복됨이 가능한 것은 생경한 역사적 질곡의 고발보다 서정어린 시적 화자의 목소리 덕분이다. 문학적 진리가 개념적 인식의 진리가 아니라 감성적인 자기 인식의 진리[15]인 셈이다.

두루 알다시피 자기 동일성이란 단순히 주관적인 것이 아니라 실제 대상에 대한 인식과 긴밀한 연관을 지니고 있다. 문학은 일차적으로 주체의 감성에 호소하지만 주관적 감성 자체가 실제 현실에 대한 인식적 상호작용의 산물인 것이다.

자아의 시점을 통해서 공동체적 이상에 접근하는 일은 서사적 운동 과정으로 형상화되기도 하고, 서정적 자기 인식으로 표상되기도 한다. 그 둘은 어느 경우이든 허구적 형식을 통한 주체의 자기 인식의 표현으로 볼 수 있다. 그러나 그것은 또한 실재계로서의 역사와 상호작용하는 주체의 자기 표현이기도 하다. 여기서 문학적 표현 주체가 실재계와 상호작용한다는 것은 억압적 체계에서 부단히 벗어나려는 욕망을 드러냄을 암시한다. 그것은 개념적 억압에서 벗어나 미결정성으로 탈출하는 과정이다. 이처럼 실재계와 상호작용하는 주체의 자기 인식의 도정에서, 감성적 자율성을 의미하는 문학의 미결정성은 체계의 개념적 억압에서 탈출하는 미결정성과 결합된다. 그리고 결과적으로 문학 담론은 허구적 형식을 매개로 실재계로서의 진리에 접근한다. 문학 담론이 로고스 중심주의에서 벗어나 삶의 공간을 탐색할 수 있는 것은 그 때문이다.

15) M. S. 까간, 『미학강의 I』(진중권 옮김, 새길, 1991), 290쪽.

사랑하는이!

당시은 나의 짝, 나의 거룩한 님,

눈을 잃고

다리를 빼앗겼으나

그 남은 생명좇아

조국을 위해 마치고자 소원하는

아아! 나의 자랑스런 님이여라.

나는 임의 그대와 같은 나라에 낫고

같은 山脈과 江줄기에 태어난 몸이어니

祖國의 피에 이몸을 일우워난 처녀

당신의 신부로 오늘을 맞이 하오매

사랑하는이여! 나를 받아주옵소서.

—「당신의 신부로(상이군인 혼인식에서)

"1951년 3월 25일 釜山서" 쓴 작품이다. 개인적 동일성은 어제의 '나'와 오늘의 '나'가 똑같다는 느낌이나 신념의 자아 감각, 시간의 흐름 가운데서 파악된 '나'가 무엇이며 이 '나'를 어떻게 파악하느냐, 요컨대 자아 형성의 문제이다. 모윤숙은 『風浪』에서 바로 이런 자아 형성의 과정을, 끊임없는 자기 모험을 보여준다.

성한 몸이거나 전쟁 와중에 상처 입은 몸이거나 이 몸은 모두 사랑하는 나의 님의 몸이다. "눈을 잃고/다리를 빼앗겼으나/그 남은 생명좇아/조국을 위해 마치고자 소원하는" 님은 오히려 "나의 자랑스런 님이"다. 그래서 "祖國의 피에 이몸을 일우워난 처녀"로서 기꺼이

"당신의 신부"가 되고자 하는 것이다. 이때 시인이 지닌 자기 동일성은 역사의 질곡에 상관없이 사랑이 늘 내재하는 유토피아가 반복될 수 있다는 순환적 전망을 나타낸다.

제3부의 〈抒情篇〉은 해방 이후 틈틈이 쓰여진 시인의 아름다운 서정시초로 이루어져 있다. 전쟁기 피난시절 와중에 쓴 작품도 있고(「松島海邊」, 「달」), 시기를 밝히지 않은 개인적 감성에 취한 연시들도 있으며(「기다림」, 「그대 눈으로」, 「모르겠어요」), 외국기행 체험을 바탕으로 한 작품들도 있다(「하와이 색시들」「타지마할」).

부드러운 神의 노래입니다.
그 연한 자장가 소리는
들으십니까?
저 근심의 가지를 고웁게 웃기고 지나가는 물결 소리를!

하늘의 신부 저 아롱진 바다 결은
百合꽃 사랑을 초밤에 수 놓습니다.
한쪽 푸른 물이 모여와서
나즉히 그 적은 언덕에 별을 부르고
긴 긴 달밤 그리운 노를 저으며
가신님 발자욱 자욱에
못잊는 노래를 전해 준다오.

—「松島海邊」

위 작품에서 시인은 하나의 의의 있는 순간뿐만 아니라 또한 긴밀한 연관의 연속적 순간들을 환기한다. 이것은 서정적 시간의 두 유형이다. 두루 알려진 대로 서정시의 현재는 고립된 현재가 아니다. 시인의 의식상에 있어서 현재의 순간에 많은 과거들, 체험들이 동시적으로 공존해 있는 순간이거나, 이 순간 속의 상황들이 무엇이든 이것들이 결합되어 하나의 의의 있는 패턴을 가지게 되는 연속적 순간이다. "1951년 3월 25일" 씌여진 위 작품에서 시인은 전시 상황에 아름다웠던 많은 과거들, 체험들이 동시적으로 공존해 있는 순간이거나, 이 순간 속의 사항들이 무엇이든 이것들이 결합되어 하나의 의의 있는 패턴을 가지게 되는 연속적 순간이다.

인용시를 비롯한 3부의 작품들은 전쟁기 작품에서 쉬 찾아볼 수 없는 서정의 세계에 마음껏 취해 있다. 이는 전쟁의 체험을 내면화하지 않고서는 불가능하다.

4. 마무리

두루 알려진 대로 전쟁기 시의 특징은 당대 현실에 충실한 점이다. 전쟁이라는 급박한 상황 속에서 객관적 거리는 부족하기 마련이었고, 따라서 이러한 당대의 충실도는 전쟁시를 바라보는 주요한 관점이 되는 것이다. 그러나 모윤숙은 이러한 건조한 전쟁시의 특성을 한결 다양하게 풀어 놓는 계기를 제공한다. 모윤숙의 『風浪』은 계몽적이고 단정적인 어조와는 거리가 멀다. 대신 적극적인 자기 동일성을 바탕으로 한 서정 양식의 본질을 충실히 재현해내고 있다. 이는『風浪』이 전쟁 체험을 내면화한 결과다. 이러한 점이『風浪』을 여느 전쟁기 시와 다른 맥락에 놓을 수 있는 대목이다.

『風浪』이 설득력 있는 한 권의 시집이 되는 것은 무엇보다 전쟁기 삶이 고통스럽게 세상을 뒤덮고 있던 때 역사적 질곡으로서의 '풍랑'이 우리의 소망을 응원하기 때문이다.『風浪』의 상상력은 추한 삶을 마취하려는 상상력이 아니라, 연대와 평화의 삶을 격려하는 상상력이다. 그러므로『風浪』은 전쟁 체험을 내면화함으로써 갈라진 현실을 입맞춤처럼 묶어주는 사랑의 시편들인 셈이다.

도움글들

■ 기본 자료

김용호, 『南海讚歌』(남광문화사, 1952)
김종문, 『不安한 土曜日』(보문각, 1953)
모윤숙, 『風浪』(대구 문성당, 1951)
박거영, 『惡의 노래』(국제신보사, 1951)
이영순, 『延禧高地』(정민문화사, 1951)
이영순, 『地靈』(문총사, 1952)
함석헌, 『水平線너머』(부산 삼협문화사, 1953)

■ 국내 논저

1. 낱책

강정구, 『분단과 전쟁의 한국현대사』(역사비평사, 1998/3쇄)
경남지역문학회, 『지역문학연구 · 6:경인전쟁과 한국의 지역문학』(불휘, 2000)
고　은, 『1950년대』(청하, 1989)
고　은, 『문학과 민족』(한길사, 1986)
구인환, 『한국전후문학연구』(삼지원, 1995)
국방부 정훈국 엮음, 『정훈대계 I』(국방부, 1956)
권영민, 『한국현대문인대사전』(아세아문화사, 1991)

김대중 외 여럿, 『누구를 위한 전쟁이었나』(다할미디어, 2000)
김사량, 『종군기』(살림터, 1991)
김상선, 『광복뒤의 우리문학 연구』(집문당, 1996)
김양명, 『한국전쟁사』(일신사, 1978)
김영삼 엮어 지음, 『韓國詩大辭典』(을지출판공사, 1988)
김윤식, 『한국근대문학양식논고』(아세아문화사, 1978)
김재홍, 『한국전쟁과 현대시의 응전력』(평민사, 1978)
김재홍, 『한국현대문학의 비극론』(시와시학사, 1993)
김종문 외 여럿, 『서사시』(을유문화사, 1967)
김철범 엮음, 『한국전쟁을 보는 시각』(을유문화사, 1990)
김학준, 『한국전쟁』(박영사, 1989)
김해성, 『한국현대시연구』(대광문화사, 1995)
나병철, 『근대서사와 탈식민주의』(문예출판사, 2001)
류 령, 『밀튼의 서사시 연구: 그 미학적 구성론』(연세대학교출판부, 1980)
문덕수 엮어 지음, 『세계문예대사전』(성문각, 1975)
문학사와 비평연구회, 『1950년대 문학연구』(예하, 1991)
부산일보사 엮음, 『臨時首都天日』(부산일보사, 1985)
성신여대 현대사상연구소 엮음, 『6·25가 한국인·한국사회에 미친 영향』(성신여대출판부, 1986)
소진철, 『한국전쟁의 기원』(원광대학교출판부, 1996)
송화춘·이남호 엮음, 『1950년대 시인들』(나남, 1994)
신경득, 『종전후소설연구』(일지사, 1983)

안청시 · 최일섭, 『전후세대의 가치관과 이념』(집문당, 1987)
역사문제연구소 엮음, 『1950년대 남북한의 선택과 굴절』(역사비평사, 1998)
이건호 외 여럿, 『1952年』(평범사, 1952)
이경영, 『한국 전후시 연구』(성균관대학교출판부, 1993)
이기윤, 『전쟁과 인간』(한샘, 1992)
이어령 엮음, 『전후문학의 새물결』(신구문화사, 1973)
이어령, 『저항의 문학』(동화출판사, 1977)
이완범, 『한국전쟁: 국제전적 조망』(백산서당, 2000)
이지엽, 『한국 전후시 연구』(태학사, 1997)
전대열, 『싸우는 평화주의자』(동광출판사, 1982)
정상구, 『역사의 강변에서: 지구촌의 새벽을 여는 영혼의 서사시』(내외신서, 1990)
정영채, 『한국전후문학의 실존철학적 접근』(동아대학교출판부, 1985)
조동일, 『동아시아 구비서사시의 양상과 변천』(문학과지성사, 1997)
조연현, 『문학과 사상과 인생』(문학세계사, 1982)
최장집 엮음, 『한국전쟁연구』(태암, 1990)
한국문인협회 엮음, 『解放文學 20年』(정음사, 1966)
한국문학연구회 엮음, 『1950년대 남북한 문학』(평민사, 1991)
한국사회학회 엮음, 『한국전쟁과 한국사회변동』(풀빛, 1992)
함석헌, 『人間革命』(일우사, 1961)
함석헌, 『뜻으로 본 韓國歷史』(일우사, 1962)
함석헌, 『죽을 때까지 이 걸음으로』(삼중당, 1964)

2. 낱글

강정구, 「한국전쟁의 충격」, 『광장』 1991년 여름호

곽종원, 「6 · 25동란 이후의 작단 개관」, 『신천지』 1953년 5월호

곽종원, 「전쟁문학이란 무엇인가」, 『월간문학』 1969년 12월호

구　상, 「1·4후퇴와 피난 시초」, 『죽순』 21호(1987)

구　상, 「대구의 회상」, 『죽순』 19집(1985)

구　상, 「한국시에 나타난 한국동란」, 『구상문학선』(성바오로출판사, 1975)

구　상, 「한국시에 나타난 한국전쟁」, 『현대시학』 1972년 9월호

구은경, 「1920~30년대 한국 서사시 장르 인식 연구」(동국대 석사학위 논문, 1996)

구인환, 「전쟁의 비극과 분단의 한」(육군사관학교 화랑대연구소 '00군사연구 세미나1, 2000. 6. 3)

김경동, 「전쟁사회학 시론 - 한국전쟁의 사회적 충격」, 『현대사』 창간호(서울언론문화클럽, 1980. 11)

김기완, 「전쟁과 문학」, 『문예』 1950년 12월호

김남석, 「서사시의 본질과 민족정신 창달의 사적 효용성」, 『월간문학』 1992년 12월호

김남석, 「선혈의 유역에 피어난 생명율」, 『한국전쟁시선』2(참전시인협회, 1981)

김남석, 「역사철학적 민족서사시의 典型性」, 『시문학』 1992년 4월호

김명식, 「전쟁과 문학」, 『삼천리문학』 제2호(1938)

김명식, 「전쟁문학의 내용 요소」, 『국어교육』 제46~47호(1983. 12)

김병익, 「6·25와 한국소설의 관점」, 『지성과 문학』(문학과지성사, 1982)
김석구, 「한국 전쟁문학론 서설」, 『논문집』 제1집(군산교육대학, 1967)
김선학, 「한국전쟁의 거시적 파악」, 『한국문학』 1985년 6월호
김소영, 「韓國에 있어서 敍事詩는 可能한가」(上·下), 『시문학』 1972년 1·2월호
김승환, 「분단문학과 분단시대」, 『분단문학비평』(청하, 1987)
김영일, 「한국무속서사시의 서사구조연구 : "본풀이" 서사유형과 민담구조와의 대비를 중심으로」(서강대 박사학위 논문, 1986)
김영진, 「한국근대서사시의 전개양상연구」(건국대 석사학위 논문, 1992)
김영철, 「산문시 · 이야기시란 무엇인가」, 『현대시』 1993년 7월호
김영철, 「이야기 시의 발화 형식 및 전개 양상 연구」, 『문학한글』 제13호(한글학회, 1999. 12. 30)
김영철, 「한국 산문시의 초기수용 및 정착과정」, 『현대시』 1998년 9월호
김용재, 「전쟁문학의 전망」, 『동양지광』 1939년 3월호
김용직, 「敍事詩, 그리고 抒情 短形詩 問題」, 『한국문학』 1981년 8월호
김용호, 「東問西答」, 『현대문학』 1964년 9월호
김용호, 「나의 詩的遍歷」, 『시문학』 1971년 10월호
김우정, 「韓國에 敍事詩는 可能한가」, 『세대』 1966년 3월호
김우종, 「어두운 歷史의 敍事詩」, 『문학사상』 1975년 3월호
김우창, 「韓國詩와 形而上」, 『세대』 1968년 7월호
김원일, 「'고향'과 '육이오'란 무엇인가」, 『문학정신』 1987년 4월호
김윤식, 「6·25 전쟁문학」, 『한국현대문학사론』(한샘, 1988)

김윤식, 「우리 근대문학사의 연속성에 대하여」, 『한국의 전후문학』(한국현대문학연구회, 1991)
김윤식, 「한국문학의 현황과 한국문화예술」, 『중앙일보』 1974년6월 22일자~25일자.
김재홍, 「6·25와 한국문학」, 『시와 진실』(이우, 1984)
김재홍, 「6·25와 한국의 현대시」, 『현대시와 역사의식』(인하대학교출판부, 1988)
김재홍, 「한국근대서사시와 역사적 대응력」, 『문예중앙』 1985년 가을호
김정훈, 「단편서사시 양식의 연원 고찰 시고」, 『국제어문』 제17집(국제어문학회, 1996)
김정훈, 「단편서사시의 개념, 대상, 범주 고찰」, 『국제어문』 제16집(국제어문학회, 1995)
김종길, 「영혼과 육체의 드라마」, 『문학사상』 1984년 8월호
김종길, 「韓國에서의 長詩의 可能性」, 『문화비평』 1969년 여름호
김종문, 「전쟁과 선전」, 『전시문학독본』(계몽사, 1951)
김종문, 「전쟁과 시에 대한 각서」, 『한국전쟁시선』1(상일문화사, 1973)
김종윤, 「전쟁 문학에 나타나는 전장 체험 연구」, 『육사논문집』 제54집(육군사관학교, 1998. 6)
김종윤, 「한국전쟁, 그 비극적 체험과 시적 응전」(육군사관학교 화랑대연구소 '00군사연구 세미나1, 2000. 6. 3)
김종철, 「自己客觀化와 鄕愁」, 『문학사상』 1975년 3월호
김종회, 「가족사의 수난에서 민족사의 비극으로」, 『동서문학』 1989년 11월호

김종희, 「전쟁과 문학」, 『동양지광』 1944년 11월호
김준오, 「서술시의 서사학」, 『시와사상』 1996년 여름호
김준오, 「전달의 미학과 장시의 연희화」, 『문예중앙』 1986년 여름호
김진희, 「임화 시 연구: '단편서사시'를 중심으로」(이화여대 석사학위 논문, 1990)
김창수, 「불란서 산문시 발생 소고」, 『현대시』 1998년 9월호
김창수, 「한국 근대서사시 연구 : 발생배경과 장르적 성격을 중심으로」(인하대 석사학위 논문, 1988)
김창수, 「한국근대서사시의 가능성」, 『어문연구』 제59·60합본집(1988.12)
김창현, 「서사·극의 장르적 성격과 결합 양상 연구:고소설·탈춤·판소리를 중심으로」(성균관대 박사학위 논문, 1999)
김춘수, 「산문시와 이야기시의 전개양상(1920~50년)」, 『현대시』 1993년 7월호
김치수, 「6·25동란을 취재한 작품」, 『월간문학』 1969년 10월호
김태진, 「전쟁문학연구」, 『용봉논총』 제2집(전남대학교 인문과학연구소, 1973)
김팔봉, 「전쟁문학의 방향」, 『전선문학』 1953년 2월호
김학준, 「해방 3년사와 한국전쟁 연구동향」, 『1950년대의 인식』(한길사, 1981)
김형철, 「한국 현대 서사시의 구조 연구(서울대 석사학위 논문, 1994)
김홍기, 「한국 현대서사시연구」(한양대 석사학위 논문, 1980)
나종일, 「한국전쟁의 의미—한국의 입장」, 『한국전쟁을 보는 시각』(을유문화사, 1990)
남송우, 「시의 장형화 현상과 현실인식」, 『文學과 삶의 地平을 위하여』(남송우 외 엮음, 부산문예사, 1983)

남송우, 「장시의 서사성」, 『시와사상』 1996년 여름호
문병란, 「분단시대의 시」, 『분단문학비평』(청하, 1987)
문선영, 「1950년대 전쟁기 장시 연구」(부산대 박사학위 논문, 2002)
박명림, 「한국전쟁연구서설」, 『한국전쟁의 이해』(역사비평사, 1990)
박영희, 「전쟁과 조선문학」, 『인문평론』 1939년 10월호
박용옥, 「세계 전사 속의 한국전쟁」, 『현대사』 창간호(서울언론문화클럽, 1980)
박윤우, 「전후 한국시의 현실인식과 문화적 성격 연구」, 『호서어문연구』 제1집(호서대 국어국문학과, 1993)
박정호, 「한국 근대장시 형성과정 연구」(한국외국어대 박사학위 논문, 1997)
박종성, 「한국 창세서사시의 신화적 의미와 시대적 변천」(서울대 박사학위 논문, 1999)
박지영, 「1950년대 후기시와 작가의식 연구」, 『덕성어문학』 제8집(덕성여대 국어국문학과, 1995)
박철희, 「한국시와 6·25 체험」, 『한국문학』 1985년 6월호
박치원, 「金宗文詩의 詩的 發展過程」, 『현대시학』 1981년 6월호
박태일, 「1950년대 한국 전쟁시 연구」, 『경남어문논집』 제5집(경남대 국어국문학과, 1992. 12)
방영준, 「6·25가 한국인의 가치관 형성에 미친 영향」, 『6·25가 한국인·한구사회에 미친 영향』(성신여대출판부, 1986)
백　철, 「속, 난중의 피난생활」, 『문학자서전』(박영사, 1975)
백　철, 「전쟁문학의 개념과 그 양상」, 『세대』 1964년 6월호
백　철, 「전쟁문학의 의의」, 『조선일보』 1965년 6월 25일자

백 철, 「전쟁문학일고」, 『인문평론』 1939년 10월호
범대순, 「서사시 · 장시의 개념과 성립과정」, 『현대시』 1993년 10월호
서경덕, 「6 · 25전쟁문학—남과 북이 어떻게 다른가」, 『역사비평』 1990년 겨울호
서경석, 「전후문학의 재편과정과 그 의의」, 『한국전후문학의 형성과 전개』(태학사, 1993)
서정학, 「韓國現代長詩硏究」(충남대 석사학위 논문, 1987)
서준섭, 「韓國現代詩에 있어서 長詩의 문제」, 『심상』 1982년 5월호
선우휘, 「6 · 25와 전쟁문학」, 『한국문학』 1985년 6월호
신동욱, 「1920년대의 시와 그 인식」, 『韓國現代詩史硏究』(일지사, 1985)
신봉승, 「長詩와 散文情神의 溶解」, 『현대문학』 1963년 3월호
신영덕, 「1950년대 종군작가단 조직 및 그 활동」, 『문학정신』 1991년 12월호
신영덕, 「한국전쟁기 종군작가 연구」(고려대 박사학위 논문, 1993)
신영덕, 「한국전쟁기 종군작가와 소설」(육군사관학교 화랑대연구소 '00군사연구 세미나1, 2000. 6. 3)
신익호, 「전쟁문학소고」, 『논문집』 제8집(육군3사관학교, 1978. 12)
신현규, 「壬丙兩亂을 素材로 한 漢文敍事詩 硏究」(중앙대 박사학위 논문, 1998)
신형기, 「시련의 경험」(육군사관학교 화랑대연구소 '00군사연구 세미나1, 2000. 6. 3)
심원섭, 「1950년 북한시 개관」, 『1950년대 남북한 문학』(평민사, 1989)
심종철, 「6 · 25의 문학적 해방을 기다리며」, 『한국문학』 1985년 6월호
양흥모, 「한국전쟁의 원인과 결과」, 『해방전후사의 쟁점과 평가』2(형설출판사,

1990)

염무웅, 「敍事詩의 가능성과 문제점」(김윤수 외 엮음, 『한국문학의 현단계 I』, 창작과비평사, 1982)

염무웅, 「1930년대 문학론」, 『한국 근대문학사론』(임형택·최원식 엮음, 한길사, 1982)

오국근, 「전쟁문학소고」, 『논문집 – 인문사회과학편』(동국대학교, 1972)

오성호, 「북한 시의 형성과 전개 – 송가, 서사시, 서정시를 중심으로」, 『배달말』 제28집

오세영, 「〈국경의 밤〉과 〈서사시〉의 문제」, 『국어국문학』 제75집(국어국문학회, 1977)

오세영, 「長詩의 다양성과 가능성」, 『현대시학』 1988년 8월호

오세영, 「한국 서사시와 역사의식」, 『韓國現代文學의 悲劇論』(시와시학사, 1993)

오세영, 「6·25와 한국전쟁시 연구」, 『한국문화』 제13집(서울대학교 한국문화연구소, 1992. 12)

오세영, 「서사시란 무엇인가」, 『현대시』 1993년 10월호

오세영, 「한국전쟁문학론 연구」, 『인문논총』 제28집(서울대학교인문과학연구소, 1992. 12)

오양호, 「전후 35년의 한국시·1 – 분단문제의 시를 중심으로」, 『시문학』 1985년 11월호

오영식, 「한국전쟁문학론」(경희대 석사학위 논문, 1974)

오현봉, 「한국 전쟁문학 연구」, 『성곡논총』 제9집(성곡학술문화재단, 1978)

오현주, 「6 · 25문학 비교」, 『한길문학』 1990년 7월호
유종호, 「문학 속에 굴절된 전쟁경험」, 『사상』 1990년 봄호
윤병로, 「전쟁문학시론」, 『성균관대 논문집』 제24집(성균관대학교, 1977)
윤여탁, 「1950년대 한국 시단의 형성과 참여시의 잉태」, 『한국전후문학의 형성과 전개』(태학사, 1993)
윤여탁, 「민족 현실의 시적 형상화와 장르의 객관화;서사시 「금강」과 「임진강」을 중심으로」, 『문학과비평』 제8집(1988. 12)
윤여탁, 「서술시와 리얼리즘」, 『시와사상』 1996년 여름호
윤여탁, 「한국전쟁후 남북한 시단의 형성과 시세계」, 『한국현대시사의 쟁점』(시와시학사, 1991)
윤영천, 「시의 '리얼리즘적 성취'에 대하여; 신경림의 연작 장시 『남한강』을 중심으로」, 『인하대인문과학연구소논문집』 제22집(인하대인문과학연구소 편, 1995. 1)
윤종주, 「민족대이동으로 본 6 · 25」, 『월간중앙』 1980년 6월호
윤종혁, 「전쟁문학의 역사적 배경—전쟁문학의 역사적 고찰」, 『홍대논총』 제17집(홍익대학교, 1985)
이경호, 「1950년대 시에 나타난 재생 모티프」, 『문학과 비평』 1989년 봄호
이광호, 「폐허의 세계와 관능의 형식」, 『1950년대 시인들』(이남호 외 여럿, 나남, 1994)
이기수, 「60년대 한국전쟁문학론」(동국대 석사학위 논문, 1990)
이기윤, 「1950년대 한국소설의 전쟁체험 연구」(인하대 박사학위 논문, 1989)
이남호, 「1950년대와 전후세대 시인들의 성격」, 『1950년대 시인들』(나남,

1994)
이동근, 「한국전쟁(6·25) 시의 주제양상고」, 『논문집』 제20집(3사관학교, 1985. 9)
이동순, 「분단시대의 시정신과 통일지향성」, 『현대시학』 1989년 3월호
이동하, 「6·25 전후세대의 분단소설 비교」, 『광장』 1987년 6월호
이동하, 「김동환의 서사시에 나타난 지식인과 민중」, 『세계의 문학』 1985년 가을호
이명재, 「전후문학에 반영된 미국·미국인」, 『현대문학론』(중앙출판, 1982)
이무영, 「전쟁과 문학」, 『전선문학』 1953년 5월호
이상덕, 「한국전후소설에 나타난 갈등양상」(인하대 석사학위 논문, 1987)
이숭원, 「해방 후 서사시·장시의 정신과 형식」, 『현대시』 1993년 10월호
이승훈, 「6·25체험의 시적 극복」, 『문학사상』 1988년 8월호
이승훈, 「한국전쟁과 시의 3양상」, 『현대시학』 1974년 8월호
이영섭, 「50년대 남한의 현실인식과 시적 상황」, 『1950년대 남북한 문학』(한국문학연구회 엮음, 평민사, 1991)
이은자, 「피난지소설 연구」, 『아주어문연구』 제1집(아주대 국어국문학과 어문연구회, 1994. 12)
이재선, 「전쟁체험과 50년대 소설」, 『현대문학』 1989년 1월호
이종윤, 「분단시대의 서사시 연구:「금강」·「오적」·「남한강」·「백두산」을 중심으로」(경희대 박사학위 논문, 1998)
이종학, 「한국인의 전쟁관」, 『광장』 1983년 8월호
이철범, 「한국전쟁의 시적 표현」, 『현대시학』 1971년 11월호

이헌구, 「전쟁과 문학」, 『문장』 1939년 10월호
이헌석, 「韓國 現代 敍事詩의 새 地平」, 『월간문학』 1984년 12월호
이혜원 · 조형연, 「한국전쟁의 국내외적 영향」, 『한국전쟁의 이해』(역사비평사, 1990)
임긍재, 「전시하의 한국문학자의 책무」, 『전선문학』 1952년 11월호 창간호
임도한, 「한국 전쟁기 전쟁시 연구」(서울대 교육대학원, 1994)
임헌영, 「6 · 25와 분단에 따른 실향민」, 『우리문학』 제1호(물레, 1986. 12)
임헌영, 「6 · 25의 문학사적 의의」, 『문학의 시대는 갔는가』(평민사, 1988)
임헌영, 「6 · 25의 문학사적 의의」, 『시문학』 1977년 7월호
임헌영, 「전쟁 속의 인간상」, 『월간문학』 1969년 10월호
장부일, 「韓國 近代 長詩 연구」(서울대 박사학위 논문, 1992)
장석주, 「6 · 25의 문학적 형상화—전상국 · 유재용 · 이문열」, 『한 완전주의자의 책읽기』(청하, 1987)
장윤익, 「서사시와 테마시」, 『시문학』 1992년 12월호
장윤익, 「한국서사시 연구 – 시사적 맥락을 중심으로」(명지대 박사학위 논문, 1984)
전기철, 「한국전후문예비평의 전개양상에 대한 고찰」(서울대 박사학위 논문, 1992)
전보옥, 「중국문학 중 서사시 개념 소고」, 『문경』 제5집(1993. 8)
전영태, 「6 · 25와 한국소설의 재발견」, 『한국문학』 1985년 6월호
전혜자, 「전시문학과 작가의식」, 『한국의 전후문학』(태학사, 1991)
전홍철, 「한 · 중 · 일 소설기원론과 서사시」, 『중국연구』 제22집(한국외대 외국

학종합연구센터중국연구소, 1988. 12)
정명환, 「전쟁과 한국작가」, 『사상계』 1963년 11월호
정봉래, 「전쟁문학론」, 『문학의 자유』(향문사, 1967)
정봉래, 「전쟁문학론」, 『자유문학』 1960년 1월호
정종진, 「한국현대시사에서 서사시·서사성에 대한 논의와 시정신 변화에 대한 연구」, 『인문과학논집』 제16집(청주대학교 인문과학연구소, 1996)
정해구, 「한국전쟁의 이해와 논점」, 『한국현대사』2(풀빛, 1991)
정효구, 「한국 산문시의 전개양상」, 『현대시』 1993년 7월호
조남익, 「李炯基·金宗文의 詩」, 『현대시학』 1986년 12월호
조동일, 「서사시의 전통과 근대소설」, 『관악어문연구』 제15집(서울대학교 국어국문학과, 1990. 12. 31)
조병락, 「전쟁문학의 개념규정에 관한 연구」, 『육사논문집』 제3집(육군사관학교, 1965. 12)
조연현, 「전란 속의 문학인의 지향」, 『신조』 창간호, 1951년 6월호
조연현, 「한국전쟁과 한국문학」, 『전선문학』 1953년 5월호
조영복, 「1950년대 시 연구와 이론의 모색」, 『한국현대시와 언어의 풍경』(태학사, 1999)
조영암, 「동란중의 문단개관」, 『자유예술』 1952년 11월호
종타호, 「巴人의 자연적 풍토」, 『현대문학』 1957년 11월호
주종연, 「敍事詩 〈東明王 篇〉에 대한 一考察」, 『어문학논총』 제7집(국민대 어문학연구소, 1988. 2)
천이두, 「50년대 문학의 재조명」, 『현대문학』 1985년 1월호

최경혜, 「장시의 리듬에 관한 考察」, 『경남대논문집』 제4집(경남대학교 문과대학 국어국문학과, 1977. 12)
최동호, 「1950년대의 시적 흐름과 정신사적 의의」, 『현대문학』 1989년 1월호
최동호, 「6·25와 한국 현대시의 인식」, 『현대시의 정신사』(열음사, 1985)
최두석, 「단편서사시론고」, 『한국국어교육연구회논문집』 제38집(1990. 9)
최인욱, 「전쟁문화론」, 『신천지』 1951년 1월호
최인욱과 여럿, 「신춘문학좌담회」, 『전선문학』 1953년 2월호
최재서, 「전쟁문학」, 『인문평론』 1940년 6월호
최정호, 「한국 현대사와 한국전쟁」, 『현대사』 창간호(서울언론문화클럽, 1980. 11)
최진송, 「종군시의 의미와 분단극복」, 『동의어문논집』 제4집(동의대 국어국문학과, 1988. 4)
특 집, 「전쟁문학」, 『월간문학』 1969년 10월호
특 집, 「전후문학은 끝났는가」, 『월간문학』 1973년 6월호
특 집, 「한국전쟁과 시」, 『현대시학』 1974년 8월호
한계전, 「한국 전후시에 있어서 모더니즘적 특성과 그 가능성」, 『시와 시학』 1991년 6월호
한수영, 「1950년대 문학의 재인식」, 『작가연구』 창간호(새미, 1996)
한이각, 「한국현대 서사시 연구: 「국경의 밤」과 「남해찬가」를 중심으로」(서울여대 석사학위 논문, 1988)
한현진, 「희극적 서사시적 이론과 사실주의, Henry Fielding의 "Joseph Andrew"를 중심으로」, 『상지대병설실전논문집』 제1집(상지대학교,

1982. 4)
한형구, 「1950년대의 한국시—전쟁시 혹은 전후시의 전개」, 『1950년대 문학연구』(예하, 1991)
홍기삼, 「전쟁 그리고 문화의 수면」, 『월간문학』 1973년 10월호
홍기삼, 「韓國敍事詩의 實際와 可能性」. 『문학사상』 1975년 3월호
홍성원, 「한국전쟁에 대한 새로운 조명」, 『문학과지성』 1973년 6월호

■ 국외 논저

Alasdair MacIntyre, 『덕의 상실』(이진우 옮김, 문예출판사, 1997)
Bernard Law Montgomery, 『전쟁의 역사』 I (승영조 옮김, 책세상, 2001/개정 1판 2쇄)
Cumings, Bruce, *The Origin of the Korean War*, New Jersey, Princeton University Press, 1981.
Eui-Young Yi & R. Kandal ed., *The Korean Penisula in the Changing World Order*, California State Univ. Press, 1992
F. 엥겔스, 『가족, 국가, 사유재산의 기원』(아침, 1987)
F. Fanon, 「민족문화론」, 『문학과 행동』(백낙청 엮음, 태극출판사, 1978)
G. Bouthoul, 『전쟁 · 애국심』(강창구 옮김, 병학사, 1983)
Geothals, George W. & Branson, Leon, *War, Psychology, Sociology, Anthropology*, N.T., 1968.
Hebert Read, *Phases of English Poetry*(London, 1950)

Hebert Read, *Collected Essays in literary Criticism*(London, Fabor&Faber, 1952)

Karel Kosik, 『구체성의 변증법』(박정호 옮김, 거름, 1985)

M. 발, 『서사란 무엇인가』(한용환·강덕화 옮김, 문예출판사, 1999)

M. S. 까간, 『미학강의 I』(진중권 옮김, 새길, 1991)

Paul Ricœur, 『시간과 이야기 1』(김한식·이경래 옮김, 문학과지성사, 1999)

R. E. Park, *The Social Function of War*, N.Y., 1968

內村鑑三, 『우치무라간조 전집』 1~10권(김유곤 옮김, 크리스찬서적, 2001)

들뢰즈 · 가타리, 『앙띠 오이디푸스』(최명관 옮김, 민음사, 1994)

존 플라메나쯔, 진덕규 옮김, 『이데올로기란 무엇인가』(까치, 1984)

審匠谷英一, 『戰爭文學』(巖波書店, 1934)

클라우제비츠, 『전쟁론』(김홍철 옮김, 삼성출판사, 1977)